MW01174235

SUSAN MALLERY

ANTES *de* ABRAZARNOS

Editado por Harlequin Ibérica.
Una división de HarperCollins Ibérica, S.A.
Núñez de Balboa, 56
28001 Madrid

© 2014 Susan Macias Redmond
© 2016 Harlequin Ibérica, una división de HarperCollins Ibérica, S.A.
Antes de abrazarnos, n.º 99 - 1.3.16
Título original: Until We Touch
Publicada originalmente por HQN™ Books

I.S.B.N.: 978-84-687-7798-6
Depósito legal: M-40141-2015
Impresión y encuadernación: CPI (Barcelona)
Fecha impresión Argentina: 28.8.16
Distribuidor exclusivo para España: LOGISTA
Distribuidor para México: CODIPLYRSA
Distribuidores para Argentina: Interior, DGP, S.A. Alvarado 2118.
Cap. Fed./Buenos Aires y Gran Buenos Aires, VACCARO HNOS.

Para Jayme, co-capitana de las Animadoras de Fool's Gold 2013. Conocerte el verano pasado fue una de las mejores cosas que me pasaron en todo el año. Tú encarnas el espíritu de Fool's Gold: eres dulce, divertida y tienes un gran corazón. ¡Gracias por todo! Esta historia va dirigida especialmente a ti.

Como «mamá» de un adorable y malcriado perrito, sé la alegría que las mascotas pueden traer a nuestras vidas. El bienestar de los animales es una causa que llevo apoyando desde hace tiempo. En mi caso lo hago a través de Seattle Humane. En su evento de recaudación de fondos de 2013 ofrecí «Tu mascota en una novela romántica».

En este libro conoceréis a una maravillosa gata llamada Dyna. Es una preciosa ragdoll con unos ojos increíbles y una manera de ser encantadora y delicada. Su familia era una de las dos familias que ganaron la subasta y esta es su historia.

Una de las cosas que hacen que escribir sea especial es poder interactuar con la gente de distintas formas. Con algunas personas hablo para documentarme. Otras son lectores que quieren hablar de personajes y de argumentos, y otros son fabulosos dueños de mascotas. La familia de Dyna está entregada a ella. Me encantó oír todas las historias de su vida. ¡Qué dulzura! Es una gata tan hermosa que inspiró una serie de cómicas conversaciones entre mi heroína y su nueva gata. Larissa, mi heroína humana, está un poco nerviosa por lograr estar a la altura de la belleza de Dyna J.

Mi agradecimiento a la familia de Dyna, a la propia Dyna y a la increíble gente de Seattle Humane. Porque todas las mascotas merecen una familia que las quiera.

Capítulo 1

–Ya sabe por qué estoy aquí –espetó la señora Nancy Owens con voz firme y mirada implacable, ambas imponentes.

Por desgracia para él, Jack McGarry no tenía ni idea de a qué se refería.

Sabía muchas cosas. Sabía que ese año los L.A. Stallions no llegarían a la Super Bowl, que le dolía el hombro derecho cuando iba a llover, que había un sabroso merlot esperándole en su cocina y que, aunque todo su ser quería salir corriendo en lugar de quedarse ahí manteniendo esa conversación, no podía hacerlo. Porque la señora Owens era la madre de Larissa y, aunque no lo fuera, esa mujer podía ser su propia madre y a él lo habían educado muy bien.

–¿Disculpe, señora?

La señora Owens suspiró.

–Me refiero a mi hija.

Sí, de acuerdo, pero esa mujer tenía tres.

–¿A Larissa?

–Por supuesto, ¿a quién si no? Ha trasladado el negocio a este pueblo perdido de la mano de Dios y ahora mi hija también está aquí.

Excelente resumen, pensó él intentando encontrarle sentido a la situación.

–No le gusta Fool's Gold –dijo él diciendo lo que, probablemente, era obvio.

–Ni me gusta ni me disgusta este pueblo –respondió la mujer con un tono que insinuaba que lo consideraba un idiota–. Esa no es la cuestión. Larissa está aquí.

Lo sabía bien porque era él el que firmaba sus nóminas, más bien en sentido figurado que literal, y porque la veía cada día. Pero la señora Owens eso ya lo sabía también.

–Está aquí… con usted –suspiró profundamente–. Le encanta su trabajo.

Vale, de acuerdo. Estaba dispuesto a admitirlo; era un tipo corriente, tal vez un poco más alto que la media, con un brazo poderoso y un fuerte deseo de victoria, pero de corazón era prácticamente como cualquier otro hombre norteamericano que pudiera conducir una camioneta y al que le gustara la cerveza. Eso obviando, por supuesto, el merlot que tenía en la nevera y el Mercedes que tenía en el garaje.

Nancy Owens, una mujer atractiva de cincuenta y pocos años, plantó las manos sobre la mesa y gruñó.

–¿Tengo que deletreárselo?

–Eso parece, señora.

–Larissa tiene veintiocho años, imbécil. Quiero que se case y me dé nietos. Pero eso no pasará nunca mientras esté trabajando para ustedes, y mucho menos después de haberse trasladado aquí. Quiero que la despida porque así volverá a Los Ángeles y encontrará a alguien decente con quien casarse y formar una familia.

–¿Y por qué no puede hacer todo eso aquí?

La señora Owens suspiró como esos bendecidos con una inteligencia y perspicacia a la que los demás solo podían aspirar.

–Porque, señor McGarry, estoy más que segura de que mi hija está enamorada de usted.

Larissa Owens miraba al gato de ojos azules plantado en el centro de su pequeño apartamento. Dyna era una ragdoll de ocho años con unos ojos grandes y preciosos, un rostro dulce y un denso pelaje. Tenía el pecho y las patas delanteras blancas y toques grises por la cara. Era el equivalente en gato a una supermodelo. Y eso intimidaba bastante.

El instinto de Larissa siempre era rescatar, ya se tratara de perros, gatos, mariposas o personas. No importaba qué. Sabía que sus amigos dirían que había actuado sin pensar, pero ella no estaba dispuesta a admitirlo. Al menos, no por iniciativa propia. Por eso cuando se había enterado de que había una gata que necesitaba un hogar, se había ofrecido a acogerla sin llegar a imaginarse lo preciosa que sería.

–Resultas un poco abrumadora –admitió Larissa al ir hacia la pequeña cocina y echarle agua en un cuenco–. ¿Debería vestir mejor ahora que somos compañeras de piso?

Dyna la miró como si examinara sus pantalones de yoga y su camiseta, que eran su fondo de armario laboral, y siguió explorando el pequeño apartamento. Olfateó el sofá, miró las esquinas, estudió el colchón del dormitorio e ignoró por completo el pequeño baño.

–Ya lo sé –Larissa colocó el agua sobre un salvamantel junto a la puerta trasera y la siguió–. El baño es diminuto.

No tenía encimera, solo un lavabo, un retrete y un plato de ducha.

Sí, de acuerdo, el apartamento no era grandioso, pero

ella tampoco necesitaba mucho. Además, estaba limpio y el alquiler era barato, lo que le permitía más dinero para invertir en sus causas. Porque siempre había alguna.

–Los alféizares son anchos y te entrará mucha luz –le dijo a la gata–. El sol de la mañana es muy agradable.

El pequeño apartamento sí que tenía una cualidad inesperada: un cuarto de la colada. Y era allí donde había colocado el arenero de Dyna, junto a la secadora. La gata lo examinó detenidamente todo, saltó sobre la encimera de la cocina y caminó hasta el fregadero. Miró a Larissa expectante.

Larissa sabía que esa era la razón por la que siempre se había resistido a adoptar a un animal. Se había dicho a sí misma que era por su estilo de vida, que estaba tan centrada en salvarlos a todos que no podía estar con uno solo, pero en realidad había tenido miedo de no poder asumir la responsabilidad. Y ahora, mientras miraba esos enormes ojos azules, sabía que no se había equivocado.

–¿Qué? Si me dices qué quieres, lo haré.

Dyna miró el grifo y la miró a ella de nuevo.

–¿Del grifo? –le preguntó abriendo el agua fría.

La gata se inclinó hacia delante y delicadamente bebió agua. Larissa sonrió triunfante. Tal vez, después de todo, sí que podría ocuparse de esa mascota.

Esperó hasta que Dyna terminó y después la levantó en brazos. La gata se relajó en ellos, la miró un segundo y cerró los ojos lentamente. De su cuerpecito salió un suave ronroneo.

–A mí también me gustas tú –le dijo Larissa a su nueva compañera de piso–. Esto va a ser genial.

Dejó a Dyna sobre el sofá y miró el reloj.

–Odio traerte a casa y tener que irme corriendo, pero tengo que trabajar. Solo serán un par de horas y después vendré a casa –agarró su estropeado bolso y fue hacia la

puerta–. Piensa qué quieres ver esta noche por la tele. Tú
eliges.

Y con eso cerró la puerta y bajó las escaleras corriendo hasta la planta baja del edificio de apartamentos en dirección a la calle.

Solo llevaba en Fool's Gold unos meses, pero ya le encantaba todo lo que el pueblo ofrecía. Era lo suficientemente grande como para ser un lugar próspero y lo suficientemente pequeño como para que todo el mundo supiera su nombre. O, al menos, gente suficiente para sentirse como si estuviera en casa. Tenía un trabajo fantástico, amigos y se sentía cómoda viviendo a casi setecientos kilómetros de su familia.

Y no porque no quisiera a sus padres, a sus padrastros y a sus hermanas, cuñados y sobrinos, sino porque a veces tanta familia la abrumaba un poco. En un principio no había tenido muy claro lo de marcharse de Los Ángeles, pero ahora sabía que había sido lo mejor que podía haber hecho. La visita de su madre, por mucho que le hubiera gustado, había sido en realidad una intensa campaña para intentar hacerla regresar a casa.

–Eso no va a pasar –se dijo con alegría.

Diez minutos después entraba en las oficinas de Score, la empresa de Publicidad donde trabajaba. El vestíbulo era enorme, con techos altos y montones de fotografías a tamaño real colgadas por la pared. Había una foto de los cuatro socios de la empresa, pero el resto del espacio estaba dedicado a Jack, Kenny y Sam.

Los tres habían sido estrellas de la Liga Nacional de Fútbol Americano. Sam había sido un victorioso pateador, Kenny un receptor que había batido récords, y Jack un brillante y talentoso quarterback.

Había fotografías de todos ellos en acción y otras en distintos eventos plagados de estrellas. Eran tipos inteligentes, con éxito y guapos, a los que no les importaba explotarse a sí mismos por el bien de la empresa. Taryn, la única mujer entre los socios, los mantenía a raya, todo un desafío, por cierto, dados los egos con los que tenía que lidiar. Larissa era la asistente de Jack y, además, la masajista personal de los chicos.

Le gustaban ambas facetas de su trabajo. Jack era una persona para la que resultaba fácil trabajar y no extremadamente exigente. Y lo mejor de todo, apoyaba sus causas y le dejaba gestionar todas sus donaciones benéficas. En cuanto a lo de ser la masajista de la empresa, los tres se habían dedicado profesionalmente a un deporte duro, tenían lesiones y padecían dolor crónico. Sabía dónde les dolía y por qué y podía hacerles sentir mejor.

Iba camino de su despacho. Tenía algunas llamadas que devolver. En unas semanas se celebraría en Fool's Gold un torneo de golf entre profesionales y aficionados y tenía que coordinar la agenda de Jack con los actos publicitarios para el torneo. Después revisaría solicitudes de una organización benéfica que ayudaba a familias necesitadas de la donación de un órgano, la causa que Jack más apoyaba. A veces le pedían que le tendiera una mano personalmente a alguna familia y otras veces financiaba la estancia de la familia en cuestión cerca del hospital donde se encontraba su hijo. Había hecho algunas comparecencias públicas y participado en campañas tanto impresas como por Internet. Larissa era su punto de contacto. Ella calculaba cuánto estaba dispuesto a hacer en determinado momento y cuándo era mejor que simplemente extendiera un cheque.

Sus otras obligaciones eran de carácter más personal. Jack no tenía novia en ese momento, así que ni había regalos que comprar ni flores que enviar. Porque en ese sentido, Jack era un hombre muy típico. Le gustaban las mujeres y a ellas les gustaba él, lo que significaba que había un desfile constante por su vida. Por suerte para él, sus padres vivían en la otra punta del mundo, así que no tenía una madre exigiéndole que sentara cabeza y le diera nietos.

Apenas había tomado asiento cuando Jack entró en su despacho.

—Llegas tarde —le dijo él sentándose frente a ella y estirando sus largas piernas. Sus palabras sonaron más como una afirmación que como una queja.

—Ya te dije que llegaría tarde. Tenía que despedir a mi madre y después ir a recoger a Dyna.

Él enarcó una ceja.

—¿Dyna?

—Mi nueva gata —apoyó los codos en el escritorio—. Ya te hablé de ella, ¿no te acuerdas?

—No.

Muy típico de Jack.

—Eso es porque no me estabas escuchando.

—Es más que probable.

—Es una gata rescatada.

—¿Qué otra cosa podía ser?

Esperó a que él dijera algo más o le explicara qué hacía allí, pero solo hubo silencio. Esa clase de silencio que entendía con tanta claridad como si fueran palabras.

La habían contratado en 2010, cuando Jack había salido de los L.A. Stallions para unirse a Score. Había sido socio capitalista desde la creación de la empresa y a Larissa le encantaría saber cómo había reaccionado Taryn cuando Jack pasó de ser del tipo que le había facilitado el dinero a un miembro activo del equipo. Seguro que se había armado una buena. O tal vez no. Jack y Taryn tenían un pasado juntos.

Larissa se había graduado en la universidad con planes

de trabajar para una organización sin fines de lucro, pero en ese campo elegido había sido imposible encontrar trabajos remunerados y pronto había aprendido que no podía mantenerse trabajando solo en voluntariado. Por eso había ido a buscar otro empleo.

No era la clase de persona que disfrutaba en empresas despersonalizadas y se había conformado trabajando como camarera mientras asistía a la escuela de masajistas. Después una amiga le había hablado de un trabajo como asistente personal en una empresa de Publicidad y le había parecido una alternativa mejor pagada a sus turnos en la cafetería.

Taryn le había hecho la entrevista. Había durado dos horas y había terminado con unas palabras que nunca había olvidado: «Jack es un tipo muy guapo, con unos ojos preciosos y un culo fantástico. Pero no te confundas. En lo que respecta a las mujeres, solo le interesan un par de noches con la chica en cuestión. Si te enamoras de él, eres tonta. ¿Sigues interesada?».

Larissa se había quedado muy intrigada y, después de conocer a Jack, se había visto obligada a admitir que Taryn no había mentido al hablar de su atractivo. Solo con ver por un instante su atrayente masculinidad la había recorrido un cosquilleo hasta los dedos de los pies. Pero en lugar de flirtear con ella, el que fuera quarterback profesional, se había frotado el hombro y había maldecido.

Ella había identificado el dolor y había reaccionado instintivamente. Había hundido los dedos en los dañados y tensos músculos mientras le explicaba que solo le faltaban unas pocas semanas para graduarse en la escuela de masajistas. Treinta segundos después había recibido una oferta de trabajo.

En los últimos cuatro años, Larissa había pasado a formar parte de la familia de Score. Al terminar la segunda semana, había dejado de ver a Jack meramente como a su jefe, y seis meses después ya formaban un buen equipo y eran amigos íntimos. Ella solía reprenderlo por su gusto a la hora de elegir a las mujeres con las que salía, se aseguraba de que se aplicara hielo y antiinflamatorios cuando le empeoraba el hombro y ofrecía un masaje diario a cualquiera de «los chicos» y a Taryn. Adoraba su trabajo y le encantaba que se hubieran trasladado a Fool's Gold. Ahora, además, tenía una nueva gatita esperándola en casa. ¡Qué buena era su vida!

Volvió a centrar la atención en Jack y esperó porque se trataba de esa clase de silencio, el que le indicaba que tenía algo que decirle.

−¿Estás viendo a alguien?

La pregunta la sorprendió.

−¿Te refieres a un hombre?

Él se encogió de hombros.

−Nunca has dicho que salgas con mujeres, así que sí, claro. Aunque cualquier sexo me vale.

−No estoy saliendo con nadie ahora mismo. No he conocido a nadie en el pueblo y, además, estoy demasiado ocupada.

−¿Pero, de hacerlo, sería con un hombre? −le preguntó con un brillo de diversión en la mirada.

Jack era uno de esos hombres tocados por la gracia de Dios. Alto, guapo, atlético, encantador. Prácticamente lo tenía todo. Lo que muy poca gente sabía era que por dentro llevaba muchos demonios. Se culpaba por algo que no era culpa suya y ese era un rasgo con el que ella se identificaba porque solía pasarle muy a menudo.

−Sí, sería con un hombre.

−Es bueno saberlo −siguió observándola−. Tu madre está preocupada por ti.

Larissa se hundió en su asiento.

–Dime que no ha hablado contigo. ¡Dímelo!

–Ha hablado conmigo.

–Mierda. Lo sabía. Ha pasado por aquí, ¿verdad? Sabía que pasaba algo –su madre era una mujer muy decidida–. Deja que adivine. Quería saber si estoy saliendo con alguien. Espero que le hayas dicho que no lo sabes. ¿O le has dicho que sí? Porque eso no sería de gran ayuda.

–No me ha preguntado si estás saliendo con alguien.

–Ah –se puso derecha–. ¿Y qué te ha preguntado entonces?

–Quiere que te despida para que vuelvas a Los Ángeles, te enamores, te cases y le des nietos.

Larissa sintió cómo le ardían las mejillas. Tanta humillación le impedía pensar con claridad y decir algo razonablemente inteligente.

–Ya tiene dos hijas casadas –murmuró–. ¿Por qué no me deja tranquila?

–Te quiere.

–Pues tiene un modo muy curioso de demostrarlo. ¿Vas a despedirme?

Jack enarcó las cejas.

Ella respiró hondo.

–Lo interpretaré como un «no». Lo siento. Haré lo posible por mantenerla alejada de aquí. La buena noticia es que Muriel sale de cuentas en tres meses y el bebé será una nueva distracción –mientras tanto, buscaría el modo de convencerla de que se había mudado a Borneo–. ¿Algo más?

–Sí. Tu madre también me ha dicho que jamás te casarás ni formarás una familia porque, en el fondo, estás enamorada de mí.

Jack no había sabido cómo reaccionaría Larissa, pero

había supuesto que sería todo un espectáculo. Y no lo decepcionó. Su rostro pasó del rojo al blanco y de ahí al rojo de nuevo. Abrió y cerró la boca. Con la mandíbula fuertemente apretada, murmuró algo como «La voy a matar», aunque tampoco podía estar muy seguro.

Las palabras de Nancy Owens lo habían impactado. ¿Larissa enamorada de él? Imposible. Por un lado, lo conocía mejor que nadie, junto con Taryn, y conocerlo era entender que no era un hombre de sentimientos. Por otro, la necesitaba. El amor implicaba una relación y una relación implicaba que ella acabaría marchándose. No. Era imposible que Larissa estuviera enamorada de él.

Sin embargo, había sido incapaz de quitarse esas palabras de la cabeza y había entendido que tenía que sacar la verdad de la única persona que realmente la podía saber.

Larissa respiró hondo.

–No te quiero. Somos amigos. Me gusta trabajar para ti, tu labor benéfica es magnífica y sé que puedo confiar en ti, pero no estoy enamorada de ti.

Un gran alivio disminuyó la tensión en el siempre dolorido hombro derecho de Jack. Su expresión no cambió.

–¿Estás segura?

–Sí. Totalmente.

Él sacudió la cabeza.

–No sé. Estoy buenísimo, así que podría entender que sintieras algo por mí. Me has visto desnudo. Y, ahora que lo pienso, tu reacción es inevitable –suspiró–. Me amas. Admítelo.

Larissa apretó los labios.

–Jack, no eres para tanto.

–Claro que lo soy. ¿Recuerdas esa fan que se tatuó mi cara en un pecho? ¿Y la que me suplicó que le hiciera un hijo? ¿Y la mujer de Pittsburgh que quería que le lamiera…?

Larissa apoyó los brazos en la mesa y agachó la cabeza.

–Para. Tienes que parar.

–Mujeres más fuertes que tú han sido incapaces de resistirse a mis encantos.

–Sí, en tus sueños.

–No, al parecer, en los tuyos.

Ella lo miró, abrió los ojos de par en par y sonrió.

–Me rindo.

–Al final, todas lo hacen.

Su sonrisa se desvaneció.

–Siento lo de mi madre. No debería haber dicho eso. Te juro que ni estoy, ni nunca estaré, enamorada de ti. Me encanta mi trabajo y tú tienes mucho que ver en eso, pero somos amigos, ¿verdad? Es mejor. Además, tienes un gusto terrible con esos regalitos que haces cuando quieres «terminar las cosas».

–Precisamente por eso te dejo comprarlos a ti –vaciló un segundo–. ¿Somos buenos?

–Los mejores –ella volvió a sonreír.

Y todas las preocupaciones de Jack se disiparon. Esa era la Larissa que conocía, tan divertida y concienzuda. Con su melena recogida en una coleta y sin gota de maquillaje. Vestía pantalones de yoga y camisetas y siempre tenía alguna causa benéfica que discutir con él. Creía que el mundo se merecía que lo salvaran y a él no le importaba que utilizara su dinero para intentarlo. Formaban un buen equipo. No quería tener que prescindir de ella y que lo amara… bueno, eso lo habría cambiado todo.

El bar de Jo era uno de esos lugares que solo se podían encontrar en un extravagante y pequeño pueblo. Desde fuera, parecía absolutamente normal, pero en cuanto entrabas sabías que no era un bar como los demás. Estaba bien iluminado, no había ni zonas sombrías ni dudosas manchas en el suelo. Los tonos de la pintura eran malvas y amarillos, muy del agrado de las chicas; las ventanas estaban despejadas y los grandes televisores siempre tenían sintonizados canales de moda y estilo.

Larissa entró. Vio el contador que marcaba los días que quedaban para la nueva temporada de *Animadoras de los Dallas Cowboys: Formando el Equipo*. Sonrió. Sí, allí la vida era distinta y le gustaba.

Miró a su alrededor y vio a sus amigas en un banco junto a la ventana. Al verla, le hicieron una seña para que se acercara.

Cuando había decidido dejar Los Ángeles por Fool's Gold, había estado nerviosa por el hecho de tener que empezar de nuevo. ¿Y si no encajaba? ¿Y si no podía hacer amigos? Pero esos miedos habían sido infundados, pensó al acercarse a la gran mesa.

—Te he guardado un sitio —le dijo Isabel dando una palmadita en el asiento vacío a su lado—. Llegas justo a tiempo de participar en el debate sobre si vamos a pedir nachos y margaritas y fingir que no tenemos que volver al trabajo, o si vamos a ser buenas y a pedir los almuerzos típicos con té helado.

Larissa se acomodó en la silla. Miró a Taryn y sonrió.

—Mi voto depende de mi jefa. Si ella bebe, yo me apunto.

Porque ahora mismo una copa le parecía una gran idea.

¿En qué había estado pensando su madre? Esa pregunta llevaba toda la mañana dándole vueltas por la cabeza. ¡Qué humillante e inapropiado! En cuanto se calmara y pudiera hablar de ello racionalmente, iba a tener que mantener una larga charla con su madre.

Tenía suerte de que Jack hubiera manejado bien la situación, con su habitual encanto, pero ¿y si había creído a su madre? No quería ni imaginarlo.

¿Amar a Jack? Tenía defectos, pero ser idiota no era precisamente uno de ellos. Además, formaban un gran equipo y ella eso jamás lo estropearía.

–¿Estás bien? –le preguntó Taryn en voz baja.

–Sí, genial.

Porque fingirlo era mucho más sencillo que decir la verdad.

Taryn, tan estilosa como siempre con un traje de diseño que probablemente costaba más que el alquiler de medio año de su apartamento, soltó la carta sobre la mesa.

–¿Qué demonios? Hagamos un poco el salvaje.

Dellina, organizadora de fiestas y prometida de Sam, también soltó su carta.

–Esta tarde no tengo que reunirme con ningún cliente.

Isabel se rio.

–Yo tengo que ocuparme de una tienda, así que más vale que tenga cuidado si no quiero confundirme y poner en rebajas los artículos nuevos.

–Me encanta ser mala –dijo Taryn–. Me encanta.

–Siempre has sido mala –le respondió Dellina–. Tienes pinta, yo sé mucho de esto.

Larissa se acomodó en el asiento y se preparó para escuchar. Lo pasaba genial con esas mujeres. Eran inteligentes, tenían éxito en el trabajo y, aun así, eran muy distintas. Taryn era una de las socias de Score, y los chicos tenían que admitir que, de los tres, ella era la más equilibrada. Se le daba muy bien mantenerlos a raya.

Larissa siempre la había admirado. Taryn vestía prendas preciosas, usaba tacones de diez centímetros o más y tenía una colección de bolsos digna de un museo. Pero, por encima de todo eso, era una buena amiga.

Dellina organizaba eventos de todo tipo en el pueblo.

Fiestas de nacimiento, bodas. Un par de meses atrás había dirigido un gran evento de fin de semana para los mejores clientes de Score y desde hacía poco tiempo estaba comprometida con Sam.

Isabel era la dueña de Luna de Papel que, por un lado era una boutique de moda y, por otro, vendía vestidos de novia. Las tres mujeres llevaban un atuendo muy profesional. Ella se miró y vio sus pantalones de yoga. Tal vez en otra vida heredaría el gen del estilo, pensó con anhelo, pero hasta entonces vestiría ropa cómoda y práctica.

Jo, la propietaria del bar, se acercó y les tomó nota. Taryn pidió nachos para compartir y una jarra de margarita. Jo enarcó las cejas.

–¿Es que esta tarde no pensáis trabajar?

–No sé, ya veremos –le respondió Taryn.

–Eso ya lo he oído antes.

–Le parece que no estamos actuando con responsabilidad –susurró Dellina cuando Jo se había marchado.

–Es justo lo que pretendía–dijo Taryn–. Bueno, ¿qué tal? ¿Alguna novedad?

–Yo estoy muy ocupada con la colección de otoño –dijo Isabel sonriendo–. Tenéis que venir a verla. Hay cosas preciosas –se giró hacia Taryn–. Y hay una cazadora de ante que te va a encantar.

–Iré a verla cuando terminemos aquí.

Dellina sacudió la cabeza.

–Yo no pienso pasarme por la tienda. Me tientas con ropa maravillosa.

Isabel se rio.

–De eso se trata.

–Intento ahorrar.

–¿Para una boda? –le preguntó Larissa mirando su resplandeciente y recién estrenado anillo de compromiso.

–No, me voy a trasladar a una oficina. La casa de Sam

es fantástica y me ha dicho que puedo instalarla allí, pero creo que ha llegado la hora de unirme al mundo real y tener una de verdad –arrugó la nariz–. Estoy llegando al punto de necesitar contratar a un ayudante y eso implica la necesidad de tener también más espacio.

–¡Vaya! Me alegro por ti –Isabel se inclinó y abrazó a su amiga–. Es un gran paso. Enhorabuena.

–¡Sí, felicidades! –añadió Larissa feliz de que a su amiga le fuera tan bien.

–Eres toda una magnate –bromeó Taryn–. Impresionante.

–No soy una magnate, pero me está yendo bien. Bueno, ¿y qué tal vosotras?

Taryn mencionó una nueva cuenta que acababa de conseguir Score y después todas las miradas se posaron en Larissa. Se quedó paralizada, consciente, con cierto dolor, de que su vida no era como las de ellas. No disponía de su propio negocio y sus días tenían una cierta monotonía que resultaba triste. La mayor novedad de su vida era la charla que había tenido su madre con Jack y eso no podía mencionarlo.

–He adoptado un gato. Era de una señora que ha muerto, tenía noventa y tres años, y sus hijos no podían ocuparse de la gata, así que me la he quedado yo. Se llama Dyna. Es una ragdoll. Preciosa.

Sacó el teléfono y les enseñó un par de fotos.

Dellina abrió los ojos de par en par al ver la foto.

–Es impresionante. Taryn, si fuera humana, te daría mil vueltas en lo que a moda y estilo se refiere.

–Pues a mí me impresiona más el hecho de que te hayas comprometido a ocuparte de un animal –dijo Taryn.

–No te entiendo –apuntó Isabel–. Larissa siempre está colaborando con distintas causas. Ese rescate de gatos del mes pasado fue fantástico.

Larissa se movió incómoda en su asiento.

–Lo que quiere decir Taryn es que soy más de grandes gestos, como salvar a cuarenta gatos, que de adoptar a uno solo.

Jo apareció en ese instante con un gran jarra de margarita y cuatro copas. Las sirvió y dijo que los nachos saldrían en un momento.

Isabel alzó su copa.

–Por las mujeres que adoro. Gracias por emborracharos conmigo. Muy pronto, algún día, Ford y yo nos quedaremos embarazados y tendré que hacer un hiato con la bebida.

Larissa iba a decir algo cuando Taryn plantó las manos en la mesa y se le adelantó.

–Bueno. Allá va. Me caso.

Miró a Isabel y a Dellina, que parecían igual de confusas con la noticia.

–Estás comprometida –señaló con delicadeza–. Llevas un anillo enorme. Ya nos hemos dado cuenta.

–Sí, pero ya he decidido lo de la boda. Angel y yo vamos a celebrar una boda de verdad.

Larissa asintió lentamente.

–Qué bien.

–Me alegrará mucho ayudarte a organizarla –añadió Dellina igual de cauta.

–Yo tengo unos vestidos preciosos que quiero que veas. Prendas de diseño que te harán parecer una princesa muy sexy. O muy fulana, según prefieras.

Taryn cerró los ojos y los abrió.

–¿En serio? ¿Os parece bien?

Y entonces Larissa lo entendió. Taryn y Angel no eran unos jovencitos, ya habían estado casados antes. Taryn quería un vestido fabuloso y una celebración tradicional, pero no estaba segura de merecérselo porque todo el mundo tenía sus puntos flacos, por mucho que a algunos se les diera mejor ocultarlos.

Agarró la mano de su amiga por encima de la mesa.

–Deberías tener la mejor boda del mundo. Con un vestido tan maravilloso que nos haga llorar a todas.

A Taryn le temblaban los labios. Apretó los dedos de Larissa, controló la emoción y agarró la copa.

–Gracias.

Dellina sacó una agenda de su bolso.

–Te llamaré en un par de días para hablar de la boda.

Isabel se giró hacia Larissa.

–Casi me olvido. Tu madre pasó por la tienda ayer. Se compró un vestido y un bolso. Es mi nueva persona favorita. ¿Lo habéis pasado bien juntas?

Larissa levantó la copa y dio un gran trago.

–Oh, oh –murmuró Taryn–. Eso no tiene buena pinta. Creía que te había agradado su visita, eso has dicho esta mañana.

«Ojalá», pensó Larissa.

–Pero ha sido antes de enterarme de lo que ha hecho mi madre.

Sus tres amigas la miraron.

–¿Y qué ha hecho? –preguntó Isabel.

Esas mujeres la querían, se recordó, no se reirían ni se burlarían de ella. Y, si lo hacían, sería cuando ya no estuviera delante, que era prácticamente lo mismo.

–Mi madre fue a ver a Jack y le pidió que me despidiera para que pudiera volver a Los Ángeles a casarme y darle nietos.

Dellina frunció el ceño.

–Bueno, no está muy bien, pero tampoco es tan horrible.

–Hay más –admitió Larissa–. Le dijo que la razón por la que tenía que marcharme de Fool's Gold es que estoy enamorada de Jack.

Se detuvo esperando oír unas risas histéricas, o unas risas, al menos. Sin embargo, las tres mujeres se limitaron a mirarse.

Larissa empezó a sonrojarse.

–No estoy enamorada de Jack. No lo estoy. Trabajo para él. Es un tipo genial, pero no hay nada entre los dos.

–Si tú lo dices… –señaló Isabel.

–Si Felicia estuviera aquí, diría que los romances entre jefe y secretaria son un clásico arquetipo –dijo Dellina.

–No soy su secretaria.

–Prácticamente –le dijo Taryn levantando su copa–. Si dices que no estás enamorada de él, yo te creo.

Justo en ese momento llegó Jo con los nachos y el tema se zanjó ahí. Larissa agarró uno, aunque de pronto notó que se le había quitado el hambre.

Todo era culpa de su madre, pensó con pesar. Había abierto la caja de Pandora y ahora ella tendría que encontrar el modo de volver a guardarlo todo en su sitio y cerrarla.

Capítulo 2

Que te llamaran para ir a ver a la alcaldesa Marsha era un poco como jugar contra un equipo rival del que no sabías nada, pensó Jack mientras subía las escaleras hasta el despacho. Siempre existía la posibilidad de que sucediera algo… y no bueno, precisamente.

La alcaldesa Marsha era el alcalde que llevaba más tiempo ocupando el cargo de toda California. No solo se implicaba personalmente con los habitantes de su pueblo, sino que parecía saberlo todo y nadie sabía cómo. Jack no solía fiarse de la gente así. La sinceridad podía resultar algo incómodo, y un claro ejemplo de ello era la charla que había tenido con la madre de Larissa. Habría preferido vivir su vida sin haber oído esas palabras.

Agradecía que Larissa lo hubiera tranquilizado al respecto, pero sentirse aliviado y olvidar eran dos cosas muy distintas.

Se detuvo en la puerta del despacho, donde una guapa pelirroja le sonrió y le dijo:

—Hola, Jack. Puedes pasar.

Jack asintió pensando que debía conocer a la recepcionista. Estaba seguro de haberla visto en alguna parte. Era amiga de Taryn y de Larissa, pensó al entrar al despacho.

La alcaldesa pasaba de los sesenta años, tenía el pelo cano y la costumbre de llevar perlas. Ahora que lo pensaba, no creía haberla visto nunca vistiendo algo que no fuera un traje.

Lo que le preocupaba más que su apariencia, sin embargo, era su hábito de lograr que la gente se comprometiera a hacer cosas que no quería. Pero no pensaba dejarse convencer, se dijo. Era un exdeportista, un tipo duro. No podría con él.

—Jack —le dijo la mujer con voz cálida mientras se levantaba—. Muchas gracias por venir a verme.

—Señora —él se acercó al escritorio y le estrechó la mano.

Ella le indicó que fueran a la zona de asientos del rincón.

—Pongámonos más cómodos.

Mientras lo hacían, recordó que la mujer había estado fuera un par de semanas.

—¿Qué tal sus vacaciones?

—Muy relajantes —se sentó en uno de los sillones.

Él ocupó el sofá y al instante se dio cuenta de que había quedado a menor altura que ella. «Muy lista», pensó, admirando su juego de poder. Tenía motivos para no fiarse de ella.

—He estado en Nueva Zelanda, un país precioso. ¿Sabías que muchos de nuestros esquiadores van allí a entrenar en verano? Por supuesto, allí es invierno para ellos.

Jack hizo lo posible por mostrar interés mientras esperaba a que la alcaldesa fuera al grano. No lo habían llamado para ir a hablar de esquí.

La mujer lo miró fijamente.

—He seguido tu obra filantrópica con interés.

Jack se tensó, se obligó a relajarse y esperó a que la mujer continuara.

–Con los transplantes de órganos.

Porque esa era su causa. Ser estrella de la Liga Nacional de Fútbol Americano te daba muchas ventajas aunque también ciertas obligaciones, y una de ellas era que apoyara alguna causa benéfica. Encontrar la suya había sido fácil y a lo largo de su carrera deportiva había hablado a menudo sobre la importancia de la donación de órganos y los transplantes.

–Me alegra poder ayudar ahí donde pueda –dijo con sinceridad. Larissa se ocupaba de la logística y él hacía las apariciones públicas de vez en cuando. Así, ella podía apoyar una causa, que era lo que le encantaba, y él podía fingir que estaba implicado en ellas. Era una situación de la que ambos se beneficiaban.

–Y la conexión familiar debe hacer que tenga más sentido aún –dijo la alcaldesa.

Jack se lo estaba imaginando, así que asintió.

–Por supuesto.

–Perdiste a un hermano, ¿cierto?

–Sí.

–¿Tu gemelo?

–Sí.

«Gemelo idéntico», añadió Jack para sí. Con la diferencia de que el corazón de Lucas no se había formado bien dentro del útero. Un problema celular o algo así. Los médicos nunca habían logrado explicarlo lo suficientemente bien como para que él lo entendiera. O tal vez simplemente no habían sabido el motivo, pensó con pesar. Pero la cuestión era que un hermano había nacido perfectamente sano y el otro… no.

Jack no quería entrar ahí. No quería recordar lo que había sido crecer siempre preocupándose por su gemelo. No quería sentir la culpabilidad que acompañaba al hecho de ser el que jamás se ponía enfermo, el que nunca se sentía débil, el que nunca tenía que preguntarse si llegaría a cumplir los cinco o los diez años.

Jack sabía por dónde iría la conversación ahora. La alcaldesa Marsha quería su ayuda o, más concretamente, el dinero que generaría su presencia. Tal vez conocía a una familia que necesitaba ayuda para pagar una cirugía o encontrar un alojamiento temporal mientras su hijo se sometía a una operación que le salvaría la vida.

Pan comido, pensó. O en su caso, algo tan sencillo como pedirle a Larissa que hiciera lo que había que hacer.

—¿Quién es la familia?

La mujer sonrió.

—No necesito tu ayuda para un paciente de un transplante, Jack. Se trata de algo completamente distinto. ¿Sabes que aquí en el pueblo tenemos una universidad?

El cambio de tema lo sorprendió.

—Eh, claro. La UC Fool's Gold.

—Bueno, más bien es la Cal U Fool's Gold, pero sí. Tienen una excelente reputación académica y van a colaborar con la UC Davis para ampliar el departamento de enología.

—¿El qué?

—El estudio del vino. Nuestros viñedos están funcionando muy bien y se nos está empezando a reconocer como una pequeña pero prestigiosa región. Le estamos solicitando a la Agencia de Impuestos y Comercio de Alcohol y Tabaco que designen a Fool's Gold como Área Vitivinícola Estadounidense —se detuvo—. Por ejemplo, aquí en California el Valle de Napa es área vitivinícola, y también está Red Mountain en el estado de Washington. Queremos que Fool's Gold también lo sea.

—De acuerdo —dijo Jack lentamente—. No sé nada ni de elaboración de vinos ni de áreas vitivinícolas —aunque sí que disfrutaba tomándose un buen merlot.

–Por supuesto que no –le respondió la alcaldesa–. Te he invitado para charlar de fútbol.

A Jack le dolía la cabeza por la velocidad con que la mujer cambiaba de tema. Ella sí que sabía aturdir a un hombre.

–¿Es que quiere ayuda para jugar con su equipo de fútbol online? –preguntó con cautela.

La alcaldesa se rio.

–No, pero gracias por el ofrecimiento. Mi problema es más real que eso. La Cal U Fool's Gold necesita un nuevo entrenador. Bueno, más que eso, necesita un programa completo.

¿Entrenador? ¿Programa?

–No es mi campo de experiencia. El director de deportes se ocupa de esa clase de cosas junto con el rector y el presidente de la universidad. Además, hay cazatalentos especializados en buscar entrenadores.

–Todo eso se está estudiando. Sin embargo, en el comité de investigación hay un puesto vacante para asesor y ahí es donde entras tú, Jack. Quiero que seas nuestro asesor. Eres un jugador con gran experiencia, sabes qué se necesita para ser un buen entrenador y saber que estás ayudando alentará al grupo. Estás especialmente cualificado para esto, mejor que nadie. Has convertido a Fool's Gold en tu hogar y espero que estés dispuesto a responder ante la comunidad que te ha acogido y te hizo sentir tan bien recibido.

Él sonrió.

–Es usted muy poco sutil para hacerme sentir culpable.

–Yo no lo veo así. Ambos sabemos que vas a aceptar. Por mí, cuanto antes mejor, pero si necesitas que se te convenza, eso también puedo hacerlo.

–No sé por qué, pero creo que ahí entraría Taryn.

–Ella solo es una de las muchas opciones que tengo a mi disposición.

–Le agradezco la sinceridad.

Ella sonrió, pero no dijo nada.

Jack sacudió la cabeza y supo que de nada servía intentar evitar lo inevitable.

–Seguro que hoy tiene mejores cosas que hacer que manipularme. Sí, por supuesto, participaré en su comité. Deles mi número de contacto.

La alcaldesa Marsha se levantó y alargó la mano.

–Ya lo he hecho. Gracias, Jack. Te agradezco que te ofrezcas voluntario.

Él le estrechó la mano.

–Usted da un poco de miedo, ¿lo sabe, verdad?

La mujer esbozó una pícara sonrisa.

–Cuento con ello.

A Larissa no le gustaba sentirse tan inquieta, no era propio de ella. Cuando había algún problema, se lanzaba de lleno para atajarlo. Si había algo que salvar, allí estaba ella. Pero ahora mismo, que supiera, no había ni mamíferos, ni pájaros, ni reptiles que necesitaran su ayuda. Aunque, de todos modos, ya le habían prohibido ayudar a más reptiles. Unos meses atrás se había producido un desafortunado incidente en el que se habían visto implicados unas serpientes venenosas y Angel, el prometido de Taryn. Aún se sentía muy mal por ello.

Caminaba de un lado a otro en su despacho. Era demasiado grande y estaba pegado al de Jack. Tenía un ordenador desde el que gestionaba la agenda de Jack y algunos archivadores que estaban prácticamente vacíos. Ella no era mucho de archivar. Prefería apilar y, cuando las pilas se hacían demasiado altas, lo metía todo de golpe en un archivador. Sí, tal vez era un sistema algo desorganizado, pero a ella le funcionaba.

Ese despacho era algo que aceptaba, pero que no le gustaba en realidad. Su diminuto reino era la sala de masajes en el otro extremo del edificio. Ese sitio sí que era exactamente como le gustaba. Desde el color de las paredes hasta el sistema de sonido pasando por la camilla de masajes que le habían adaptado y personalizado para satisfacer todas sus especificaciones. Las sábanas eran suaves, pero absorbentes. Encargaba especialmente aceites con gran capacidad para reducir la inflamación y atenuar el dolor y que no dejaban a los chicos cubiertos de un aroma a flores. Para Taryn disponía de una colección especial de aceites orgánicos. Tenía listas de música personalizadas para cada uno de ellos y había elegido minuciosamente todos los albornoces y toallas que usaban tanto en la sala como en las duchas y las saunas.

En ese lugar se sentía cómoda. Relajada. Controlaba la situación. Sin embargo, el resto de su vida era como un juego de azar.

Apagó el ordenador y entró en el despacho de Taryn. Su amiga estaba al teléfono, pero le indicó que entrara. Larissa cruzó el suelo enmoquetado. Era necesario que fuera así de afelpado porque Taryn tenía la costumbre de descalzarse en cuanto se ponía a trabajar. Pasaba la mayor parte del día descalza, lo cual Larissa jamás había entendido. ¿Por qué comprar unos zapatos que eran tan incómodos que se los tenía que quitar? Bueno, de todos modos, tampoco entendía nada su vestuario en general.

Ese día su jefa llevaba un vestido blanco y negro sin mangas. De una silla colgaba una chaqueta y junto al escritorio estaban sus zapatos, con una pinta matadora. También eran blancos y negros, de alguna clase de piel, con tiras anchas y un tacón esculpido de unos diez centímetros que daba miedo.

Mientras Taryn ponía fin a la llamada, Larissa se quitó sus cómodos zapatos planos y, con cuidado, se subió a los absurdos tacones de su amiga. Los centímetros de más la hicieron tambalearse y tuvo que agarrarse a la mesa para no caerse. Una vez estuvo segura de que podía mantener el equilibrio, se puso la chaqueta y, con cuidado, se dirigió hacia las puertas cerradas situadas detrás de la mesa de Taryn.

–Claro, Jerry –dijo Taryn conteniendo la risa–. Me pongo con ello. ¿Te viene bien el martes?

Larissa abrió la puerta de la derecha y se miró en el espejo de cuerpo entero.

La chaqueta era demasiado pequeña. Aunque Taryn era más alta, era una talla más delgada. Pero incluso con la prenda tirándole de los hombros y sin llegar a cerrarle, podía ver cómo el corte definía la parte superior de su cuerpo y hacía que su cintura se afinara exageradamente.

Por mucho que, técnicamente, los zapatos hicieran juego con sus pantalones negros de yoga, quedaban ridículos con su estilo informal. Y era imposible caminar con ellos. Aun así, eran muy sexys, pensó con cierto anhelo. Sexys y sofisticados.

–Juro por Dios que uno de estos días te vas a matar –dijo Taryn acercándose por detrás–. Sabes que no sabes caminar con tacones.

Larissa se giró con mucho cuidado para mirar los zapatos desde otro ángulo.

–Lo sé, ¡pero siempre vistes con tanto estilo! Yo parezco que compro en un almacén de saldos.

–Porque es lo que haces.

–Mi ropa es nueva –contestó Larissa intentando no sonar a la defensiva, lo cual era difícil de ocultar porque así se sentía–. Nuevísima. Lo era cuando la compré.

–Ya –apuntó Taryn no muy convencida–. Tenemos la misma conversación cada poco tiempo. Dices que quieres vestir mejor y me ofrezco a ayudarte. Luego prometes que vamos a quedar para ir de compras, pero al final nunca lo haces.

Larissa se descalzó y le devolvió la chaqueta a su amiga.

–Lo sé. No es que me gusten mucho los cambios de imagen. Me gusta más la sencillez –miró su rostro en el espejo. Tenía una piel bonita y una melena rubia oscura con reflejos que se hacía cada seis u ocho meses.

–Un poco de máscara de pestañas no te va a matar –le informó Taryn–. No digo que tengas que vestir como yo, podrías seguir yendo cómoda, pero un poco más arreglada.

–¿Me lo dices como amiga o como jefa?

Taryn volteó la mirada.

–Trabajas para Jack. Es él al que tienes que tener contento. Lo único que digo es que una vez al mes pasas por aquí, te pruebas algo mío y después hablas de hacer algún cambio. Eso tiene que significar algo.

Larissa estaba segura de que así era, pero esa no era la razón por la que había ido allí.

–Tengo que hablar contigo –contestó.

Inmediatamente, Taryn señaló el sofá.

–Claro, ¿qué pasa?

Se sentó en una esquina del cómodo sofá y se giró hacia su amiga.

–Es sobre lo que pasó ayer. Con mi madre y Jack y lo que ella le dijo.

Esperó, deseando que Taryn la interrumpiera con una risa y diciendo: «Está claro que nadie cree que estés enamorada de Jack. Es ridículo».

Pero Taryn se quedó en silencio.

Larissa respiró hondo.

–No lo quiero. Somos amigos. Trabajamos bien juntos. Le aprecio, es un tipo muy agradable. Pero es que mi madre quiere que me case y, bueno, supongo que yo también lo quiero, pero con el tiempo.

Porque desde fuera el matrimonio parecía algo genial, pero desde dentro, al menos a juzgar por lo que había observado en sus padres, era un asco.

Bueno, tal vez esa era una valoración muy dura, pero después de que sus padres se hubieran divorciado, habían sido mucho más felices. Todos estaban de acuerdo en eso. A sus padres les gustaba bromear diciendo que nunca deberían haberse casado y que no lo habrían hecho de no ser por un embarazo inesperado. Ella, concretamente.

–Aquí en Fool's Gold puedo encontrar un hombre tan fácilmente como en Los Ángeles. O, probablemente, aquí sea más fácil. En Los Ángeles tener una cita es más complicado porque al tener el negocio del cine tan cerca la gente tiene unas expectativas menos realistas –apretó los labios–. ¿Por qué no dices nada?

–Porque te estás explicando muy bien tú solita –le respondió Taryn.

–¿Crees que estoy enamorada de Jack?

–Creo que tenéis una interesante y simbiótica relación.

–Eso no es una respuesta.

–Tal vez, pero es la verdad. Jack quiere cambiar el mundo sin implicarse demasiado. Tú quieres salvar el mundo, pero te faltan recursos. Tú tienes corazón y él tiene dinero. Juntos formáis un gran equipo.

–Exacto –se apresuró a decir Larissa–. Somos un equipo, no una pareja. Somos amigos. Entre los amigos hay amor, pero es distinto. No es romántico. Por ejemplo, cuando necesité un hogar temporal para esos tres perros de pelea, Jack me dejó usar su casa.

Taryn apretó los labios.

–¿Te refieres a cuando metiste a los perros en su casa sin que él lo supiera y no le dejaban entrar en su propia casa y tuvo que quedarse una semana en un hotel, pero no se enfadó contigo?

–No hay por qué expresarlo así, pero sí, ese sería un ejemplo de cómo funcionamos como equipo –aunque no estaba completamente segura de que Jack estuviera de acuerdo con ese ejemplo.

–Jack es un buen tipo –dijo Taryn–. Te sigue la corriente y te da lo que quieres porque eso le permite conectarse con todas esas causas sin implicarse. Te gusta que Jack esté siempre ahí detrás para rescatarte si lo necesitas. Corres riesgos, pero sin llegar a exponerte del todo.

Larissa se estremeció.

–No me hace mucha gracia que esta conversación esté siendo tan sincera –quería discrepar sobre lo que había dicho su amiga, pero no pensaba que pudiera.

Taryn le acarició el brazo.

–Te quiero, pero no puedo ayudarte con esto. Lo que tienes con Jack es complicado. Los dos estáis sacando algo de la relación, pero a su vez eso impide que los dos busquéis algo más. Como sabes que Jack no es una buena apuesta, tienes la precaución de no dejar que las cosas vayan demasiado lejos. Y es muy inteligente por tu parte. Pero me pregunto si lo que tu madre quería decir es que estás tan comprometida con él que no te interesa buscar a nadie más.

Larissa se levantó bruscamente, fue hacia la puerta, se detuvo y se giró.

–No me estoy escondiendo del amor.

Taryn enarcó las cejas.

Larissa frunció el ceño.

–No del todo. Simplemente... no estoy enamorada de Jack.

–Demuéstralo. Sal y enamórate de alguien.

–No todo el mundo quiere casarse.

–¿Y qué tiene eso que ver con tener una relación? ¿Es que no quieres más que una amistad? ¿No quieres pasión, sexo y romanticismo y saber que hay alguien a quien puedes llamar a las dos de la madrugada y que él estará a tu lado pase lo que pase?

Larissa asintió porque era la respuesta que Taryn esperaba, pero la verdad era más complicada. Sí, quería pasión, sexo y romanticismo. Pero si necesitaba llamar a alguien a las dos de la madrugada, sabía que los cuatros socios de Score estarían a su lado en un santiamén, con Jack a la cabeza. ¿Era eso lo que Taryn intentaba decir? ¿Que la razón por la que no había encontrado al hombre de su vida era que no le hacía falta encontrarlo?

Dudaba que la verdad fuera así de simple.

El Hunan Palace estaba convenientemente situado en el barrio de Larissa. Las verduras eran frescas, las salsas deliciosas y Jack tenía que admitir que tenían los mejores rollos de huevo que había probado en su vida. Ya que él no cocinaba y que Larissa estaba demasiado ocupada salvando al mundo como para preparar una comida, su cena habitual de los martes implicaba comida para llevar. Quedaban en casa de ella. Él llevaba la comida. Ella ponía la cerveza o el vino. Y todo era muy agradable, muy relajado y sencillo.

Mientras cruzaba la calle, saludó a la gente que conocía o que, al menos, reconocía. Fool's Gold era uno de esos pueblos en los que se esperaba que te implicaras en la comunidad. ¡Pero si hasta Sam estaba impartiendo clases de comercio y economía un par de veces al mes! Y pronto a Kenny lo meterían también en algo. Por todo ello, que le hubieran pedido que ayudara a encontrar a un nuevo entrenador no le había sorprendido. Además, era algo que disfrutaría haciendo. Aunque ya no pudiera jugar, el amor por ese deporte jamás había desaparecido.

Llegó al bloque de apartamentos de Larissa. Vivía en una planta alta sin ascensor, muy propio de ella. Jack sabía que podía permitirse pagar algo mucho mejor y más grande, pero ella no era así; prefería invertir su dinero en distintas causas. Y también el dinero de él, pensó con una sonrisa. Aunque… ¡qué más daba! Tenía más que suficiente.

Llamó una vez y abrió la puerta. Larissa no era persona de echar el cerrojo.

–¡Soy yo! –gritó al entrar en el apartamento de un dormitorio.

Larissa levantó la mirada del libro que estaba leyendo.

–Hola, ven a conocer a Dyna.

Él bajó la mirada y vio una gata corriendo hacia él. Tenía el pelo largo y una mirada azul que casi parecía humana.

–Así que es verdad que tienes un gato.

–Ya te lo dije.

–Sí, pero pensé que estabas de broma.

Dyna se enroscó entre sus piernas dibujando un ocho y dejando una hilera de pelo claro sobre sus pantalones.

–Qué bien –murmuró él apuntándose mentalmente que la próxima vez que fuera allí, primero tenía que cambiarse y ponerse unos vaqueros, por mucho que eso significara tener pantalones de más en la oficina.

Larissa se levantó y fue hacia él.

–No te quejes tanto. ¿No es preciosa?

Ella levantó a la gata, que se relajó en sus brazos inmediatamente.

El pelo de Dyna era de un color blanco crema en la parte delantera de su cuerpo y se iba oscureciendo, pasando por un beis topo, hasta llegar a un intenso marrón por la zona de la cola.

–Es fantástica.

–Me intimida un poco –admitió Larissa–. Nunca había tenido un gato tan precioso.

–Tenéis el mismo color de ojos. Es un poco raro.

Larissa se rio y soltó a la gata.

–¿Te da miedo que tengamos algún tipo de conexión sobrenatural? ¿Que juntas podamos mover objetos y leer la mente?

–Para mí nunca es bueno que una mujer te pueda leer la mente. Nada bueno.

Ella agarró la bolsa de comida y lo condujo hasta la pequeña cocina.

La mesa ya estaba puesta con dos manteles individuales, platos y cubiertos. En el centro, un jarrón con unos cuantos claveles. Los pétalos rosas se estaban poniendo marrones por los bordes, probablemente porque Larissa los había comprado con una rebaja del setenta por ciento. Seguro que ella no querría gastarse demasiado dinero en unas flores porque, ¿y si de pronto una ardilla loca necesitaba ir a terapia?

Larissa levantó la botella de merlot.

–¿Vino o cerveza?

Él se lo pensó un poco antes de responder:

–Cerveza.

Larissa volvió a colocar la botella en el botellero que tenía sobre la encimera. Lo había llevado Jack, junto con una selección de sus merlots favoritos. Porque mientras que estaba seguro de que ella compraría cerveza, no estaba dispuesto a beberse el vino barato que su amiga prefería.

Sacó dos botellas de cerveza de la nevera y cerró la puerta con la cadera. Él abrió un cajón para sacar el abridor y, de paso, agarró unas cuantas cucharas para servir la comida.

Se giró en la pequeña cocina y le pasó el abridor. Ella volvió a la mesa.

Las ventanas estaban abiertas y una agradable brisa entraba por la cocina. Dyna se había acomodado en el respaldo del sofá para observarlos en la distancia, con su regia postura. Larissa abrió las botellas y desenvolvió los paquetes de comida. Se giró hacia él y sonrió.

–¡Has comprado langostinos crujientes! –dijo con alegría–. Gracias.

–Te gustan.

–A ti no.

–Ya, da igual. Déjate el resto para almorzar mañana.

–¿Es que acaso los hombres de verdad no comen langostinos?

–Me encantan, pero los prefiero con una salsa de mantequilla y sobre un buen plato de pasta. ¿Es pedir demasiado?

Ella se sentó y le indicó que hiciera lo mismo. Jack comenzó a girarse hacia la mesa, o al menos esa fue su intención, porque de pronto le resultó difícil moverse.

Desde donde se encontraba podía ver el hombro desnudo de Larissa, que se había cambiado la camiseta del trabajo por una de tirantes. Una de esas de algodón con una pequeña blonda alrededor del brazo y del cuello. La suave tela caía lo suficiente como para dejarle apreciar sus femeninas curvas.

Sacudió la cabeza. Así que Larissa tenía pechos. Sí,

era una mujer, no es que eso le resultara una sorpresa, pero estaba seguro de no haberse fijado en ellos antes. Y qué largas se le veían las piernas con esos pantalones cortos. Tenía unas piernas fantásticas. Bronceadas y tonificadas.

«No», se corrigió. Larguirucha. Era larguirucha. Bajó la mirada hasta sus pies desnudos. Llevaba las uñas pintadas de morado oscuro con unos pequeños lunares rosas. ¿Quién hacía eso?

–¿Qué? –preguntó Larissa–. ¿Estás bien?

–Sí, muy bien.

Se sentó frente a ella y agarró uno de los recipientes. Eran los malditos langostinos crujientes y se los pasó rápidamente.

–¿Cómo la has conseguido? –preguntó señalando a la gata.

–La alcaldesa Marsha me dijo que conocía a una señora mayor que había muerto. Como su familia no podía quedarse con Dyna porque todos son alérgicos, me la quedé yo –bajó la voz–. Creo que estoy empezando a gustarle porque cuando la acaricio, ronronea.

Jack quería decirle que la cuestión no era si le gustaba o no, sino que Larissa era el equivalente a un vale de comida para Dyna y la gata era lo suficientemente lista como para saberlo. Pero como esas palabras sonaban duras hasta en su cabeza, prefirió decir:

–¿Y qué podría no gustarle de ti? –pero entonces, se sintió muy extraño por haber dicho eso.

Algo iba mal. Algo había cambiado. O las dos cosas. Y eso no le gustaba. Se sentía cómodo con Larissa, la entendía. Eran amigos. Así que, ¿qué estaba pasando esa noche?

–Hablando de la alcaldesa Marsha, ¿qué quería hablar contigo?

Jack le contó que necesitaban un nuevo entrenador y un programa de fútbol y que él formaría parte del comité.

—Te divertirás. Los universitarios son geniales, ¡tienen tanto entusiasmo! Y tú tienes buen ojo, podrás ver quién tiene talento de verdad.

—No te emociones demasiado. No voy a ser el mentor de nadie ni voy a pagar la operación de bocio de la madre de nadie.

Los azules ojos de Larissa se iluminaron con diversión.

—¿Estás seguro?

Él suspiró.

—No voy a tentar a la suerte discutiendo contigo por eso. Además, ya sabes a qué me refiero. Voy a ayudar en un comité, no me voy a involucrar en nada.

—A ti te gusta involucrarte.

Él levantó la cerveza.

—No. A ti te gusta involucrarte y arrastrarme a mí. Hay una diferencia.

—Eres un excelente modelo de conducta.

«Solo para ti», pensó Jack mientras daba un trago. Porque él sabía la verdad, sabía que era tan egoísta como cualquiera, aunque con más recursos, esa era la única diferencia.

Larissa comenzó a hablar sobre sus distintas causas y él escuchó solo a medias. Eso era lo que le gustaba. Ser simplemente su amigo. La suya era una relación sin complicaciones, aunque aparentemente un misterio para el resto del mundo. ¿Por qué, si no, la señora Owens iba a hacer un comentario tan estúpido? ¿Larissa enamorada de él? Imposible.

Se relajó en su silla y observó cómo Larissa movía las manos mientras hablaba. Su rostro era muy expresivo. Suponía que de un modo puramente objetivo podría admitir que era guapa. Tenía una piel fina y suave. Nunca llevaba maquillaje, que él supiera, y eso ya era un gran cambio con respecto a las otras mujeres que pasaban por su vida. Su larga melena era bonita, sobre todo cuando la llevaba suelta. En el trabajo siempre la llevaba recogida en una cola de caballo. Recordó una ocasión en la que un cliente la vio y le preguntó si era su hija, porque en ocasiones podía llegar a tener un aspecto muy juvenil.

Agarró otro rollito de huevo y mordió la crujiente envoltura. Sí, era un hombre afortunado. Buenos amigos, buena comida y muy pocos problemas.

–A Mary no le está yendo bien –comentó Larissa con un suspiro.

–¿Quién es Mary?

La expresión de Larissa se entristeció.

–Es la niña pequeña que recibió el transplante de hígado el año pasado. Lleva varias semanas con una fiebre intermitente. Sus padres están preocupados y los médicos le están haciendo pruebas.

Jack asintió como si supiera a qué se refería Larissa, aunque en realidad no era así. Mary era una niña más a la que había ayudado su dinero.

–He estado llamando a su familia regularmente –añadió–. Le he enviado un libro de las muñecas American Girl. *Kit me alegra el día.*

Ahora sí que se había perdido del todo.

–¿Quién es Kit?

–Kit Kittredge. Es una de las muñecas American Girl. Te las he enseñado antes.

–¿Y te estaba prestando atención?

–Probablemente no –un poco de la tristeza que había inundado sus ojos se desvaneció–. Nunca te gustaron las muñecas.

Él le guiñó un ojo.

–No, a menos que fueran anatómicamente correctas. ¿Para qué otras causas debería ir preparándome?

–Va a haber un rescate de chiweenies.

–¿Un qué?

–Rescate de chiweenies, son un cruce entre chihuahua y dachshund.

–Hay gente con mucho sentido del humor –murmuró–. ¿Y cómo me va a afectar esto a mí?

–Se está investigando a un criador. Nos preocupa que tenga una fábrica de cachorros más que un saludable programa de cría.

Jack se podía imaginar el resto fácilmente. Si se trataba de una especie de fábrica de cachorros, entonces se intervendría y Larissa se involucraría, lo cual significaba que él también acabaría haciéndolo.

–No me traigas ninguno a casa –le dijo aunque sin mucha energía. Decirle «no» tampoco servía de mucho y, de todos modos, en realidad no le importaba lo que metiera en su vida porque, al final, eso siempre daba pie a conversaciones interesantes.

–No siempre te involucro a ti también –protestó ella.

–¿Y qué pasó con las mariposas?

Larissa se movió incómoda en su silla.

–Aquello fue una situación especial.

Claro. Una que requirió que él no hiciera ruido ni encendiera las luces durante días. Aunque lo de tener unas mariposas en unas jaulas había sido más llevadero que los perros de pelea que ni siquiera le dejaban entrar en su propia casa.

–Nunca resultas aburrida, eso lo tengo que reconocer.

Más tarde, una vez terminaron de cenar y de recoger, él le dio un abrazo de buenas noches y se marchó. Ya en la acera, respiró el frío aire de la noche y echó a andar de vuelta a casa.

Sí, lo tenía todo, se dijo. Sus compañeros de Score eran su familia, Larissa era su mejor amiga y, siempre que le apetecía, tenía a montones de mujeres con las que poder estar. Y lo mejor de todo era que después podía volver a su casa vacía y tranquila, cuando quisiera. Era un hombre afortunado. La mayoría de los días era genial ser Jack Mc-Garry.

Capítulo 3

Las reuniones de Score solían ser breves y concisas y por esa razón nadie intentaba librarse de ellas. Larissa estaba sentada en un extremo de la gran mesa de conferencias y tomaba notas sobre los aspectos que la incumbían a Jack o a ella. Tenía preparada también una breve presentación para cuando Kenny le diera pie.

Los campos de especialización los marcaban las habilidades de cada uno. Jack y Kenny buscaban nuevos clientes, Sam se ocupaba de la gestión del dinero y Taryn se encargaba de los clientes ya existentes mientras mantenía a los «chicos» a raya.

La dirección cotidiana solían compartirla Sam y Taryn, pero Kenny desempeñaba un papel activo en la mayoría de las contrataciones y dirigía las reuniones de personal.

Ahora Larissa le estaba escuchando y preguntándose distraídamente cuánta gente se sorprendería al saber que el exjugador tenía una licenciatura en Lengua Inglesa, una que se había ganado a base de gran esfuerzo, yendo a clase y redactando trabajos. Como estrella del fútbol, había tenido opciones más sencillas, pero no las había aceptado. Había sacado un notable alto de media estudiando y haciendo bien sus exámenes. Kenny bromeaba al contar que durante su primer año en la universidad sus compañeros de equipo le habían robado todo lo que leía en el autobús o el avión convencidos de que tenía que llevar porno escondido entre las páginas de sus libros. No podían entender que a un tipo capaz de jugar como jugaba él también le gustara leer.

Taryn cambió de postura en su silla y Larissa sonrió pensando en cuánto le recordaba su jefa a Dyna. Sí, tenían distinto color de pelo, pero las dos eran preciosas y se sentían muy seguras de su lugar en el mundo. Dyna se había adaptado bien al pequeño apartamento y se había pasado las dos últimas noches durmiendo en la cama. Un avance, pensó feliz. Esa mañana se había despertado ronroneando y acurrucándose a ella.

Al igual que la gata, Taryn se había apaciguado cuando había encontrado seguridad en su vida personal, es decir, cuando se había enamorado de Angel. Desde entonces su actitud se había suavizado y vuelto más cercana. Larissa suponía que no debía resultarle raro. Todo el mundo cambiaba cuando se enamoraba o, al menos, eso había observado porque no es que pudiera decirse que ella hubiera sentido esa emoción en carne propia.

«Algún día», se prometió con añoranza. Si es que tenía suerte…

–Larissa nos va a poner al día sobre el torneo de golf –apuntó Kenny.

Volvió a centrarse en la reunión y miró sus notas.

–El evento benéfico es una recaudación de fondos. La fundación de Raúl Moreno lo organiza y vosotros tres estáis en el programa para jugar –repasó algunos otros detalles.

–Pensad en lo que podríamos haber hecho con los Stallions si hubiéramos tenido a Moreno –señaló Sam.

Larissa miró a Taryn y volteó la mirada. Taryn asintió.

Siempre que hablaban del torneo acababan en lo mismo. La gracia del comentario era que Jack había sido quarterback de los Stallions mientras Kenny y Sam habían estado en el equipo y les había funcionado muy bien. Hasta habían ganado una Super Bowl. Pero les gustaba bromear diciendo que si hubieran tenido a Raúl Moreno, quarterback de los Dallas Cowboys, todo les habría ido mucho mejor.

Kenny se recostó en su silla y suspiró.

–Habría sido genial.

–No os merecéis todo lo bien que os fue –le dijo Jack–. Tenéis suerte de que estuviera dispuesto a jugar con vosotros.

Siguió hablando, pero Larissa no escuchó. Para ella, la reunión ya había terminado. En veinte minutos tenía un masaje y tenía que preparar algunas cosas.

Recogió sus notas y se levantó. Taryn la miró.

–Huye mientras puedas –murmuró su amiga.

Larissa sonrió y lo hizo.

Después de dejar las notas en su despacho, se dirigió hacia los vestuarios. Su sala se encontraba entre los dos, al final de un corto pasillo. Una vez dentro, encendió las luces y activó el termostato.

Cuando no estaba trabajando, la habitación se ajustaba a la temperatura ambiente del edificio, pero cuando estaba con un paciente, le gustaba que el aire fuera cálido.

Su ritual siempre era el mismo y eso le resultaba relajante. Primero calentaba la sala; después encendía la música. Ese día Jack era el primero, así que eligió su archivo de mp3, lo activó, y arrancó la máquina que calentaba las compresas térmicas. Cuando las sacara para usarlas, estarían a unos setenta grados.

Limpiaba la camilla de masajes cada día antes de irse, de modo que cuando comenzara a trabajar al día siguiente solo tuviera que colocar la manta eléctrica, cubrirla con una almohadilla gruesa, y echar las sábana por encima. Y eso fue lo siguiente que hizo.

Para Jack empleaba calor húmedo en el hombro, que era donde le dolía todo el tiempo. Tenía muchos dolores en general, pero el hombro era donde ella concentraba su trabajo. Kenny tenía lesiones por todas partes. Era el que había recibido más golpes y no había una parte de su cuerpo que no le causara dolor en uno u otro momento. Sam, el pateador, era el que tenía menos lesiones.

Le resultaba interesante trabajar con ellos. Eran atletas, pero muy distintos entre ellos, sobre todo Taryn. Ella era más pequeña. Tenía buenos músculos, pero comparada con los chicos, resultaba enclenque. Sus masajes siempre los daba al final del día. Si los tres chicos la necesitaban en una misma mañana, las manos, los brazos y los hombros se le quedaban agotados durante horas. Por el contrario, dar masajes a Taryn era prácticamente como unas vacaciones. No había nudos que manipular, ni cartílagos dañados, ni agarrotamientos que soltar.

Fue hasta el armario y sacó la botella que empleaba con Jack. Todo estaba personalizado. Esa era la ventaja de tener solo cuatro pacientes, y la razón por la que la tenían en plantilla. Sabía lo que les gustaba. Taryn y ella hablaban de cosas de chicas. Sam nunca hablaba. Kenny se mostraba muy agradable comentando algún libro que estuviera leyendo o alguna película que hubiera visto. Y con Jack eran noventa minutos de entretenida compañía. Hablaban de todo, desde restaurantes hasta las distintas causas que apoyaba a través de ella.

Miró el gran reloj que colgaba de la pared y vio que casi era la hora. Bajó la intensidad de las luces y comprobó la temperatura de la manta eléctrica que había colocado en la camilla.

«Perfecto», pensó, sintiendo la calidez a través de las sábanas. Echó atrás la sábana de arriba, abrió un cajón y sacó un cepillo. Se cepilló su larga melena y se la recogió en una cola de caballo. Cerró el cajón justo cuando Jack entraba en la sala.

–Hola –la saludó.

–Hola.

Como siempre, Jack llevaba un albornoz blanco y unas chanclas de ducha. Todos iban ataviados así cuando los atendía en la sala. Con mucha educación, ella se giró para que él pudiera colgar el albornoz antes de tumbarse en la camilla.

En un centro de masajes propiamente dicho, ella en ese momento saldría de la sala, a pesar de que, después de todo, durante un masaje los pacientes estaban desnudos. Pero la primera vez que lo había intentado allí con los chicos, le habían dicho que no se molestara. Tal como lo había expresado Kenny: «Ninguno tenemos nada que no hayas visto antes». También estaba el hecho de que frecuentemente la llamaban para que entrara a la sauna a masajear algún músculo dolorido y allí estaban desnudos. Resultaba algo raro, pero se había acostumbrado.

Durante las prácticas de masajes habían recibido instrucciones sobre cómo comportarse ante la incómoda situación de tener que tocar a alguien desnudo. Había leyes y códigos específicos de ética que se tenían que seguir, pero sus chicos jamás habían sobrepasado los límites. Ellos no eran así.

Ninguno quería que los tapara cuando estaban tendidos boca abajo. Larissa había librado esa batalla el primer año, pero la había perdido. Cuando se colocaban boca arriba, cubría sus… zonas íntimas con una toalla. Taryn ni se molestaba con eso. Y en cuanto a las reacciones masculinas ante la caricia de una mujer… Kenny a veces tenía erecciones, pero se reía de ello y ese sentido del humor hacía que ella se sintiera completamente cómoda con la situación. Sam no solía excitarse; ese hombre tenía una voluntad de hierro. Y Jack, bueno, parecía ser como Sam.

Esperó hasta oír a Jack tenderse sobre la camilla.

–¿Por qué siempre sacas esa estúpida sábana?

–Porque es mi trabajo.

Se giró y vio que, como siempre, había tirado al suelo la sábana de arriba. Sonrió ante lo típico de la situación.

Recogió la sábana y la echó en el cubo de la ropa sucia; después agarró la compresa térmica humedecida, la envolvió y la colocó en su hombro derecho. Eso soltaría los músculos mientras trabajaba en el resto de la espalda.

Comenzó el masaje tocando la parte superior de sus brazos para, a continuación, pasar a la espalda en busca de algún punto nuevo de tensión o dolor. Movía las manos con seguridad, pero también suavemente mientras friccionaba esos familiares músculos. Fue bajando hasta la parte baja de su espalda antes de volver atrás.

–Taryn tiene un alijo de revistas de novia en su despacho –dijo distraídamente–, pero cuando le pregunto si Angel y ella han fijado fecha, no me dice nada. Creo que no sabe qué hacer.

Mientras hablaba, hundió los dedos en el hombro izquierdo que, a pesar de no estar tan destrozado como el derecho, también había recibido muchos golpes.

–Taryn no puede decidirse entre una gran boda y fugarse –respondió Jack con la voz ligeramente amortiguada.

–Lo sé. Hace unos días dijo que iba a celebrar una gran boda, y ayer dijo que se iban a fugar. Espero que se decida por la boda. Seguro que llevaría un vestido de diseño fantástico.

–Tú también tendrías que arreglarte –señaló él.

Y esa no era una de sus cosas favoritas.

—Podría soportarlo por un día. ¿La vas a llevar al altar?

Formuló la pregunta sin pensar, pero entonces recordó que Jack y Taryn habían estado casados una breve temporada. Ella se había quedado embarazada y él había insistido en que debían hacer lo correcto. Cuando unas semanas después había perdido el bebé, se habían divorciado. Por lo que sabía, nunca habían estado enamorados y el tema de su matrimonio no era un asunto delicado ni tabú. Al menos, no desde fuera.

—A Taryn no le haría gracia la idea de que alguien la lleve o la traiga. Yo creo que si al final se decide por la boda, ella misma irá solita hasta el altar.

Larissa comenzó a manipularle la espalda. Tenía la piel caliente y el aceite permitía que las manos se deslizaran con facilidad. La música era agradable. Relajante.

—He recibido otra llamada por lo de los chiweenies —le dijo—. Van a realizar otra visita para ir a hablar con la mujer. Están seguros de que es un caso de síndrome de Diógenes con animales, el síndrome de Noé. Los del grupo de rescate están trabajando con las fuerzas del orden locales para que entregue a los animales y así evitar que se le imputen cargos.

—Ni se te ocurra traerme perros a casa.

Ella sonrió.

—¿Acaso yo haría algo así?

—En un santiamén.

Jack hizo lo posible por relajarse. La mayoría de las veces el masaje de Larissa era lo mejor del día. Su hombro le generaba un dolor crónico y, ya que no tomaba analgésicos, había aprendido a convivir con él.

La compresa térmica que le aplicaba lo calmaba un

poco. Después, hundía los dedos entre las articulaciones en busca de lesiones y, aunque esa parte no era divertida, el resultado sí que era todo un alivio… al menos, durante unas horas.

Mientras, ella le hablaba de sus causas y de lo que pasaba por el pueblo. Unas veces la escuchaba y otras no, porque ya había aprendido que si se trataba de algo importante, ella se lo volvería a contar.

Sin embargo, ese día no podía relajarse, no como de costumbre. Algo pasaba. No era la camilla, que seguía siendo la misma, al igual que las sábanas y la música. Incluso el aceite lo era.

Pero algo pasaba. Intentó cerrar los ojos, pero eso tampoco ayudó. Ella seguía moviendo las manos sobre su cuerpo, deslizándolas hacia la parte baja de su espalda. Más y más abajo. El hombro era lo último en lo que trabajaba justo antes de que él se tumbara boca arriba porque de ese modo podía atacarlo desde ambos lados. Siempre pasaba eso. Le ponía calor, le manipulaba la espalda, y después se ponía con el hombro. Él se daba la vuelta, ella manipulaba la parte delantera del hombro, lo envolvía en calor y después continuaba con el resto. Tenían una rutina y funcionaba. Así que, ¿qué problema había?

Sus manos se deslizaban más y más abajo sobre su espalda. Sabía lo que vendría a continuación. Pasaba a la cadera y de ahí a un lado del trasero donde hundía los dedos en algún punto de presión. Apretaba hasta que él estaba a punto de levantarse de la camilla, pero entonces, de pronto, el dolor salía de su cuerpo como si Larissa hubiera descorchado una botella.

Como siempre, comenzó por el lado derecho. Él no sabía muy bien si empleaba los dedos, los nudillos o qué, pero de modo certero encontraba ese maldito punto y ejercía presión sobre lo que parecía el centro de su pelvis.

El dolor era agudo, casi como el que produciría un cuchillo. Era dolor en un nervio, pensó reconociendo la diferencia. Comenzó a tensarse y justo cuando le pareció que no podía soportarlo, el dolor desapareció repentinamente y él se quedó relajado.

Larissa rodeó la mesa hasta el otro lado y posó la mano sobre la parte baja de su espalda, como si en silencio le estuviera diciendo que estaba ahí. Deslizó los dedos por la cadera y volvió a hundirlos en la otra nalga mientras la otra mano la apoyaba en la parte trasera de su muslo.

¿Eso siempre lo hacía? ¿Lo de apoyar ahí la mano? Porque le estaba resultando muy agradable. Tenía buenas manos, fuertes. Y las movía con una seguridad a las que un hombre se podía acostumbrar. Si moviera esa mano un poco más arriba y hacia el centro. Si él separara las piernas un poco, ella podría…

El intenso dolor aumentó, aunque no bastó para distraerlo y cuando se disipó, una nueva molestia lo reemplazó. Una que iba en aumento y que no lograba identificar del todo. Era como si…

Jack maldijo para sí al darse cuenta de que tenía una erección. ¿Pero qué demonios? ¿Ahora? ¿Durante un masaje? ¿Es que de pronto tenía quince años?

«Para», se dijo. Él no podía excitarse, no así. Nunca le había pasado. Bueno, de acuerdo, tal vez un par de veces cuando había estado mucho tiempo sin estar con una mujer, pero entonces había pensado en la relación que mantenía con Larissa y había sabido que eso jamás sucedería. Porque eran amigos, era una persona que le importaba y sabía muy bien que no debía acostarse con alguien que le importara.

Con pensar eso siempre le había bastado para ocuparse del problema cuando había surgido. Pero hoy no era el caso. Porque cuanto más pensaba que no debía, más se excitaba. Cuanto más se decía que no, más se imaginaba cómo sería estar con ella, con sus manos moviéndose por todo su cuerpo y él devolviéndole las caricias y explorándola con la boca antes de situarse entre sus muslos y...

¡Mierda!

Sin pensarlo, agarró la sábana que tenía debajo y la separó de la manta eléctrica.

–¿Jack? –preguntó Larissa apartándose de la camilla–. ¿Qué estás haciendo?

–Tengo que irme –dijo poniéndose en pie y, con cuidado de colocar la sábana alrededor de su erección, se marchó.

El vestuario estaba al otro lado del pasillo. Corrió adentro y fue directo a la ducha. Abrió el grifo del agua fría y se metió debajo.

Diez minutos más tarde ya se había restablecido el orden en su universo personal. Se secó y se vistió. Recogió la compresa térmica del hombro, ahora empapada, preguntándose cómo iba a explicarle a Larissa lo sucedido. A lo mejor podía decirle que le habían entrado ganas de vomitar. ¿Se lo creería?

La puerta del vestuario se abrió. Jack gruñó y se giró, preparado para esquivar el problema con una mentira. Pero la suerte estaba de su parte porque, en lugar de Larissa, vio a Kenny dirigiéndose hacia él.

–¿Qué? –le preguntó su amigo–. Larissa está ahí fuera nerviosa. Dice que has salido corriendo sin decir nada –le puso la mano en el hombro–. Hermano, está preocupada. ¿Qué pasa?

Jack no sabía si echarse a reír o ponerse a soltar improperios otra vez.

Soltó la compresa sobre el banco y se sentó al lado apoyando la cabeza en las manos.

–He tenido una erección durante el masaje –admitió.

Kenny se rio.

–¿En serio? ¿Y a eso viene tanto alboroto? Son cosas que pasan, no es para tanto.

Jack bajó las manos y miró a su amigo. Los ojos azules de Kenny estaban cargados de diversión.

–¿Tú también? –le preguntó.

–Claro. A Larissa no le importa. Bromeamos con ello. Se baja al rato. ¿Por qué te has puesto así ahora?

–Porque yo no suelo tener ese problema.

–Sam y tú lo complicáis todo demasiado. Mira, no estás saliendo con nadie, estás desnudo y una mujer preciosa te está toqueteando. Es biología, tío. Todo se reduce a la biología.

Tal vez, pensó Jack, pero eso no explicaba por qué se sentía tan extraño por lo sucedido.

–Está ahí fuera preocupada. Dile que estás bien.

–Díselo tú.

Kenny negó con la cabeza.

–Estás sacando las cosas de quicio. Si no hablas de ello ahora, vas a tener que explicárselo luego y entonces ya no resultará tan fácil.

Jack se encogió de hombros. Ya se ocuparía de ese problema cuando llegara el momento, pero hasta que averiguara lo que había pasado, evitar a Larissa le parecía el mejor plan.

Larissa recorrió el camino de entrada de la casa de Jack. La imponente construcción de dos plantas era muy elegante, una de las varias que había en el campo de golf. El jardín estaba perfectamente cuidado, las ventanas eran grandes y la pintura reciente. Jack siempre era partidario de contratar a los mejores profesionales para hacer un trabajo y eso se notaba. Todo en su vida estaba bien atendido.

No como el estilo que lucía ella, pensó mientras se dirigía a la puerta principal. Llamó una vez y entró porque la puerta casi nunca estaba cerrada con llave.

–¡Soy yo! –gritó al entrar–. ¿Jack?

Sabía que estaba allí porque su Mercedes estaba en la entrada. Aun así, se esperaba que no le respondiera porque llevaba todo el día evitándola.

Y eso no le gustaba. No le gustaba que hubiera salido corriendo de la sala de masajes y que después no le hubiera dirigido la palabra. Citando la película favorita de su madre podía decir que «había una gran perturbación en la Fuerza». Llevaba todo el día inquieta y ni siquiera la había tranquilizado que Kenny hubiera insistido en que Jack estaba bien.

Oyó algo y alzó la mirada. Jack estaba en las escaleras del segundo piso. Se había puesto unos vaqueros y una camiseta. Parecía cansado y dolorido.

Ella posó las manos en las caderas.

–¿Qué? Dime qué ha pasado. No pienso marcharme hasta que me lo cuentes.

Él bajó las escaleras y, por primera vez en años, Larissa fue incapaz de interpretar la expresión de su rostro. ¿Cómo era posible que no supiera qué estaba pensando Jack?

–Me estás asustando –admitió–. ¿Estás enfadado conmigo o pasa algo? Tenemos que hablar. Esto no está bien.

Él llegó a la planta principal. Iba descalzo, pero seguía siendo más alto que ella. Y qué hombros tan anchos tenía. Como hombre, Jack la estaba poniendo nerviosa; prefería verlo simplemente como a su amigo.

–Di algo.

Él se metió las manos en los bolsillos del vaquero y suspiró.

–No estoy enfadado.

–De acuerdo –menos mal–. ¿Y entonces?

Jack posó su oscura mirada en su cara.

–Me he excitado durante el masaje, y eso no me suele pasar. Como no sabía qué hacer, me he marchado.

Más bien había salido corriendo, pensó ella antes de que su cerebro fuera a otro sitio.

¿Excitado? ¿Una erección? Jack seguía hablando, pero ella ya no escuchaba. No, cuando había tanto que procesar.

Conocía a las mujeres que habían pasado por su vida, aunque no personalmente, claro, porque simplemente las veía, no se relacionaba con ellas. Probablemente ser tan preciosas les robaba demasiado tiempo como para tener amigas. Sus mujeres eran todas o modelos o actrices. También había vivido los dos lamentables meses que Jack había estado saliendo con una conejita Playboy. Una chica impresionante, aunque no tanto a la hora de mantener una conversación.

Lo entendía. A Jack le gustaban las mujeres bonitas. ¿Por qué no iban a gustarle? Estaban disponibles, y probablemente esa era la razón por la que le estaba costando asimilar el hecho de que ella lo hubiera excitado. Sabía que era bastante guapa, pero dentro de lo normal. Él estaba acostumbrado a la perfección y ella era más bien… corriente. Así que, ¿cómo era posible que se hubiera sentido excitado por ella?

Suponía que era porque hacía tiempo que no tenía novia. Ahora vivía en Fool's Gold y allí era más complicado ir de amante en amante y pasar desapercibido al mismo tiempo.

–… pedido a Kenny que hablara contigo –terminó él.

Se había perdido la primera mitad, pero suponía que no pasaba nada.

–Esas cosas suceden –le respondió confundida, pero intentando ignorarlo–. En la escuela de masajistas tratan este tema. A Sam nunca le pasa, pero a Kenny le pasa con bastante frecuencia. Bromeamos sobre ello y después seguimos como si nada. Es una función biológica. Sé que no es nada personal.

La expresión de Jack comenzó a relajarse.

–¿Y no te importa?

–Claro que no. Te estaba masajeando a fondo. Nos conocemos. Somos amigos. Te sentías cómodo y te has relajado demasiado.

Estaba diciendo lo correcto, lo más profesional, aunque lo que de verdad estaba pensando era que no le importaría que fuese algo personal. Que le gustaría que él dijera que se había dejado llevar.

Pero mientras esos pensamientos se formaban en su cabeza, los contenía. ¿Qué demonios? ¿De dónde habían salido? Jack y ella eran amigos. Le gustaba, pero no de ese modo.

Él le tocó el brazo. Fue un ligero roce, aunque pareció prenderle fuego hasta lo más adentro.

–Gracias –le dijo con sinceridad–. ¿Por qué no habré venido a hablar contigo antes?

–Ahora tampoco has venido. He venido yo.

Él le lanzó una sonrisa; una dulce y sexy sonrisa que hizo que le temblaran las rodillas.

–Como siempre. Vamos. Te invito a una copa de vino.

Automáticamente, lo siguió hasta la enorme cocina. Él sacó una botella de merlot de la bodega construida en la pared y sacó el abridor de un cajón mientras ella preparaba las copas. Porque era algo que habían hecho miles de veces antes, tenían un ritual. Un ritual que le gustaba.

Sin embargo, esa noche quería algo distinto. Quería que él se acercara y la besara y… bueno, no estaba segura

de qué harían después, pero tampoco quería ser quisqui-
llosa. Con tal de estar con Jack, estaba feliz.

Por segunda vez, comenzó a retroceder mentalmente.
«No», se dijo con firmeza. No tenían nada y nunca lo habían tenido. Había aprendido la lección muy pronto y la
había aprendido bien: Jack le rompería el corazón. Jack
quería a la mujer más hermosa… durante quince minutos,
y después se olvidaba. Quería sexo y una conversación
sin complicaciones, no quería una relación. Y ella… ella
no sabía lo que quería, pero seguro que no era eso. ¿O sí?

Aceptó la copa que él le ofreció y lo siguió hasta el
gran salón. Cuando veían películas bajaban a la sala de
audiovisuales porque la casa de Jack era, si no la más
grande del pueblo, una de las más grandes. Cinco o seis
dormitorios, un sótano completamente equipado y garaje
para tres coches. Tenía espacio, todo tipo de artilugios y
muchas superficies resplandecientes. Pero en ocasiones
ella se preguntaba si se sentiría solo en un lugar tan grande.

La casa que había tenido en Los Ángeles había sido
parecida, y tal vez eso explicaba las relaciones fugaces
que tenía con las mujeres. Fingía que formaba parte de
algo durante unas horas y después ahí terminaba toda posible relación.

Había un enorme sofá curvado frente a una impresionante chimenea y cuadros colgando de las paredes. Cuadros de playas y árboles, cuadros de verdad, no represen-
taciones de arte pop de él jugando al fútbol.

Vio un pequeño óleo junto a un antiguo escritorio en
una esquina.

–¿Es nuevo? –preguntó dejando la copa de vino y acercándose para observarlo.

Los colores que lo componían eran tonos del océano y
del bosque. Había un mar y una isla al fondo. Apenas po-

día distinguir el diminuto cartel junto a los barcos. *Puerto Deportivo de Blackberry Island.*

—¿Cuándo lo has comprado? —preguntó girándose para mirarlo.

Él dejó la copa junto a la de ella y sonrió.

—No lo sabes todo sobre mí.

—Normalmente lo sé todo, pero esto es inesperado —esbozó una sonrisa más amplia—. Tienes una vida secreta.

—Ojalá. Estaría bien tener un poco de intimidad en este pueblo, pero no me quiero hacer ilusiones.

Ella volvió a su lado.

—¿Qué te gustaría mantener en la intimidad? Está bien que lo sepamos todo el uno del otro.

—Es cosa de chicos.

Ella volteó la mirada.

—Esa es una frase muy recurrida que no tiene ningún fundamento real. Intentas distraerme y no te va a funcionar.

—Larissa, si quisiera distraerte, hay mejores formas de hacerlo.

Estaba siendo divertido, juguetón, y lo sabía porque conocía a Jack. Pero cuando pronunció esas palabras con esa voz tan firme que resultó provocadora y ligeramente sensual, ella solo pudo pensar en una cosa.

Sus músculos se tensaron mientras su mirada se posaba involuntariamente en su boca. Le costaba respirar y lo único en lo que pudo pensar fue en el intenso deseo de que la besara. Pero no en la mejilla ni en la frente, como solía hacer. Quería que la besara en la boca como si de verdad la deseara.

La expresión de sorpresa de Jack rápidamente se transformó en una que no podía interpretar. Primero dio un paso atrás y alzó los brazos como si quisiera protegerse de ella, pero al instante la agarró, la llevó hacia sí y la besó.

El contacto fue inesperado y exactamente lo que había deseado. Ella se entregó a su abrazo y posó las manos en sus anchos hombros mientras sus muslos se rozaban. Aunque lo mejor de todo fue cómo la besó.

Con delicadeza al principio, suavemente, sin apenas tocarla, y después con más firmeza. Ella cerró los ojos mientras se derretía contra él. Sí, Jack seguía ahí, besándola. Había ternura, pero también algo distinto. Algo más.

El calor comenzó a bullir en su pecho fluyendo en todas direcciones, haciendo que su cuerpo ardiera y se volviera sensible a cada roce. Él le acariciaba la espalda y la sujetaba con la presión justa. De pronto le resultó difícil pensar y el mundo se redujo a ese hombre y a lo que le estaba haciendo.

Su lengua rozó su labio inferior y ella respiró hondo mientras separaba los labios para él. El beso se intensificó y al instante estaban el uno devorándose al otro. Ella movía las manos de arriba abajo por su espalda, deseando más, necesitando que la tocara por todas partes. Y Jack respondió del mismo modo. Deslizó una mano hasta su trasero mientras movía la otra por su cintura y sus costillas y llegaba a su pecho izquierdo. Y cuando rozó sus dedos contra el terso pezón, ella se vio invadida por una especie de corriente eléctrica que le hizo dar un salto atrás.

Se quedaron mirando el uno al otro, ambos con la respiración entrecortada. La pasión oscurecía los ojos de Jack y verlo la hizo temblar. Intentó hablar, pero, ¿qué podía decir? Por eso hizo lo único que le pareció que tenía sentido… y esa vez fue ella la que salió huyendo.

Capítulo 4

–He besado a Jack.

Supuso que un «Hola» o un «¿Puedo pasar?» eran una mejor forma de saludar, pero dijo esas palabras sin pensar. Bailey se la quedó mirando un segundo antes de indicarle que entrara en su pequeña casa.

–¡Vaya! –exclamó su amiga–. Y yo que creía que iba a pasar una tranquila y aburrida tarde porque Chloe está en casa de una amiga, pero entonces vas tú y apareces. ¡Bien hecho!

–Lo siento –dijo Larissa con la respiración entrecortada–. ¿Es mal momento?

–Por supuesto que no. Como te he dicho, Chloe no está y tú eres mejor que cualquier cosa que pueda ver por la tele. Vamos a la cocina. Tengo vino barato y ayer hice brownies.

«Otra copa de vino», pensó Larissa decidida a probarlo esta vez.

Entró en la cocina de Bailey. El contraste entre la moderna y enorme cocina de la casa de Jack y esa tan diminuta y vieja, aunque muy acogedora, no podía haber sido mayor. Ahí las encimeras eran de azulejo amarillo y verde, resquicios del siglo pasado. Además, los armarios habían visto épocas mejores y apenas había sitio para una diminuta mesa con sillas.

Aun así, era una sala muy agradable con montones de alegres dibujos sujetos con imanes a la puerta de la nevera. Un gran y vistoso calendario dominaba una pared lleno de anotaciones de actividades y citas con amigas.

Larissa tomó aire lentamente y comenzó a relajarse. No había pasado nada tan terrible, nada de lo que no pudiera recuperarse. Pronto el orden y el equilibrio quedarían restablecidos, y si no era así, encontraría otra causa y se volcaría en ella.

Bailey descorchó la botella de vino, sirvió dos copas y sacó un plato de brownies. Una vez estuvieron sentadas la una frente a la otra en la diminuta mesa, se inclinó hacia delante y sonrió.

—A ver, empieza por el principio. ¿Cuánto tiempo lleváis besándoos Jack y tú?

Larissa gruñó y se cubrió la cara con las manos.

—Nunca lo habíamos hecho —agarró la copa de vino—. Ha pasado, sin más.

—¿Cuándo?

—Hace como veinte minutos. Estábamos charlando y entonces, de pronto, nos estábamos besando —o así creía que había pasado, porque el recuerdo seguía algo borroso. O, al menos, el recuerdo de la conversación, no el del beso en sí. Eso había sido espectacular—. Todo es culpa de mi madre —añadió.

—¿Por decirle a Jack que estabas enamorado de él? —preguntó Bailey con tono comprensivo—. Sí, ya me he enterado. Y entiendo que eso haya podido cambiar las cosas. Aunque no sea verdad, de pronto tomas conciencia de lo que está pasando con Jack y puede resultar incómodo —agarró un brownie—. A menos que sí que estés enamorada de él, claro.

Larissa se sirvió otro brownie.

–No lo estoy. Lo juro. Me gusta Jack, es un tipo genial, pero que me guste no significa que le quiera.

–Es muy sexy. ¿Es ese el problema? No es amor, sino algo más… ¿terrenal? –Bailey sonrió–. Intento ser sutil, pero no es mi mayor virtud.

–Ya lo veo –Larissa pensó en la pregunta–. ¿Te refieres a si quiero acostarme con Jack?

–Lo has besado y el sexo está muy bien.

Larissa la miró.

–¡Vaya! ¿Acaso tú sí que quieres acostarte con Jack?

Bailey, que acababa de darle un mordisco a su brownie, sacudió la cabeza mientras masticaba. Cuando tragó, dijo:

–No, es todo tuyo. Solo lo digo porque de vez en cuando tener un cuerpo calentito a tu lado en la cama puede resultar fantástico.

El marido de Bailey había muerto en Afganistán hacía poco más de un año, por lo que los recuerdos de su pérdida seguían frescos.

–¿Hay alguien más con quien quieras acostarte? –le preguntó en voz baja.

–No estamos aquí para hablar de mí –le recordó Bailey–. Eres tú la que se ha presentado aquí y me ha dicho lo del beso. Por cierto, ¿cómo han quedado las cosas después?

Larissa dio un sorbo de vino. Iba a necesitar más de una copa para olvidar ese recuerdo en particular.

–He salido corriendo.

–Como…

–Me he ido así, sin más. Sí, ya, no ha sido mi mejor momento. No sabía qué decir. No teníamos que habernos besado, somos amigos. Lo necesito a mi lado.

–¿Y que os beséis no significa que lo tienes a tu lado?

Larissa sonrió.

–Ahora me estás haciendo sentir mejor y no estoy segura de que eso esté permitido –la sonrisa se desvaneció–. Esto es una locura.

–¿Por qué? –preguntó Bailey–. Trabajas con tres tíos buenos que se pasean por ahí desnudos.

La sonrisa volvió a su rostro.

–No se pasean por ahí desnudos.

–Prácticamente. He oído historias sobre las reuniones en la sauna. Taryn habla de ello. Además, les das masajes. Me parece que aquí la verdadera sorpresa es que cualquiera de ellos haya tardado tanto en darse cuenta y besarte.

–¿Por qué lo dices así?

Bailey suspiró exageradamente.

–¿Tú te has visto? Eres una rubia alta y de piernas largas con unos enormes ojos azules y un trasero diminuto. Resulta desalentador para las demás.

La descripción no tenía nada que ver con la imagen que Larissa tenía de sí misma y eso le hizo querer darse la vuelta para comprobar si tenía a alguien detrás a quien Bailey se estuviera refiriendo en realidad.

–Soy aburrida y corriente –señaló–. Llevo pantalones de yoga todo el tiempo y nunca me molesto en maquillarme.

–Unos pantalones de yoga que resaltan tu perfección. Yo, por el contrario, llevo encima diez kilos de más –agarró otro brownie–. Unos kilos que he aceptado como parte permanente de mi vida.

Larissa miró a su amiga. Bailey era una preciosa pelirroja con exuberantes curvas y un sensual centelleo en sus ojos verdes. Imaginaba que la mayoría de los solteros del pueblo estaban intentando llamar su atención.

–Tú eres una dulzura, yo en absoluto.

–Ya, ya. Podríamos elaborar una encuesta –Bailey ladeó la cabeza–. A menos que estés enamorada de Jack en secreto.

Larissa se terminó la copa de vino y agarró la botella.

–No lo estoy y juro que la próxima vez que vea a mi madre, la voy a matar.

Bailey sonrió.

–Lo dudo mucho.

–Lo sé –suspiró–. ¿Y qué hago con lo del beso?

Bailey pensó en la pregunta.

–¿Qué quieres hacer?

–Fingir que nunca ha sucedido.

–Me parece un buen plan.

Mientras que Kenny se ocupaba de las reuniones de personal, Taryn se encargaba de las reuniones de socios, y todas ellas se celebraban con demasiada frecuencia para la tranquilidad mental de Jack. ¿De verdad hacía falta saber lo que los demás estaban haciendo? Al parecer sí, y por esa razón ahora estaba sentado en el despacho de Taryn escuchándola hablar sobre la situación de varios proyectos de sus clientes.

Normalmente eso le resultaba interesante, pero no esta vez. No, cuando estaba intentando asimilar el hecho de que Larissa y él se hubieran besado. Ni siquiera estaba seguro de cómo había pasado. Primero estaban bromeando y charlando como siempre y al instante ella lo había mirado con una expresión que no había visto antes. Bueno, sí que la había visto, pero no viniendo de ella. Y no así.

Lo había deseado, eso había quedado claro. Y que Larissa lo deseara le había resultado irresistible. Por supuesto, no había que olvidar que había estado inquieto con el asunto de la erección, así que tal vez ella había visto algo en él que había desencadenado sus sentimientos y eso había propiciado el beso.

Intentaba decirse que solo era un beso, pero, tratándose de Larissa, ¿podía ser solo eso? Por lo que él sabía, ella miraba mucho a quién besaba. ¿Y eso qué significaba?

Mierda. Todo era una mierda. Y si su mente seguía dando vueltas en círculo como un maldito hámster en una rueda, él probablemente acabaría convirtiéndose en una mujer.

—Jack —dijo Taryn con tono frío—. ¿Te importaría participar en la reunión?

Él levantó la mirada impactado.

—¿Qué?

Su socia lo miró.

—Estás en otra parte. ¿Te importaría compartirlo con el resto de la clase? Está claro que tenemos un problema.

¿Todos lo sabían? ¿Cómo podía ser?

Kenny soltó una risita.

—A Jack se le puso dura durante el masaje de ayer y se quedó asustado.

Jack estuvo a punto de corregirlo diciendo que el verdadero problema era el beso, pero se detuvo a tiempo.

Taryn volteó la mirada.

—¿En serio? ¿Eso es lo que te tiene tan distraído? No puede ser la primera vez que te haya pasado.

—No, claro que no es la primera vez que me pasa en toda mi vida —dijo tenso—. Eso deberías saberlo por propia experiencia.

Ella respiró hondo, intentando claramente ser paciente.

—Sí, soy consciente de que sexualmente eres un hombre que funciona. Ojalá fuera así también en otros ámbitos de tu vida. Lo que decía es que me sorprende que no te haya pasado antes durante un masaje.

—A mí no se me pone dura cuando me dan un masaje —dijo Sam.

Taryn apenas lo miró.

–Eso no nos sorprende a ninguno.

–Ey, ¿qué quieres decir con eso?

Taryn agarró con más fuerza sus papeles y miró a Sam.

–Que tienes un extraordinario poder de autocontrol, Sam.

–Ah, vale, eso lo acepto.

–A mí me pasa todo el tiempo –admitió Kenny alegremente–. Estoy desnudo, ella me está tocando, y es agradable.

–¿Y de ser agradable a tener una erección solo pasan tres segundos? –preguntó Taryn.

Kenny sonrió con descaro.

–Demándame.

Taryn se dirigió a Jack.

–¿Has hablado con Larissa de ello?

–Sí, y no pasa nada. Cambiemos de tema.

–Por mí, de acuerdo –suspiró ella–. Todos me resultáis extremadamente irritantes. Lo sabéis, ¿verdad?

Sam sonrió.

–Eso es lo que nos anima a no parar.

Patience Garrett corrió hacia Larissa. No había duda de que estaba emocionada y la agarró de las manos cuando se encontraron en la acera.

–Se ha producido un avistamiento –anunció Patience.

–¿De un yeti?

–¿Qué? No. ¡Claro que no! Ay, mira, ahí está Isabel –Patience la saludó como si estuviera apremiando a su amiga.

Quince minutos antes había llamado a Larissa y le había dicho que se reuniera de inmediato con ella en la puerta del bar de Jo. Al parecer, otras también habían recibido la llamada.

Isabel subía corriendo la calle.

–¿Es verdad? –preguntó al llegar–. ¿Se ha producido un avistamiento?

–¿De qué? –preguntó Larissa–. ¿De qué estáis hablando?

Patience seguía agarrándole las manos. Las apretó con fuerza y, prácticamente, comenzó a bailar de emoción.

–Zane Nicholson.

Larissa no seguía las revistas de cotilleos. Por lo que sabía de los chicos, era consciente de la cantidad de cosas en las que se equivocaban esas publicaciones, pero creía que, al menos, tenía un conocimiento básico de los famosos más importantes.

–No sé quién es –admitió.

Isabel se llevó una mano al pecho.

–Zane Nicholson. El chico más sexy del instituto. Y cuando digo «sexy», quiero decir «tremendamente sexy».

Patience soltó las manos de Larissa y asintió.

–Salió votado durante cuatro años consecutivos como «El chico con el que más querrían acostarse las chicas». Y la última votación fue incluso después de que ya se hubiera graduado en el instituto.

–¿En serio teníais esa categoría en vuestro anuario?

Isabel sonrió.

–Por supuesto que no. Fue una votación privada. Pero, aun así, ganó por mayoría –suspiró–. ¡Qué ojos, qué forma de caminar!

–¡Qué sonrisa!

Isabel asintió.

–Poco vista, y precisamente por eso muy valorada. ¿Qué aspecto tengo?

–De casada –murmuró Larissa–. Tienes aspecto de casada.

Isabel ignoró el comentario.

–No voy a acostarme con él. Solo digo que por entonces era todas esas cosas –se giró hacia Patience–. ¿En serio está en el bar de Jo?

–Eso se rumorea.

–Pues entonces vamos.

Larissa entró con ellas, no muy segura de si iba a asistir a un raro evento que solo los lugareños podrían apreciar, o si simplemente era víctima de encontrarse en el lugar equivocado en el momento equivocado. Así que un tipo había llegado al pueblo… ¡vaya!

Cruzaron la calle en dirección al bar.

–Se me sale el corazón –susurró Patience–. Me siento como si volviera a tener dieciséis años. Bailó conmigo una vez en el baile de antiguos alumnos. Pensé que me moría.

–Me acuerdo, me dio mucha envidia –dijo Isabel con tono alegre–. Una vez me sonrió en el pasillo, pero habría preferido bailar con él. O un beso. O incluso haberle entregado mi virginidad.

Se rieron con el comentario y Larissa sacudió la cabeza.

–Me alegra que me hayas llamado –dijo al abrir la puerta–. Aquí hace falta alguien que evite que os metáis en problemas.

Entraron en el bar.

Tenía el mismo aspecto de siempre, con la misma iluminación favorecedora y las televisiones sintonizadas en los canales de compras y decoración. Lo único que se salía de lo habitual era la presencia de un hombre en la barra; un hombre alto con los hombros anchos y aire de seguridad en sí mismo.

Larissa se pasaba el día con tres magníficos exjugadores de la Liga Nacional de Fútbol Americano y por eso sabía mucho de poder y egos y sobre el hecho de tener un cuerpo que era mucho mejor que el de cualquier tipo corriente. La mayoría de los mortales no podían estar a su altura, pero ese hombre no tenía nada que envidiarles.

Miró a Zane y se preguntó qué tenía que lo hacía tan diferente. Sí, tenía músculos, pero había mucho más. No era su ropa, pensó al fijarse en la camisa de lino, los vaqueros desgastados y las botas de vaquero. A su lado, sobre la barra, también había un sombrero Stetson de paja.

Isabel y Patience se acercaron al hombre, que se giró y, al verlas, esbozó una lenta sonrisa que hizo que incluso a ella se le encogieran los dedos de los pies.

–¡Chicas!

–Hola, Zane –respondieron al unísono.

–Cuánto tiempo –apuntó Isabel.

–Y tanto –añadió Patience–. Bueno, ¿qué te trae por el pueblo? ¿Te vas a reunir con la alcaldesa por lo de la anexión?

Él enarcó una oscura ceja.

–Todo el mundo lo sabe –añadió Isabel.

–Eso he oído.

El hombre tenía los ojos azules oscuros y una mirada penetrante. No estaba mirando a Larissa y una parte de ella se sintió agradecida de poder evitar toda esa atención masculina. Ya tenía suficiente estrés en su vida con Jack, lo último que quería era quedarse prendada de un taciturno vaquero.

–¿Cómo está Chase? –preguntó Patience.

Isabel se giró hacia Larissa y le dijo en voz baja:

–Es su hermano pequeño.

–Ah, vale.

–¿Y los… eh… bueyes y todo eso?

Él asintió, como diciendo que todo marchaba bien.

Patience e Isabel se miraron y volvieron a mirarlo.

–No queremos entretenerte –dijo Patience–. Nos ha gustado mucho verte.

Zane asintió de nuevo.

Las mujeres se dieron la vuelta y se marcharon. Larissa fue tras ellas. Cuando llegaron a la acera, las dos se abrazaron y se pusieron a saltar.

–¡Es increíble! –dijo Isabel–. ¡Ha sonreído!

–Ya lo he visto. ¡Hemos hablado con él! –suspiró Patience–. ¡Ha sido una pasada!

Larissa sacudió la cabeza.

–¿Sois conscientes de que ha pronunciado unas ocho palabras en total, verdad?

–Esa no es la cuestión –respondió Isabel–. He vuelto a los dieciséis, aunque solo haya sido por un minuto, y ha sido divertidísimo. Estoy deseando contárselo a Ford. Seguro que se acordará de Zane y se burlará de mí sin piedad.

Parecía divertirle la idea. Patience se rio.

–Sí, seguro que Justice hará lo mismo –abrazó a Larissa–. Gracias por acompañarnos.

–De nada. Y, por cierto, sois muy raras.

–Lo sabemos.

Larissa se despidió y echó a caminar de vuelta a Score. Adoraba ese pueblo, pero tenía cosas que jamás entendería, como el enamoramiento de Patience e Isabel por el vaquero Zane. Por otro lado, sin duda había sido muy divertido formar parte de ello.

Frotó las manos contra la espalda de Taryn. Sus movimientos eran largos y lentos, diseñados para relajar más que para curar. Con Taryn era fácil, pensó riéndose por dentro, porque aunque su amiga se creía que tenía mucho músculo, comparada con los chicos era una insignificancia. Aunque eso jamás se lo diría.

Le gustaba trabajar con Taryn. Con ella, los movimientos eran distintos y hablaban sobre cosas de chicas, lo cual era agradable. Ahí no había discusiones sobre los resultados de los últimos partidos de la temporada, y durante las finales no tenía que recordarle que se mantuviera relajada durante el masaje. Los chicos, en cambio, siempre estaban crispados durante las finales.

Más tarde vería a Jack y después a Kenny. Y cuando terminara el día, tendría las manos exhaustas, pero eso eran gajes del oficio.

Sus dedos se movían contra una piel suave. El aceite, una mezcla calmante con crema hidratante, siempre le dejaba la piel sedosa.

Le gustaba que hubiera diferencias entre sus clientes. A veces se preguntaba cómo habrían sido las cosas si hubiera entrado en Fisioterapia en lugar de ir a trabajar para Score. Se preguntaba si estaría trabajando en algún centro o por su cuenta. Porque aunque la sala que tenía era suya para hacer lo que quisiera, no era exactamente como tener su propio negocio. Por supuesto, la ventaja de eso era que tampoco tenía que preocuparse de presupuestos. Si quería una nueva camilla o sábanas o cualquier otra cosa, no tenía más que decírselo a Sam y él lo encargaba.

Pero ser su propia jefa sería otro tipo de reto. Primero tendría que conseguir el certificado, lo cual sería sencillo porque tenía la formación y la experiencia laboral requeridas. Algún día, se dijo. Algún día.

Ejerció presión alrededor del omóplato de Taryn y la tensión que encontró ahí la sorprendió.

–¿Por qué no te estás relajando?

Taryn suspiró.

–Lo siento. Tengo muchas cosas en la cabeza.

–¿Como por ejemplo?

–La boda.

–Pensé que Dellina se estaba encargando de los detalles. Nadie organiza una fiesta mejor que ella.

–No es por la organización, es por la celebración en sí –levantó la cabeza y la miró–. No puedo decidirme. Por un lado una gran boda sería muy bonita, pero ¿no tiene más sentido una boda pequeña? Ni Angel ni yo somos unos veinteañeros.

–Razón de más para hacer lo que queráis. Taryn, en serio, tú no haces cosas pequeñas. No es tu estilo. Celebra una boda de ensueño que nos haga morirnos de envidia a todas y ponte un vestido impresionante. Lo necesitamos. Eres nuestra inspiración.

Taryn sonrió y bajó la cabeza.

–Eres muy buena conmigo.

–Soy tu amiga. Sé feliz. Pasea tu diminuto trasero por un largo pasillo hasta el altar en un lugar fabuloso, lleva a tus Bellotas como damas de honor y contrata una banda.

–Son Brotes.

–¿Qué?

–Las niñas. El año pasado fueron Bellotas y este año serán Brotes –las Bellotas o Brotes formaban parte de un grupo llamado la Futura Legión de los Máa-zib, que era la versión de los Scouts que tenían en Fool's Gold inspirada en la antigua tribu que se asentó originariamente en la zona.

–Bueno, lo que sea. Ten a tus damas de honor y ofrece pequeñas trufas de chocolate con forma de esmoquin a tus invitados. Adelante, hazlo, simplemente porque puedes.

–¿Cómo sabes lo de las trufas con forma de esmoquin?

Larissa sonrió.

–Tengo dos hermanas casadas, he pasado por todo esto dos veces. Una boda se reduce al vestido y los detalles.

–Supongo, pero es que se me hace raro.

–Porque jamás te imaginaste que acabarías locamente enamorada.

Taryn agachó la cabeza.

–Puede ser –suspiró–. Angel es increíble.

–Sí que lo es –dijo Larissa pensando que también daba un poco de miedo. Taryn era como él. No había muchas mujeres que pudieran decir lo mismo.

Bajó las manos por la espalda de su amiga.

–A Jack no le importará que celebres una gran boda –dijo en voz baja.

Taryn se tensó y se relajó al instante.

–Odio que me leas el pensamiento.

–No requiere una gran habilidad. Ahora sois como una familia, lo cual es una maravilla, pero también habéis estado casados y eso hace que sea raro.

–Un poco –admitió Taryn–. Ya sabes cuánto lo quiero, pero no de ese modo. Nunca lo he querido así –se detuvo–. Fue muy bueno conmigo, pude confiar en él y eso que no suelo fiarme de la gente con facilidad. Nuestra boda fue como nuestro matrimonio. Fugaz y por un propósito muy concreto.

Larissa sabía que Taryn se había quedado embarazada inesperadamente y Jack, porque así era Jack, había insistido en que se casaran.

–¿Habrías seguido con él si no hubieras perdido al bebé?

–No tengo ni idea, probablemente no. Uno de los dos habría terminado queriendo dejarlo. No asumí nada, aún seguía impactada por verme de pronto casada y embarazada, y antes de poder asimilarlo, el bebé ya no estaba.

–Debió de ser duro –dijo Larissa pensando en que ella

se habría quedado hundida. Por muy loca que la volviera su madre, tenía razón: quería casarse y tener hijos. El problema era que no encontraba el modo de llegar a eso.

–Sí que lo fue –susurró Taryn–. Primero me sentí muy culpable por haberme quedado embarazada y después por perder el bebé... Solicité el divorcio el mismo día.

Larissa conocía el resto de la historia. Taryn había trabajado como relaciones públicas en prácticas para los L. A. Stallions. Cuando la dirección supo que su quarterback estrella iba a divorciarse, hizo todo lo que pudo por ponerle las cosas fáciles y eso implicó despedir a Taryn para que no hiciera a Jack sentirse incómodo. Jack había protestado, lo último que había querido era que Taryn perdiera su trabajo, pero el equipo se había mantenido firme en su decisión.

Sin saber de qué otro modo ayudar, Jack le había dado el dinero necesario para crear su propia empresa. Había sido socio capitalista y le había conseguido muchos negocios. La empresa había prosperado con fuerza hasta el punto de que ella iba a comprarle su parte a Jack justo cuando Kenny había recibido su último golpe. Después, Jack había decidido que era un buen momento para retirarse, y lo mismo había pensado Sam. De pronto Jack y sus amigos tenían un montón de tiempo libre, y entonces él había recordado que poseía la mitad de una empresa de publicidad. Se habían unido a Score y el resto era historia.

–Me encantaría haber estado presente cuando Jack fue a decirte que Kenny, Sam y él iban a unirse a Score.

Taryn gruñó.

–Se oyeron muchas palabrotas. Me sentí invadida y manipulada. No me hizo ninguna gracia.

–Aun así, funcionó.

–Sí, pero eso no se lo digas a Jack.

Larissa se rio.

–Creo que ya lo sabe.

Se preguntó cómo habrían sido las cosas de distintas si hubieran tenido un bebé e imaginarlo hizo que se le encogiera el pecho, lo cual le resultó extraño. Jack sería un buen padre, pensó con cierta añoranza. Por mucho que fingía no preocuparse por nada, ella sabía que había cosas que lo conmovían profundamente. Él tenía como objetivo mantenerse alejado del mundo y casi siempre lo lograba.

Ya había perdido mucho. Había perdido a su hermano. Y después de la muerte de su hermano, sus padres se habían alejado, tanto física como emocionalmente, y más adelante sucedió lo del bebé de Taryn. Entendía por qué se protegía de todo y, en cierto modo, ella se lo permitía. Sus causas se convertían también en las de él y, así, Jack podía formar parte de muchas cosas sin dejarse afectar verdaderamente por las circunstancias.

Formaban un equipo; uno al que podría irle bien un poco de terapia, pero un equipo al fin y al cabo. Contaba con ello. Lo necesitaba. Y, por lo que a ella respectaba, nada se interpondría en la conexión que los dos mantenían, ni los disparatados comentarios de su madre ni un beso para el que todavía no tenía una explicación.

Capítulo 5

Jack estaba en el pasillo. El masaje de Taryn había terminado hacía diez minutos y ahora le tocaba a él. Eso le gustaba; le gustaba saber que en noventa minutos el hombro no le dolería y que esa noche, gracias al masaje, dormiría mejor. Le gustaba poder relajarse completamente porque Larissa sabía lo que se hacía y siempre se ocupaba de él.

Sin embargo, ese día en concreto relajarse le parecía imposible. Larissa y él no habían hablado desde aquel beso y sospechaba que habían estado evitándose mutuamente. Ello implicaba que hoy tendrían que hablar y no quería, porque hablar del beso rememoraría el acto en sí e ir por ese camino era peligroso. Por no decir, también, humillante.

Estaba decidido a no perder el control, por así decirlo, y eso significaba que no debía bajar la guardia. No podía permitir que su mente se dejara llevar, tenía que centrarse en el dolor, en no perder las riendas de su cuerpo. Porque si no tenía cuidado, empezaría a pensar en sus manos sobre su cuerpo o, peor aún, en aquel maldito beso. Y ya sabía qué pasaría entonces.

La puerta se abrió y Taryn salió. Le sonrió.

–Hoy Larissa se está superando a sí misma, grandullón. Disfruta.

Jack asintió y esperó a que su amiga pasara delante de él. Después se acercó hasta la puerta medio abierta y se detuvo. Estaba desnudo, pensó de pronto, a excepción del albornoz que se quitaría en cuanto entrara en la sala. Desnudo y a solas con una mujer preciosa. ¿Cómo podía ser eso una buena idea?

Maldijo para sí. ¿Por qué no habían contratado a un hombre para darles los masajes? Les habría facilitado mucho la vida a todos, sobre todo a él. Pero ahora ya era demasiado tarde. Apreciaban a Larissa y él no quería sustituirla bajo ningún concepto. Maldita sea, ¿por qué no podía dejar de darle vueltas al asunto?

Caminó con decisión hacia la puerta y la empujó. Larissa levantó la mirada y le sonrió.

–No eres mi último masaje del día. Hace unos días estaba probando unas nuevas técnicas con Dyna y le encantaron, así que ahora, cada noche, recibo peticiones felinas. Le doy un masaje gatuno y después le cepillo el pelo. Se está convirtiendo en un ritual.

Jack asintió porque no era capaz de hablar. ¿La camilla de masajes siempre había resultado tan sugerente con la sábana echada hacia atrás? ¿Y qué pasaba con esa música tan suave y sensual? Miró a su alrededor, casi buscando una salida, pero después se dijo que debía contenerse. Mientras se mantuviera centrado, todo iría bien.

Ella lo miró un instante y se encogió de hombros con un suspiro.

–No significa nada, sucedió sin más. Voy a ignorarlo y creo que tú también deberías.

En un principio él se pensó que se refería a su erección y, mientras que ignorarlo era lo más sensato, por otra parte se sintió algo desairado. Fue entonces cuando se dio cuenta de que Larissa se refería al beso.

El mismo que había puesto su mundo patas arriba y lo había dejado excitado el resto de la noche. Besar a Larissa había sido impulsivo y, aunque no era algo que pudiera lamentar, tampoco iba a repetirlo porque eso le conduciría a otro lugar peligroso.

–Tienes razón. Ignorarlo sería lo mejor.

–Bien, pues entonces olvidémoslo.

Larissa se giró educadamente, como siempre hacía. Mientras, él se quitó el albornoz, lo colgó en la puerta, se descalzó y se dirigió a la camilla. Pero en lugar de tenderse en ella, se la quedó mirando un segundo.

–Quiero empezar tumbado boca arriba.

–Claro.

Supuso que podría controlarse más durante la primera mitad del masaje, cuando no estuviera tan relajado.

–Quiero que me des bien en el hombro.

–¿Te está molestando más que de costumbre?

–Sí –mintió esperando que el dolor que ella le producía con el masaje le sirviera de algo.

Se subió a la camilla boca arriba y se cubrió con la sábana. Larissa se situó a su lado. Ya había sacado del agua caliente la compresa térmica, que le colocó sobre el hombro y por debajo. Inmediatamente, la calidez comenzó a actuar y él empezó a relajarse.

–¿Dejo la sábana o pongo una toalla?

Porque ella siempre extendía una toalla sobre sus ingles.

–La toalla está bien.

Larissa fue al armario y sacó una. Él cerró los ojos y pensó en el juego ofensivo de la temporada del 2010. Los Stallions se encontraban en la línea de la yarda 20, quedaban quince segundos y les ganaban por tres puntos…

Cuando ella quitó la sábana, él sintió los centímetros de cálida y suave tela deslizarse contra su pene. Era como la seda, pensó disfrutando de la sensación. No tan agradable como las caricias de Larissa, pero agradable de todos modos. Podría mejorarlo el hecho de que ella estuviera apartando la sábana para tenderse sobre él y que luego ambos...

Maldijo para sí y abrió los ojos. Larissa le tendió la toalla encima, se giró y se aplicó aceite en las manos como si no hubiera sentido nada. Y seguro que no había sentido nada, se recordó, porque el único idiota que había en esa habitación era él.

Se obligó a revivir una vez más el partido entero. Le había lanzado un pase prefecto a Kenny, que lo había atrapado y había marcado los puntos que les habían dado la victoria. Mientras rememoraba la euforia del momento, Larissa deslizaba las manos sobre su pecho.

Lo había hecho miles de veces antes para pasar de un lado de su cuerpo al otro, era normal, algo que se esperaba, no un gesto sexy. El único problema era que ese roce tan ligero bastó para que la sangre le bombeara demasiado deprisa.

«No, no», pensó apretando los dientes, no se dejaría controlar por su miembro. Ya era un tío grande, demasiado como para que le pasaran esas cosas. Sin embargo, pensar en la palabra «grande» no pareció ser la mejor idea.

«Deporte», pensó desesperado mientras su sangre se calentaba y se desencadenaba la familiar sensación. Sí, claro, debía pensar en un partido que hubieran perdido. Contra Dallas. Lo habían interceptado en el tercer cuarto y después de eso todo se había ido al garete. Revivió la jugada y el subsecuente desastre. Pareció bastar para calmarlo. Ahora respiraba con menos dificultad.

Ella le masajeaba los brazos. Se pondría con su hombro derecho antes de que él se diera la vuelta, así que tenía sentido que ahora pasara a masajearle las piernas. Rodeó la mesa y posó las manos en su muslo izquierdo. Mientras hundía los pulgares deslizó el resto de dedos sobre su piel, y para cuando llegó a la rodilla, él ya estaba duro como una barra de acero. Tenía que reconocer que Larissa nunca flaqueaba en su trabajo, y eso que ahora mismo su miembro formaba una tienda de campaña de gran tamaño bajo la toalla. El calor ardía en su interior, en parte por la excitación, y en parte por la humillación.

–Lo estoy ignorando –dijo Jack finalmente.

–Yo también.

No podía asegurarlo, pero le pareció que la voz de Larissa había sonado algo entrecortada. ¿Sería porque la situación le hacía gracia o por vergüenza? No estaba seguro de querer averiguarlo.

Ella siguió trabajando sobre su pierna antes de bordear la mesa y comenzar con la otra. Se giró ligeramente para aplicarse más aceite, pero al moverse debió de enganchar la toalla porque de pronto él sintió cómo se deslizaba sobre su cuerpo. Abrió los ojos y se incorporó. Instintivamente la agarró a la vez que Larissa hacía lo mismo. Sus manos se encontraron justo sobre su pene erecto, la de ella atrapada bajo la suya.

Por primera vez en su vida, Jack se hizo una verdadera idea de lo que sería un «final feliz». En ese segundo solo pudo pensar en lo mucho que deseaba que lo tocara justo ahí, ya fuera con las manos o con la boca; no le importaba cómo con tal de que se detuviera a tiempo de que pudiera complacerla también a ella y ambos terminaran lo que habían empezado haciendo el amor a la vieja usanza.

Lo cual no sucedería, pensó soltándole la mano al instante y medio esperándose que ella diera un salto hacia atrás chillando. Pero ni saltó ni chilló, simplemente se quedó mirándolo.

–Si quieres ir a ocuparte de eso, puedo esperar.

Tardó un segundo en captar el significado de sus palabras y, cuando lo hizo, se desinfló como un balón pinchado.

–¿Cómo dices?

Ella se encogió de hombros.

–Eso resolvería el problema.

¿Esperaba que se marchara a masturbarse? ¿Como un chaval?

–No –respondió con firmeza recogiendo la toalla y su dignidad lo mejor que pudo, y bajó de la camilla–. No.

Se puso el albornoz y dejó caer la toalla al suelo. Se calzó y salió de la sala de masajes.

Solo una vez estuvo en la relativa seguridad del vestuario, fue cuando se dio cuenta de que probablemente Larissa pensaría que se había marchado para hacer lo que le había propuesto. Y no parecía que hubiera un modo de negarlo.

Larissa terminó de recoger la sala de masajes, apagó las luces y se dirigió a su despacho. El inexplicable comportamiento de Jack aún la tenía desconcertada. No le gustaba que estuviera tomando por costumbre el hábito de salir huyendo. Además, no había terminado el masaje, así que sabía que tendría dolores y su trabajo era evitar eso. Tenían un enorme problema, y con «enorme» no pretendía hacer ningún juego de palabras sobre su pene, y no sabía cómo solucionarlo.

Sí, todo ese asunto había resultado un poco incómodo. Personalmente, le había costado no pensar en ello y suponía que él había tenido el mismo problema. Y aunque quería responsabilizarse de su estado de excitación, tenía la sensación de que tenía mucho más que ver con las circunstancias que con el hecho de que sintiera atracción por ella. Además, sabía exactamente de quién era la culpa.

Cuando entró en su pequeño despacho, el móvil estaba sonando. Una sola mirada a la pantalla la advirtió de que se trataba de la persona que había generado todo ese desastre.

—Hola, mamá —dijo al responder.

—Larissa, cariño, solo quería saber cómo estás. ¿Qué tal todo?

«Complicado, confuso, embarazoso». Había muchas palabras para definirlo, aunque no estaba segura de si la situación resultaba cómica o trágica. Probablemente un poco de cada, pensó.

—Bien —respondió optando por lo más sencillo—. ¿Qué tal vosotros?

—Como siempre. Tu hermana por fin ha admitido que está embarazada.

—Sale de cuentas en un par de meses.

—Tú y yo lo sabemos, pero ella ha estado evitando la verdad. Tu padrastro y yo iremos este fin de semana a su casa para ayudarla a montar la habitación del bebé. Un poco de pintura, ropa de cama nueva y estará lista.

Larissa se sentó.

—Seguro que agradecerán mucho vuestra ayuda.

—Seguro que sí. ¿Qué tal van las cosas con Jack?

Larissa se quedó sin aliento.

—Vaya, qué sutil eres.

—No pretendía serlo. Te habrá contado que hablé con él.

—Sí, me ha contado lo que le dijiste.

—No me equivoco.

Larissa respiró hondo y se obligó a calmarse.

–Mamá, no estoy enamorada de Jack.

–¿En serio? ¿Cuándo fue la última vez que tuviste una cita?

–Todavía no he conocido a ningún soltero por aquí, solo llevo unas semanas en el pueblo –más bien eran meses, pero ¿por qué decir eso?–. He hecho muchas amigas y ahora mismo eso es más importante. Quiero tener un círculo de apoyo.

–¿Por qué? Ya tienes una familia que te quiere. Pero bueno, quédate con tus amigas.

–Vaya, gracias.

–Vamos, Larissa, no es mi intención causarte problemas.

–A lo mejor no, pero me has avergonzado, mamá. No deberías haberle dicho eso a Jack. Es mi jefe.

Hubo una pausa.

–De acuerdo. Puede que en eso tengas razón, pero solo lo hice por tu propio bien.

–¿Intentar que me despidan para que pueda volver a Los Ángeles? ¿Y de qué forma me ayuda eso?

–Necesitas tener algo más que lo que sientes por Jack y tus causas benéficas. Estás tan ocupada intentando salvar el mundo que nunca tienes tiempo para ti misma. Y Jack agrava el problema. Estáis tan unidos que sientes que tus necesidades emocionales están cubiertas, pero lo cierto es que no tenéis ninguna relación. Es una situación peligrosa, no estás pensando en el futuro. ¿Es que no quieres casarte y tener hijos?

Eso sí que era ser directa, pensó Larissa diciéndose que su madre no tenía razón en nada de lo que decía. Tenía que estar equivocada.

–Con el tiempo. Lo que no quiero es hacerlo cuando tú lo decidas.

–Lo sé, cielo, pero me aterra que estés tomando decisiones equivocadas, que te estés escondiendo detrás de tus buenos actos. Sí, salvar animales es importante, pero también lo es salvarte a ti misma. No tienes que decirme nada, pero prométeme que pensarás en ello.

–Solo si tú prometes no volver a decir nada así nunca.

–Lo prometo.

–Yo también.

–Bien. Y ahora dime cuándo piensas venir de visita. Tu padrastro acaba de contratar a dos nuevos contables, son muy agradables y están solteros. Creo que te gustarían mucho.

Y la conversación iba a terminar tal como había empezado, pensó Larissa no segura de si debía reír o gritar.

–Hablamos pronto, mamá.

–De acuerdo. Te quiero.

–Yo también te quiero. Adiós.

Jack entró en la sala de descanso. Necesitaba un café. En realidad, lo que necesitaba era una copa, pero era demasiado pronto. Ya tenía bastantes vicios como para lanzarse también por ese camino. De todo modos, incluso sin beber, era un completo desastre. No podía centrarse y sabía cuál era la causa, pero ¿qué se suponía que tenía que decir para arreglar las cosas?

Se sirvió una gran taza de café y rebuscó por el armario. Había montones de galletas y patatas, junto con barritas de proteínas y otras alternativas saludables, pero no tenía hambre.

–Hola –dijo Sam al entrar en la sala–. ¿Qué pasa?

–No mucho –respondió Jack ocultando su disgusto.

Por un segundo se planteó pedirle a Sam que le dijera a Larissa que no se había masturbado, pero se detuvo. ¿Serviría de algo? Por un lado, jamás se atrevería a tener esa conversación con nadie, y por el otro, Sam nunca se lo comunicaría a Larissa. Y lo que era peor, tendría que pasarse el resto de su vida oyendo comentarios al respecto. No, mejor sufrir en silencio.

–Taryn tiene algunas ideas para la campaña que quiere contarnos –le dijo Sam–. Pásate por su despacho cuando puedas.

–Claro.

Fue a ver a Taryn, ocultó lo que le pasaba durante una conversación sobre una nueva campaña para un ron, y después volvió a su mesa. Por una parte esperaba encontrarse con Larissa y por la otra lo temía. Tenían que solucionar el problema, pero claro, eso primero requería que él supiera cuál era el problema y después solucionarlo.

A las cuatro ya estaba listo para dar por finalizada la jornada. Había hecho poco y no tenía esperanzas de que su rendimiento mejorara mucho, de modo que se marcharía a casa, se relajaría tomándose un merlot y viendo el repaso de las mejores jugadas de algún partido, y después buscaría un plan para solucionar las cosas con Larissa. Tenía muchas mujeres a las que llamar. Tal vez un fin de semana salvaje con alguna de ellas curaría eso que lo aquejaba.

Se giró para apagar el ordenador justo cuando Larissa entró en su despacho con los ojos llenos de lágrimas. Él se puso en pie de inmediato.

–¿Qué? –preguntó bordeando el escritorio para ir hacia ella.

Ella, con la respiración entrecortada, respondió:

–Mary ha muerto. Esta mañana. Acaban de llamarme.

Él alargó los brazos preguntándose quién era Mary. Tratándose de Larissa, existían las mismas probabilidades de que fuera una niña que de que fuera un orangután.

–Le hicieron un transplante de hígado el año pasado –dijo temblando ligeramente al dejarse abrazar–. Ya te dije que no estaba muy bien y que estábamos muy preocupados.

Él la rodeó con fuerza y le acarició la espalda. Y aunque su lado más estúpido se fijó en lo bien que encajaban sus cuerpos y lo agradable que era tener el de Larissa contra cada centímetro del suyo, su lado más maduro entendía que era un momento de dolor y eso le permitió actuar del modo apropiado.

–Acababas de enviarle ese cuento –dijo recordando la reciente conversación sobre la niña–. Siento mucho que haya muerto. Su familia debe de estar hundida.

–Sí. Todos teníamos muchas esperanzas.

–Porque un transplante suele funcionar –aunque no siempre ya que a veces el cuerpo no quería que lo salvaran. O, al menos, esa era su teoría. Independientemente de lo que pudiera desear el espíritu, había otros factores en juego. Él conocía ese dolor personalmente.

Tiró suavemente de su cola de caballo hasta que ella lo miró.

–Sabes que no es culpa tuya, ¿verdad?

Ella tenía las mejillas húmedas y ligeramente sonrojadas. Asintió.

–Lo sé.

–No me convences mucho.

–No podría haber hecho nada por salvarla. Estoy triste de que se haya ido. Era una niña fantástica –apoyó la cabeza en su hombro y comenzó a llorar otra vez.

La abrazó, porque mientras ella llorara no la soltaría. Cuando perdían a alguien, y con los transplantes la posibilidad siempre estaba ahí, Larissa acudía a él y él estaba a su lado. Pasara lo que pasara.

Recordó la llamada que había recibido estando en Hawái con una exmodelo de Victoria's Secret y cómo ocho horas más tarde estaba aterrizando en el aeropuerto de Los Ángeles para ir directo a casa de Larissa. Había estado con ella hasta que se había quedado dormida y por la mañana la había ayudado a encontrar el modo de homenajear la vida de ese pequeño.

–Piensa en lo que quieres hacer en honor a Mary –le dijo con voz suave–. ¿Qué te parece llevar muñecas American Girl a todos los pacientes de su hospital?

Larissa lo miró.

–Creo que a los niños no les gustaría mucho.

–Tienes razón. A ellos podríamos comprarles alguna otra cosa.

–Tal vez –murmuró–. Deja que lo piense.

Él la besó en la frente y agarró las llaves del coche.

–Vamos. Te invito a cenar.

–No tengo hambre.

–Lo sé, pero la tendrás.

Larissa miró a su alrededor. Margaritaville estaba muy tranquilo cuando habían llegado, pero ahora se estaba llenando. Había gente del pueblo, aunque también muchos turistas, lo cual era muy positivo para la economía.

El dolor inicial se había disipado. Siempre pasaba igual, pensó con tristeza, cuando uno de los niños a los que ayudaban moría. Odiaba la pérdida y el dolor, y sabía que independientemente de lo que ella sintiera, las familias lo estaban sufriendo mucho más.

Jack le acercó el plato de patatas fritas. Había pedido guacamole y patatas como entrantes y le había dicho al camarero que pedirían los principales más adelante.

–Si no comes nada, por la mañana vas a estar hecha polvo.

–Lo sé –agarró una patata–. Es por los margaritas. Son muy fuertes.

–Qué bebida tan femenina.

Ella miró la copa de él.

–¿Lo dices porque la cerveza es muy masculina?

–Ya lo sabes.

–Los monjes inventaron el champán.

Jack sonrió.

–No estamos bebiendo champán.

Ella le sonrió y recordó lo que había pasado. La sonrisa se desvaneció.

–Mary era una niña muy dulce. Muy feliz –solo la había visto en una ocasión, pero se había escrito mucho con su madre–. El transplante le dio un año extra de vida. Eso es algo, ¿no?

–Sí, y le dio esperanza. Su familia y ella pudieron permitirse imaginar un futuro mejor. Haces un buen trabajo, Larissa. Eso no puedes olvidarlo.

–Eres tú el que tiene el dinero que les damos –señaló.

–Sí, pero eres tú la que abre su corazón. Eso no lo pases por alto. Los corazones triunfan por encima de todo.

Larissa deseó que eso fuera verdad. Se recostó en el asiento y masticó la patata. Pensó que lo de comer algo había sido una buena idea; después de todo, ya iba por el segundo margarita.

–Ayer hablé con mi madre –dijo cuando tragó–. Sigue queriendo que vuelva a Los Ángeles.

La expresión de Jack se mantuvo neutral.

–¿Y qué le has dicho?

–Le he dicho que había hecho mal al contarte aquello –arrugó la nariz–. Me prometió que no lo volvería a hacer.

–¿Y la crees?

–Sí, pero a cambio tuve que prometerle que yo pensaría en lo que me dijo. ¿Crees que me escondo detrás de mis causas?

Jack se aclaró la voz.

–¿Cómo? Claro que no, Larissa. Me sorprende que me preguntes eso.

Ella esbozó otra pequeña sonrisa.

–Muy gracioso. Hablo en serio.

–Yo también. Siempre has tenido tus causas. Son parte de ti.

Tal vez, pero había una gran diferencia si la realidad era que estaba utilizando las obras de caridad para evitar su vida personal. Y era algo que plantearse cuando no estaba sintiendo esas chispas que solo el tequila podía provocar.

Él puso la mano sobre la suya.

–Me haces mejor persona y no está mal querer salvar el mundo.

–Gracias. Pero ahora ya basta de hablar de mí. Por favor, distráeme con alguna historia de fútbol.

Él sonrió.

–¿Sabes lo del comité donde quiere que participe la alcaldesa Marsha? ¿Lo de encontrar un nuevo entrenador de fútbol para la Cal U Fool's Gold?

–Sí.

–Pues no tienen equipo.

–¿Qué? ¿No juegan al fútbol?

–Oficialmente, no. Forman parte de la Conferencia Atlética del Oeste, en la que no entra el fútbol.

–Es la primera vez que oigo algo así.

Él sonrió de nuevo.

–Hay otros deportes.

–Me cuesta mucho creerlo. ¿Pero entonces por qué quería que encontraras un entrenador de fútbol?

–Por lo que he investigado, están pensando en formar un equipo.

–¿Y pueden hacerlo?

–Supongo. Empiezas con un grupo de chavales y a partir de ahí vas creciendo. Llevará tiempo y supone un gran compromiso para la universidad. Tendrán que invertir mucho dinero en el programa.

–Puede que eso requiera más de lo que querías implicarte en un principio.

–Es una circunstancia a la que me enfrento con frecuencia –se inclinó hacia ella–. ¿Quieres saber lo que pienso sobre las oportunidades de los Stallions para el Día de Apertura?

–No hay nada que pudiera gustarme más.

Jack conducía por las tranquilas calles de Fool's Gold. Los días eran cada vez más cortos que hacía unas semanas. El verano casi había llegado a su fin y pronto comenzaría el otoño. No podía llegar a imaginarse cómo estaría ese pueblo tan amante de los festivales y las fiestas en época de Navidad, pero estaba deseando descubrirlo.

Larissa iba sentada a su lado. A pesar de haber dicho que no tenía hambre, se había terminado el plato de tacos solita y ahora iba mirando por la ventanilla. Estaba callada, sin duda pensando en Mary. Pero al menos ya no estaba llorando. Odiaba verla llorar.

–¡Hazte a un lado!

Él pisó el freno.

–¿Qué?

–Que te hagas a un lado –repitió señalando un extremo de la carretera.

Jack apenas se había acercado a la acera cuando ella bajó del coche y corrió al otro lado de la calle para entrar al parque. Él se recostó en el asiento y suspiró. De nada servían las especulaciones, se recordó. Estaba claro que Larissa había visto alguna criatura en apuros, pero ya que podía ser cualquier cosa desde una hoja en peligro de extinción hasta un alce con tres patas y la cornamenta dañada, esperaría sin más. Cuando llegara el momento, ya vería cómo minimizar el impacto que eso pudiera tener en su vida.

Ella volvió en menos de cinco minutos tirando de un adolescente de pelo negro y larguirucho. El chico era alto y delgadísimo, con la piel morena y expresión recelosa.

Jack suspiró y salió del Mercedes. Podía sentir un incipiente dolor alrededor de las sienes.

—Larissa —comenzó a decir con tono de advertencia.

Ella lo interrumpió con una alegre sonrisa.

—Jack, te presento a Percy.

Jack asintió hacia el chico.

—Percy es de Los Ángeles y cumplió dieciocho años hace un par de semanas. Ha pasado el verano en End Zone for Kids. Es el campamento de verano de Raúl Moreno.

—Ya sé lo que es —le dijo y, dirigiéndose al chaval, añadió—: ¿Has perdido el autobús, chico?

Percy sacudió la cabeza.

Larissa apoyó la mano en el pecho de Jack.

—Como ya es mayor, no puede ir a un hogar de acogida, Jack. No tiene familia y no terminó el instituto. No tiene ningún sitio adonde ir, así que ha vuelto aquí. Pensó que Fool's Gold sería un buen lugar donde pasar el invierno.

Estaba claro que ese chico no había recibido clases de geografía, pensó Jack. Los inviernos en Los Ángeles eran cálidos, mientras que en Fool's Gold nevaba. No era un buen plan, pero tampoco le sorprendía.

—Solo has estado fuera del coche tres minutos —le dijo a Larissa—. ¿Cómo has conseguido toda esa información?

Ella le sonrió.

–Tengo mis métodos –su mirada azul se clavó en él–. Jack –dijo lentamente.

Y entonces él lo captó. Como el chico ya tenía dieciocho años, no servía de nada llamar ni a un asistente social ni a su familia. Y no podía irse a casa con Larissa ya que en ese diminuto apartamento apenas había sitio para la gata.

–Seguro que podemos encontrarle una habitación de hotel.

Ella lo miró fijamente.

–O no… –farfulló él cediendo ante lo inevitable. Miró al chico–. Vamos los tres a mi casa, hablaremos allí.

La expresión de Percy se tensó.

–¿Y por qué ibas a hacer eso, tío? No me conoces. ¿Y si te asesino o te robo?

–¿Vas a hacerlo?

–No, pero tienes que plantearte esas cosas. Tienes que tener cuidado.

Fueron unas frases que a Jack le dijeron mucho sobre el chico. Algún día Larissa le iba a meter en casa a un asesino en serie, pero al parecer, no sería ese.

–Lo mismo digo.

Percy frunció el ceño.

–¿Qué dices?

–Que yo tampoco te voy a asesinar a ti.

Percy arrugó los labios y Jack tuvo la sensación de que fue un gesto más de diversión que de agradecimiento por la información. Estaba claro que el chico se imaginaba que un vecino de mediana edad de un lugar como Fool's Gold no supondría ninguna amenaza, y probablemente en eso tenía razón.

Jack los miró a los dos. Ella no solía aceptar proyectos relacionados con personas, pero Mary había muerto ese mismo día, suponía que necesitaba ayudar al chico a modo de terapia y él jamás se interpondría en eso.

–Vamos –dijo volviendo al coche.

Larissa y Percy hablaron unos segundos antes de que ella se sentara en el asiento del copiloto y el chico ocupara el asiento trasero.

El trayecto a casa duró menos de cinco minutos. Jack aparcó en la entrada y Percy dejó escapar un silbido.

–¿Vives aquí?

–Sí.

–¿Eres rico?

–No en intimidad –murmuró al bajar del coche.

Larissa ya estaba llevando al chico hacia la puerta principal.

–Jack tiene un dormitorio de invitados arriba –estaba diciendo–. Es muy cómodo. ¿Has comido hoy?

Jack los siguió e, involuntariamente, observó la delgadísima figura del chico. Sí, los pantalones grandes y bombachos podían ser una prenda de moda, pero sospechaba que a ese muchacho se le caían más bien por no comer.

–Eh, sí, claro –respondió entre dientes–. No tengo hambre.

–Pues yo sí. Vamos. Asaltemos la nevera.

Jack dejó que hurgaran entre su comida. Estaba seguro de que habría una o dos pizzas en el congelador, pero eso Larissa ya lo sabía. Subió a su habitación y dejó las llaves y la cartera en la bandeja de madera del vestidor.

Fue al otro extremo del pasillo para comprobar la habitación de invitados. Estaba limpia. Tenía una asistenta semanal que cambiaba las sábanas, se ocupaba de su colada y de llenarle la nevera. Entró en el cuarto de baño y vio que había toallas preparadas.

Para cuando volvió a su dormitorio y se cambió de ropa, el olor a pizza subía por las escaleras. Se dirigió a la cocina.

Larissa y Percy estaban sentados en la barra instalada

junto a la isla principal de la cocina. El chico ya se había terminado un plátano y ahora estaba mordisqueando una manzana. El temporizador indicaba que quedaban menos de dos minutos para que la pizza estuviera lista.

Jack sacó una cerveza de la nevera. La abrió, le dio un trago, y se apoyó en la encimera.

–Háblame de ti.

Percy lo miró antes de levantarse y ponerse derecho.

–Claro. ¿Qué quieres saber? No tengo antecedentes policiales, si eso es lo que estás preguntando. No todos los negros tenemos antecedentes.

–Jamás lo había pensado.

–Jack… –comenzó a decir Larissa.

Jack la interrumpió sacudiendo la cabeza. Si Percy iba a vivir en su casa, tenían que llegar a un acuerdo. Un adolescente era mucho más complicado que un puñado de mariposas.

Siguió mirando a Percy, que le devolvía la mirada. Finalmente el chico se encogió de hombros.

–No he conocido a mi padre. Mi madre era camarera y limpiaba casas en sus días libres –alzó la barbilla–. Le dispararon. Ya sabes, estaba en el sitio equivocado en el momento equivocado. Fue un tiroteo desde un coche.

Jack no se permitió ningún tipo de reacción. Larissa, por el contrario, acarició el hombro del chico.

–Lo siento –susurró.

–¿Cuántos años tenías? –le preguntó él.

El muchacho alzó la barbilla todavía más.

–Quince. Fue cuando entré en las casas de acogida.

«Qué situación tan tremenda», pensó Jack.

–¿Rodaste mucho de un lado para otro?

–Un poco.

–Le he dicho que aquí estaría a salvo –apuntó Larissa–. Que lo ayudaríamos a encontrar un hogar y un futuro mejor.

Larissa hablaba con entusiasmo, pensó Jack viendo su mirada de determinación. Creía que había un «nosotros», pero él sabía la verdad, sabía que él solo proporcionaría los medios y que ella sería el corazón y la voluntad de la misión que llevaba por nombre «Percy».

Ella salvaría al chico y después pasaría a otro proyecto arrastrándolos a todos a su paso. Era una optimista imparable e inagotable. Y suponía que esa era una de las razones por las que no podía resistirse a ella. Porque Larissa aún tenía esperanzas.

Se volvió hacia el chico.

—Si quieres quedarte, puedes hacerlo.

Percy lo miró extrañado.

—¿Así, sin más?

Jack sonrió.

—Sí. Así, sin más.

Capítulo 6

Jack salió de la ducha y agarró una toalla. Había dormido bien. Sin duda, eran los efectos secundarios de haber hecho una buena obra. Su cartera y su móvil seguían donde los había dejado, y esa era también señal de que no había sido un absoluto idiota por dejar que un adolescente al que no conocía pasara la noche en su casa.

Se vistió y bajó. Percy ya estaba en la cocina comiendo un cuenco de cereales. Los dos se miraron y Jack tuvo la sensación de que si fueran alces o gacelas, o algún otro animal salvaje, estarían embistiéndose con sus cornamentas. Y que después, si uno de los dos resultara herido, Larissa aparecería corriendo para llevárselo a casa.

Se acercó a la cafetera eléctrica, la encendió, introdujo una cápsula, colocó una taza debajo y esperó a que se hiciera la magia.

–¿Has dormido bien? –preguntó sabiendo que él era el adulto y el que debía iniciar la conversación.

–Casi toda la noche. Esto es muy tranquilo.

Jack no estaba seguro de si se había referido al pueblo en sí o a la casa, pero decidió que tampoco importaba.

La máquina dispensó el elixir de vida y, cuando la taza estuvo llena, la llevó a la mesa y se sentó frente al chico.

Percy llevaba la misma ropa de la noche anterior, aunque era obvio que se había duchado y afeitado. Tenía un pequeño corte en la barbilla. Pensó en la mochila y contuvo otro suspiro.

–Bueno, empecemos por el principio. ¿De dónde eres?

–De Los Ángeles. South Central.

Jack había vivido en Los Ángeles durante años y sabía que había zonas de South Central a las que era mejor no ir.

–Háblame sobre tu madre.

Percy pareció sorprendido con la pregunta.

–¿Por qué?

–Hazlo, por favor.

–De acuerdo. Se quedó embarazada en el instituto. Su novio la dejó y su familia la echó de casa. No recuerdo muchas cosas de cuando era pequeño. Vivíamos casi siempre en un albergue, pero íbamos tirando –apretó los labios como si estuviera conteniendo la emoción–. Era buenísima conmigo, siempre cuidándome y diciéndome que no me metiera en problemas. Cuando tenía siete años, nos fuimos a vivir con mi abuela y las cosas mejoraron. Mamá consiguió un trabajo estable y dejamos de trasladarnos. Cuando mi abuela murió, ya no pudimos permitirnos seguir en su bonito apartamento, así que volvimos a mudarnos y entonces fue más duro. Mi madre trabajaba mucho y eso significaba que yo tenía que estar solo.

Percy miraba el cuenco vacío de cereales.

–Yo hacía trabajos por el vecindario para echarle una mano, ya sabes. Me hizo prometerle que me mantendría alejado de las bandas, pero si no te relacionas con ellas, es complicado encontrar trabajo. Después la mataron y yo pasé a estar bajo la tutela del estado. Me cambiaban de casa cada un par de meses. Y entonces acabé aquí.

Miró a Jack.

–Era una buena persona y se esforzó muchísimo por que saliéramos adelante. No quería defraudarla.

–Y parece que no lo hiciste –le dijo Jack pensando que la línea entre hacerlo y no hacerlo era finísima. ¿Cuántos otros chicos habían sufrido el mismo destino que Percy y habían tirado por el camino fácil uniéndose a una banda? Por algunos de sus antiguos compañeros sabía que eso no solo proporcionaba sensación de seguridad, sino también la sensación de tener un lugar en el mundo, de pertenecer a una estructura social. Pero, por supuesto, a cambio había que pagar un precio muy alto.

–¿Tienes carné de identidad, tarjeta de la seguridad social, esas cosas?

–Tengo una tarjeta de la seguridad social y una copia de mi certificado de nacimiento –respondió lentamente el chico–. ¿Por qué?

–Vas a necesitarlos en tu vida. Así que dime qué quieres, Percy. ¿Un trabajo? ¿Estudios?

Percy frunció el ceño.

–No te entiendo, tío. ¿Qué me estás preguntando?

–La chica que conociste anoche, Larissa, mírala como si te hubiera tocado la lotería con ella. Se va a ocupar de ti. Así que, ¿qué quieres? ¿Tienes algún sueño? ¿Quieres ser soldado de las Fuerzas Especiales? ¿Quieres ser mecánico de coches? ¿Quieres ir a la universidad y ser médico?

–Si quieres que me largue, dilo y ya está.

–¿Y por qué iba a querer que te marches?

–Te estás quedando conmigo.

–No. Solo te estoy diciendo que tienes una oportunidad. Has pasado toda tu vida haciendo que tu madre se sienta orgullosa de ti. Te resististe a tomar el camino más fácil porque unirte a una banda habría sido sencillo, ¿verdad?

Percy asintió a la vez que se cruzaba de brazos.

–¿Y qué?

–Que en Fool's Gold no hay bandas. Es más, yo creo que aquí no se ha cometido nunca ningún tipo de crimen. Hiciste una buena elección al venir aquí. A Larissa le gusta ayudar a la gente que lo necesita y ahora mismo ese eres tú. Empecemos por algo sencillo. ¿Qué te parece ir a clase en el colegio comunitario y tener un trabajo a tiempo parcial?

Percy lo miró.

–¿En serio?

–Sí, en serio.

El chico pareció encogerse en su asiento y durante un aterrador segundo, Jack pensó que se pondría a llorar. Pero entonces Percy tragó saliva y sacudió la cabeza.

–No puedo.

–¿Ir a clase?

El chico lo miró.

–No soy una obra de caridad y, de todos modos, no llegué a graduarme en el instituto. No se me dan bien los estudios ni esas cosas.

Las últimas palabras resultaron apenas audibles y fueron pronunciadas con un tono que implicaba tanto humillación como vergüenza.

Jack se terminó el café y deseó que fuera más tarde porque ahora mismo emborracharse le parecía una buena idea.

Respiró hondo.

–¿Sabes leer?

Percy apretó los labios.

–Más o menos.

Por un segundo pensó con añoranza en los perros de pelea que Larissa había dejado en su casa una vez porque con ellos había sido capaz de escaparse a un hotel.

–¿Tienes más equipaje escondido en alguna parte?

Percy negó con la cabeza.

–Lo llevo todo conmigo. Me gusta viajar ligero. Ya sabes, por si tengo que salir corriendo o algo así.

Claro, cómo no.

–Percy no es un nombre muy típico. ¿Tu madre lo eligió por algún motivo?

–Sí –el adolescente esbozó una leve sonrisa–. Era el nombre de su profesor favorito del instituto, el que la estaba ayudando a solicitar el acceso a la universidad cuando se quedó embarazada. Me decía que llamarme Percy le recordaba que teníamos posibilidades, que eso era lo que quería para mí. Por eso me hizo prometer que no me juntaría con ninguna banda.

Jack asintió.

–Dame un segundo –sacó el móvil y buscó entre sus contactos. Unos segundos más tarde estaba hablando con Taryn–. Ey, necesito tu ayuda.

Taryn maldijo.

–¡Lo sabía! Cuando he visto a Larissa esta mañana, prácticamente ha salido corriendo en la otra dirección. ¿Qué ha hecho ahora?

Jack miró a Percy, que estaba mirándolo.

–Tengo un invitado durante unos días o tal vez más tiempo. Se llama Percy. Tiene dieciocho años y necesita ropa nueva. ¿Hay alguna tienda en Fool's Gold a la que podamos ir?

Sacramento era una opción, pero no ese día. Tenía que ayudar a Percy a instalarse y por la tarde debía asistir a la primera reunión del comité para ayudar a la Cal U Fool's Gold con la búsqueda de entrenador.

Taryn se rio.

–¿Hablas en serio? ¿Es que nunca has visto ese Target gigante que hay en la Forest Highway, junto a la universidad?

Probablemente lo había visto, pero ¿por qué iba a acordarse? No era un sitio por el que pasara regularmente.

–Genial. Lo llevaré allí y después me lo llevaré al trabajo.

Ella dejó de reírse.

–De eso nada. No me lo vas a cargar a mí.

Por primera vez esa mañana, Jack sonrió.

–¿Crees que yo haría eso?

Ella seguía insultándolo cuando colgó.

Jack miró al chico.

–Muy bien, vamos a ir a Target y después a mi oficina. Te pondremos a trabajar hasta que encontremos el siguiente paso a dar –uno de ellos sería evaluar la habilidad lectora del chico porque mientras no tuviera eso controlado, no podría conseguir el certificado de secundaria.

Percy parecía esperanzado y desconfiado a la vez.

–¿Vas a ayudarme?

–Eso parece.

–¿Por Larissa?

–Básicamente.

–De acuerdo, pero te lo devolveré. Puedes fiarte de mi palabra –llevó el cuenco a la pila–. No irás a decirle que no sé leer, ¿verdad?

Jack suspiró.

–No.

–Bien, porque no quiero que piense mal de mí.

–Confía en mí –dijo Jack dirigiéndose hacia la puerta principal–. Ella jamás haría eso.

Dos horas y cientos de dólares después, Jack llevaba a Percy a las oficinas de Score. Ahora el chico tenía varios pares de vaqueros, camisetas y sudaderas, calzado, artículos de aseo, un teléfono móvil y utensilios básicos para

estudiar ya que, empezaran por donde empezaran a reto-
mar su educación, necesitarían papel, cuadernos, lápices y
bolígrafos.

–Bueno, ¿y dónde trabajas? –preguntó Percy deslizan-
do las manos sobre sus vaqueros nuevos.

–En una empresa llamada Score. Es de relaciones públicas y marketing.

–¿Y eso qué es?

–Promocionamos empresas, les preparamos la publicidad y sus anuncios. Diseñamos campañas y les ayudamos
a encontrar patrocinadores en distintas clases de eventos.

–¿Y te gusta?

–Sí, bastante. Trabajo con mi amigo Kenny consiguien-
do nuevos clientes. Somos cuatro socios. Sam, Taryn,
Kenny y yo.

Percy parecía estar digiriendo toda la información.

–¿Y Larissa?

–Ella es mi asistente.

Entraron en el aparcamiento. Jack se dirigió a uno de
los espacios libres, apagó el motor y se giró hacia Percy.

–Puedes dejar tus cosas en el coche, lo llevaremos a
casa después del trabajo. Rellenarás algunos documentos
para aparecer reflejado en la empresa como empleado.
Será un trabajo a tiempo parcial mientras vemos cómo
prepararte para que consigas el certificado de secundaria.

Percy lo miró.

–¿Por qué estás haciendo esto, tío? No me conoces.

–Puede que ahora no, pero te conoceré con el tiempo.
Mira, Percy, tienes que dar un salto de fe. Nadie va a hacerte daño.

–Los padres de las casas de acogida suelen ser ama-
bles… al principio.

Jack se lo podía imaginar.

–¿Estás diciendo que esperas que esto cambie?

Percy asintió.

–Lo entiendo. Si sientes que la cosa va mal, no tienes que quedarte. Pero hasta entonces, vamos a ver adónde nos lleva todo esto.

El chico asintió y bajó del coche.

Cruzaron la entrada principal del edificio. Jack echó a andar por el pasillo, pero a medio camino del despacho de Taryn vio que estaba solo y se dio la vuelta.

Percy estaba en mitad del vestíbulo mirando las enormes fotografías de los chicos con sus uniformes durante distintos partidos. Cada uno de ellos tenía fotografías en acción junto con otras posadas. También había una foto de los cuatro socios juntos y parecía que Taryn estaba al mando de todo.

Percy bajó la cabeza lentamente.

–Eres tú –dijo con tono de incredulidad.

–Soy yo.

–Jugabas al fútbol.

–Eso es. Para los L.A. Stallions. Era el quarterback.

Percy miró las imágenes de nuevo.

–Tiene que ser guay. Aunque a mí me va más el baloncesto.

Jack contuvo una carcajada.

–Ya me imagino. Venga, vamos. Te presentaré a la jefa. No dejes que los tacones te engañen. Podría tumbarnos a los dos sin inmutarse.

El trabajo de Jack con los entrenadores siempre se había basado en su posición como jugador. Había entrenadores que le habían gustado y otros a los que había odiado, pero nunca había tenido nada que ver con el hecho de contratar a alguno. Ni siquiera sabía bien cómo era el proceso. Sabía que había entrevistas y que después de ganar o perder temporadas los entrenadores solían moverse, pero jamás se había parado a pensar en su trabajo más allá de lo que a él le afectaba como jugador.

Contratar a un entrenador sería diferente. Tendría que llevar el proceso desde el punto de vista de la universidad y hacer lo que fuera mejor para la organización. Ese cambio de papeles le supondría cierto esfuerzo, pensó mientras se dirigía al campus de la Cal U Fool's Gold.

La universidad ocupaba cerca de cien acres justo al nordeste del centro del pueblo. Los edificios eran una mezcla de viejos y nuevos, como si el campus hubiera crecido a lo largo de los años. Aún faltaban unas semanas para que dieran comienzo las clases, así que no había estudiantes por allí. Encontró sitio en el aparcamiento de visitantes y se dirigió al edificio de administración.

El estadio y el campo de entrenamiento estaban más cerca de las montañas. El equipo debería haber comenzado ya con los partidos de pretemporada a finales de agosto. Eso, contando con que existiera un equipo de fútbol. Era algo que tendría que discutir con la alcaldesa Marsha la próxima vez que la viera. O tal vez no. Era duro en el campo, pero no era conocido por su habilidad para derribar a señoras mayores.

Las investigaciones que había llevado a cabo sobre los programas de atletismo de la universidad de Fool's Gold le habían dicho que tenía un equipo de béisbol fabuloso y un número sorprendente de programas para deportes femeninos que gozaban de éxito, incluido el golf, pero que habían terminado con el equipo de fútbol hacía casi una década. Así que, ¿por qué empezar ahora? Era algo que tendría que averiguar.

Entró en la sala de reuniones y saludó a las demás personas que había allí. Fue fácil identificar a la presidenta de la universidad. Era una mujer que debía de rondar los cincuenta, bien vestida y con aire de seguridad. El director de deportes, cuyo nombre de pila era Tad, tenía aproximadamente la edad de Jack y pinta de ser demasiado simpático. Se hicieron las presentaciones y, después de que algunas personas más entraran en la sala, todos tomaron asiento alrededor de la gran mesa.

–Gracias a todos por venir –dijo la presidenta, Kristan Newham–. Estamos aquí para hablar sobre la viabilidad de reanudar el programa de fútbol de la Cal U Fool's Gold. Los alumnos están interesados, el consejo rector está abierto a proporcionarnos parte de la financiación, aunque obtendríamos el resto de antiguos alumnos y de donaciones externas. Las preguntas que quiero tratar son si deberíamos hacerlo y qué nos supondría.

Tad se encogió de hombros.

–No tiene sentido plantearnos qué nos supondría si no nos interesa ni molestarnos en hacerlo en un principio.

El comentario irritó a Jack.

–¿Es que tú no estás interesado?

–Va a suponer mucho trabajo y tendremos problemas para encontrar jugadores. Jugadores buenos, quiero decir. Sí, claro, hay interés entre los alumnos, pero los jóvenes son volubles. Mañana vendrá alguna banda de rock a tocar al pueblo y nadie se presentará al partido. Es caro, lleva mucho tiempo y también supone una distracción con respecto a los demás deportes.

Jack observó al esbelto hombre mientras procesaba la herejía de que alguien no quisiera un equipo de fútbol.

–No jugaste a deportes de equipo en la universidad, ¿verdad? Deja que adivine… ¿Golf?

Tad se sonrojó.

–Tenis, y sí que es un deporte de equipo.

–Se compite individualmente. O, como mucho, en parejas.

–Yo jugaba individuales.

–Por supuesto –Jack se recostó en su silla–. Siento haber interrumpido.

Tad lo miró.

–No creo que nos tengamos que tomar tantas molestias por el fútbol. Tenemos un equipo de béisbol regional que compite en campeonatos y nuestro equipo de baloncesto es mejor cada año. Dos de nuestras alumnas del último curso del equipo femenino de voleibol pueden llegar a entrar en el equipo olímpico. Con eso nos basta.

–Menos mal que los científicos que trabajaron con antibióticos no tuvieron tu actitud del «con eso nos basta» cuando descubrieron la penicilina –murmuró Jack.

La presidenta Newham miró a los dos hombres antes de centrarse en Jack.

–¿Quiere usted defender la postura de la formación de un equipo de fútbol americano?

–Claro. El fútbol es el juego de Estados Unidos. A la gente le gusta. Enseña disciplina y trabajo en equipo. Enseña a vivir –se detuvo y sonrió–. Desde un punto de vista más práctico, el fútbol universitario genera dinero. El programa de los Texas Longhorns fue valorado recientemente en ochocientos cinco millones de dólares. Y los atletas superestrellas generan cinco o diez veces más lo que vale su beca.

–Al cabo de diez años, tal vez –farfulló Tad.

–Ya estás otra vez con tus perspectivas a largo plazo. Me encantaría ver tu plan de cinco años para la universidad –murmuró Jack–. Una vez tuve un entrenador que solía decir que o formas parte del problema o formas parte de la solución –se dirigió a la presidenta Newham–. Señora, no es una decisión fácil de tomar. Habrá costes, pero formar un equipo es una inversión a largo plazo. Habrá gente que diga que es mejor invertir ese dinero en otra parte, pero incluso aunque solo terminen teniendo un equipo mediocre, conseguirán mucho más dinero de lo que se gasten para poder mantenerlo a flote. Además, un buen equipo de fútbol supone una fantástica publicidad para la universidad. ¿Quién en este país no ha oído hablar de UCLA?

–A lo mejor es por el centro médico –apuntó Tad.

–Sí, podría ser por eso, pero cada una de esas personas sabe que están los UCLA Bruins y los USC Trojans y los Notre Dame Fighting Irish, y eso no se sabe por una facultad de medicina –se detuvo–. Ni por un equipo de tenis.

Tad comenzó a levantarse de la silla mientras Jack esperaba que no se arrepintiera porque, de vez en cuando, una pelea siempre venía bien. Por supuesto, ese pensamiento solo duraba hasta que soltaba el primer golpe, que siempre dolía de lo lindo.

–¿Voy a tener que separarles? –preguntó la presidenta.

Jack sonrió.

–Puede que sea una buena idea.

Ella lo sorprendió devolviéndole la sonrisa.

–De acuerdo, señor McGarry. Convénzame de que lleva usted razón y dígame las razones por las que la universidad de Fool's Gold debería tener un equipo de fútbol.

Jack asintió lentamente.

–Por supuesto. ¿Cuánto tiempo tiene?

Larissa entró en la sala de proyectos. Era un gran despacho abierto con largas mesas juntas formando un cuadrado. En dos de las paredes había enormes pizarras blancas y tablones de corcho en las otras dos. También había una pantalla desplegable para las presentaciones por ordenador. En unos armarios bajos se guardaban toda clase de materiales de oficina y de manualidades, porque la sala de proyectos era el lugar donde sucedía la magia. Ahí comenzaban las maquetas y se llevaban a cabo las sesiones de lluvia de ideas.

Percy estaba sentado en una de las largas mesas con montones de revistas delante. Tenía una abierta y estaba midiendo una página cuidadosamente con una regla.

–¿Qué haces? –le preguntó ella al acercarse.

Él levantó la mirada y le sonrió.

–Hola, Larissa.

–Hola. Veo que Taryn ya te ha puesto a trabajar.

–Sí –señaló las revistas–. Hay anuncios de vuestros clientes en cada una. Me estoy asegurando de que son del tamaño adecuado y de que están en la parte correcta de la revista.

Le mostró el formulario de aprobación de los anuncios donde se enumeraban el tamaño del mismo (página completa, media página y demás…), el nombre de la revista, el número del ejemplar y el número de página donde debía ir el anuncio. En la parte superior de cada formulario había una pequeña fotografía de la revista en sí, lo cual le facilitaba encontrar las referencias.

–Las fotos me dicen en qué revista buscar. Después este número es el número de página y el tamaño del anuncio está justo aquí. Cuando lo he comprobado todo, pongo mis iniciales en este recuadro de aquí –señaló el formulario.

Parecía orgulloso del trabajo que estaba haciendo, pensó ella feliz.

–¿Te gusta trabajar aquí?

–Sí, es muy interesante. He tenido otros trabajos antes, pero nunca en un sitio así. Normalmente estoy barriendo o limpiando baños. También trabajé unos meses para una empresa de mudanzas –arrugó la nariz–. Esto es mejor –

volvió a sonreír–. Kenny ha venido hace un momento y se ha presentado. Es un tío enorme.

–Sí que lo es.

–Me va a llevar a almorzar. Ha dicho que hay un restaurante mejicano donde te ponen tanta comida que tardaré horas en volver a tener hambre –su expresión se tornó melancólica–. Qué sensación tan agradable no sentir hambre –la miró y desvió la mirada al instante–. Aunque tampoco es que eso me preocupe mucho. Pero a algunas personas sí.

Se le partió el corazón al preguntarse cuántas veces ese chico se habría ido a dormir sin haber comido nada en todo el día.

–Te gustará Kenny. Es un tipo fantástico –retiró una silla y se sentó al lado de Percy–. Espero que pienses en lo que quieres hacer en el futuro. ¿Tal vez ir a la universidad?

Percy centró la atención en la revista que tenía delante.

–Jack me ha hablado de eso esta mañana. Primero tengo que sacarme el certificado de secundaria y… eh… va a ayudarme con eso.

–Bien.

–¿Estáis comprometidos o algo?

Larissa se puso de pie.

–No, claro que no. Qué pregunta tan tonta. ¿Por qué me preguntas eso? –pero antes de que él pudiera responder, ella estaba llegando a la puerta–. Luego te veo.

¿Comprometidos? Eso jamás pasaría. Jack no quería una relación permanente y ella tampoco estaba interesada en tener una ahora. Y menos con él. Jack era esa clase de hombre que…

Iba avanzando por el pasillo. Jack era un hombre muy bueno, se recordó, y muy guapo. Un hombre de éxito. Se preocupaba por la gente y confiaba en él. Pero, por otro lado, era hombre de aventuras de una semana. Su idea de una relación larga y profunda era un noviazgo que duraba quince días, y ella lo sabía bien porque se encargaba de comprar los regalos de despedida de sus novias.

¿Jack y ella? ¡Qué ridículo! Eran amigos. Buenos amigos. Buenos amigos que se habían besado una única vez, pensó con un suspiro.

Entró en el despacho de Taryn y vio cómo su amiga dio un respingo en la silla.

–¿Qué? ¿Qué haces aquí?

Larissa alzó las manos en gesto de rendición.

–¿Por qué estás más gruñona que de costumbre?

Taryn suspiró.

–Lo siento. Mi reacción ha sido fruto de un sentimiento de culpabilidad.

Larissa miró el ordenador.

–¿En serio? ¿Es que estás viendo una web porno o algo así?

Taryn giró el ordenador para mostrarle a Larissa lo que estaba viendo.

–No, vestidos de novia.

Larissa miró un precioso vestido entallado en la cintura que caía como una cascada de encaje y flores.

–Si llueve, todos podremos resguardarnos bajo tu falda.

Taryn arrugó la boca.

–Cierra el pico. Tú no sabes nada de moda.

–Y no pasa nada precisamente porque tú ya lo sabes todo por las dos. ¿Te gusta ese?

–Más o menos. Me preocupa que sea demasiado para este maldito pueblo.

–Tú ya eres demasiado para este pueblo y, aun así, te encanta estar aquí.

–Lo sé. Qué irónica es la vida –se recostó en la silla–.

Isabel me va a traer algunos para que me los pruebe porque si quiero llevar algo de alta costura tardarán meses en hacérmelo.

Larissa se sentó en una silla frente a ella.

–¿Y los diseñadores con los que trabaja Isabel? Has dicho que te gustan algunos. Pídeles que te diseñen un vestido porque si es solo un boceto no te ves ni obligaba ni comprometida a nada y todo iría más deprisa que con un diseñador famoso.

Isabel tenía una tienda de ropa y de vestidos de novia en el pueblo. Para tratarse de un aletargado pueblecito turístico, Fool's Gold tenía una gran variedad de comercios.

Taryn abrió sus ojos azules violetas de par en par.

–¡Es una idea brillante!

–Por favor, no muestres tanta sorpresa. Puedo ser inteligente.

–Siempre lo eres. Y eso es genial. Hablaré con Isabel para ver qué opina –entrecerró los ojos ligeramente–. ¿Por qué estás aquí?

–¿Te refieres a que por qué estoy en tu despacho, verdad? Porque si vamos a ponernos a hablar de la metafísica de la vida en la tierra, necesito una galleta.

–¿Por qué estás en mi despacho? –aclaró Taryn.

–Estoy aburrida. Jack está en una reunión y los chicos están haciendo otras cosas. ¿Quieres un masaje?

–Acabo de darme uno.

Larissa se encogió de hombros.

–¿Lo ves? No tengo responsabilidades.

–Hablando de tomar el mando de algo y que te dejen ocupándote del trabajo de otros, ¿qué pasa con el chico?

–Se llama Percy.

Taryn ignoró la información.

–¿Es tu último proyecto?

–Jack y yo lo encontramos anoche. Es indigente. Acaba de cumplir dieciocho años y necesita ayuda.

–¿Lo habéis encontrado?

–Eso es.

–¿Es que no te basta con rescatar gatos?

–Dyna es encantadora, pero esto es distinto. Además, no va a vivir conmigo. Está con Jack.

–Cómo no. ¿Qué vais a hacer con él?

–No sé. Jack y yo lo estamos estudiando.

–Siempre estás intentando salvar el mundo, ¿verdad? No sé si de verdad eres tan buena o si simplemente es una distracción para ti.

–¡Oye! –exclamó Larissa–. Tengo sentimientos y me preocupo por las personas y las criaturas que están en problemas.

–Pero un poquito más de lo que nos preocupamos los demás. Creo que te estás escondiendo.

Y eso era algo que Larissa no quería oír porque se parecía demasiado a lo que su madre le había mencionado. Lo decían en sentidos distintos, pero el mensaje era el mismo al fin y al cabo.

–Estoy bien –insistió.

–¿Te parece que me dejas convencida?

–Sí.

Taryn enarcó las cejas.

–Estoy preocupada por ti. Estás demasiado ocupada cuidando de los demás. ¿Quién cuida de ti?

«Jack», pensó Larissa, pero instintivamente supo que esa no era una buena respuesta. No en esas circunstancias.

–Puedo cuidar de mí misma. No necesito que nadie me salve.

Taryn sacudió la cabeza.

–Hay momentos en los que todos necesitamos que nos salven. Deberías saberlo.

Capítulo 7

El maullido lastimero de Dyna hizo que Larissa se pensara dos veces su plan. A la gatita de rostro dulce claramente no le hacían ninguna gracia los planes de la noche.

—Creo que te gustará cuando lleguemos —dijo Larissa al levantar el transportador junto con la bolsa de comida que había comprado por el camino—. Y Percy es muy majo. Te gustará.

Dyna maulló de nuevo dejando claro que no la convencía nada el plan. Larissa hizo lo posible por no sentirse culpable y recorrió el camino de entrada hasta la puerta de Jack.

Jack abrió antes de que ella llegara allí y miró el transportador.

—¿Dyna? —preguntó agarrando la bolsa de la comida.

—He pensado que le gustaría Percy. Las mascotas son importantes en una familia.

—Ya, claro. No tengo caja para la arena.

—Sí que tienes, de cuando tuviste aquellos gatitos.

Un par de meses antes una camada de gatitos salvajes habían estado en peligro de muerte después de que a su madre la hubiera atropellado un coche y se habían mudado con Jack hasta que alguien los había adoptado.

–Es verdad, lo había olvidado. No tengo ni idea de dónde está.

–No hay problema.

Larissa se aseguró de que la puerta estaba bien cerrada antes de abrir el transportador. Dyna salió con la dignidad de un gato ofendido.

–No dejo de retroceder con ella –murmuró.

–Le diré que es tonta por no adorarte –le respondió Jack–. Venga, vamos a comer.

Percy bajó las escaleras. Era todo piernas y brazos, aún estaba creciendo, pensó Larissa al verlo entrar en el salón. Pero esa ropa nueva le sentaba muy bien.

–Ey, ¿eso es un gato? –preguntó al ver a Dyna–. Es una preciosidad.

Se agachó para agarrarla y justo cuando Larissa iba a advertirle de que Dyna podía ser muy arisca vio que la gata se relajó en los brazos del chico y que comenzó a ronronear.

–Cómo no –dijo con ironía y suspirando antes de ir hacia el pequeño trastero que había junto al cuarto de la colada. Ahí estaban la caja y la bolsa de arena, justo donde las había visto por última vez. Llenó la caja y la colocó junto a la lavadora antes de volver al salón.

Percy estaba de pie acunando y acariciando a la gatita, que tenía sus enormes ojos azules medio cerrados de pura felicidad.

–Nunca he tenido un gato. No pensé que me pudieran gustar, pero es muy mona.

Larissa pensó en los perros, gatos, peces y hámsteres con los que había crecido y se preguntó por un instante cuántos otros chicos como Percy habría por ahí fuera viviendo a duras penas.

–Vamos a enseñarle dónde tiene la caja de la arena –dijo ella indicándole que la siguiera–. Y después cenaremos. Jack se pone de mal humor si cena tarde.

–¡Lo he oído! –gritó Jack desde el comedor.

Percy sonrió.

Después de mostrarle el arenero a Dyna, Larissa y Percy se desviaron pasando por la cocina para lavarse las manos y sacar unos refrescos de la nevera antes de entrar en el comedor.

Jack había colocado los platos y las cucharas para servir y había abierto los recipientes de cartón. Larissa le pasó un refresco y se sentó frente a él. Percy se sentó junto a Jack y, unos segundos después, Dyna se sentó en una silla junto al chico.

–Traidora –le dijo Larissa a la gata–. Soy yo la que te salvó.

–Uno nunca sabe de quién se va a enamorar –contestó Jack pasándole un recipiente–. Toma un rollo de huevo. Te sentirás mejor.

Había mucho entre lo que elegir para cenar. Había pedido los platos favoritos de Jack junto con los langostinos picantes y crujientes que le gustaban a ella y algunas cosas más para Percy. Ella prefería el *chow mein* y Jack el arroz, así que solían alternar, pero con un adolescente en la casa, había optado por ambos.

Durante unos minutos solo se oyó el sonido de la masticación acompañado por el suave ronroneo de Dyna. Después, Percy comentó:

–He tomado comida mejicana para almorzar. También estaba rica.

–Es verdad, Kenny te ha llevado a comer –dijo Larissa sonriendo–. ¿Lo has pasado bien con él?

–Sí, es guay. Pero le gusta mucho el fútbol.

Larissa apretó los labios.

–A lo mejor eso es porque ha sido jugador profesional y todo eso.

–Supongo, pero es solo un juego, tío –el chico miró a Jack–. No te ofendas.

–No me ofendo –soltó el tenedor–. ¿A ti te va más el baloncesto?

–Ajá.

Larissa sabía por dónde iría la conversación.

–No –dijo con firmeza–. De ninguna manera. No puedes.

Percy abrió los ojos ligeramente.

–¿Qué no puede?

–Invitarte a jugar con sus amigos.

–¿Y por qué no? Soy un hacha jugando.

Jack esbozó una expresión petulante.

–Eso, Larissa, es un hacha jugando.

–Son hombres mayores –le dijo al chico–. Y algunos son peligrosos. Estamos hablando de baloncesto con sangre.

–Solo a veces –señaló Jack–. Percy, jugamos tres veces a la semana. Si quieres, eres bienvenido.

–Quiero –respondió Percy. Chocaron los cinco.

Era algo de la psique masculina que ella jamás comprendería, esa necesidad de competir en todo. Por otro lado, al menos Percy y Jack estaban conectando.

Aceptó lo inevitable y levantó el tenedor.

–¿Qué tal tu reunión en la universidad? –le preguntó a Jack.

Jack frunció el ceño.

–El director de deportes no está a favor de desarrollar un programa de fútbol.

–Pues entonces es idiota –anunció Percy–. El fútbol no es lo mío, pero hasta yo sé que trae mucha pasta, ¿verdad? Y con ese dinero se pueden pagar otras cosas de la universidad, como la biblioteca, por ejemplo. Eso es importante para los alumnos, pero no tan emocionante como un partido de fútbol.

Larissa lo miró atónita.

–Tienes razón. Eso es muy perspicaz.

Percy se sentó un poco más derecho en la silla.

–Es que soy un tipo perspicaz.

–Ya lo veo.

–No te pongas tan gallito, chico –le dijo Jack–. No hasta que hayas demostrado lo que vales en la cancha.

–Ya lo verás.

–Muy bien –y volvió a dirigirse a Larissa diciendo–: Estoy con Percy. Son unos idiotas. Tienen el apoyo del consejo rector y ya sabéis que los antiguos alumnos estarían a favor. La cantidad de dinero que podrían recaudar es pasmosa, pero tampoco se pueden forzar las cosas. Si no quieren, no deberían hacerlo.

–¿Eso les has dicho?

–Entre otras cosas.

–Siento que la reunión no haya salido como esperabas.

Él se encogió de hombros.

–Les he dicho lo que pensaba y ahora ellos tienen que tomar la decisión. Yo me mantengo al margen.

Se preguntó si era cierto del todo. Jack quería implicarse y alejarse del tema a partes iguales. Eran emociones enfrentadas con una causa justificada. Nadie podía pasar por lo que había pasado Jack sin que esos sucesos le cambiaran. Unos se habrían deprimido o enfurecido. Jack había seguido adelante, aunque protegiéndose emocionalmente de todo.

Tenía casi dieciocho años cuando su hermano, Lucas, había muerto, pero había sido mucho más joven cuando su gemelo había enfermado. Imaginaba que su vida había estado marcada por la enfermedad de Lucas y sabía que su personalidad se había forjado en función de esa situación. Mientras que otros niños habrían podido ser libres e irresponsables de vez en cuando, Jack jamás había podido hacerlo porque Lucas había necesitado la atención de toda la familia. Jack había aprendido a hacer lo correcto, a mantenerse alejado de los problemas y a no reclamar atenciones.

Larissa entendía y respetaba sus límites. Sabía que era un buen tipo y con eso le bastaba.

La conversación pasó a centrarse en lo que estaba pasando por Fool's Gold. El festival Máa-zib se celebraría el siguiente fin de semana y Larissa tenía muchas ganas de ver todas las actividades con las que lo festejarían.

—No lo entiendo —dijo Percy después de terminarse el tercer plato—. ¿Hay un caballo que baila?

Jack se recostó en la silla.

—¿Eso es lo que te tiene confundido? ¿Es que no has oído lo del tipo que deja que le saquen el corazón?

Percy ignoró el comentario.

—Eso no es de verdad, tío. Es como en las pelis. Un cuchillo de mentira y colorante alimentario rojo. ¿Pero lo del caballo que baila es porque de verdad hay caballos que bailan? No sabía que los caballos pudieran hacer eso.

—Yo nunca lo he visto —dijo Larissa—. Tendremos que ir a comprobarlo.

Percy comenzó a decir algo, pero su voz se transformó en un enorme bostezo. Larissa miró el reloj. Aunque apenas eran las ocho, suponía que el chico no había dormido mucho en los últimos días. Había hecho el viaje de vuelta a Fool's Gold y la noche anterior la había pasado en un lugar extraño para él.

Se levantó.

—Venga, vamos.

—¿Qué?

–A dormir.

–Es demasiado pronto –protestó Percy–. No soy un bebé.

–No, pero estás agotado. Al menos échate a ver la tele –«y a quedarte dormido a los quince segundos», pensó conteniendo una sonrisa.

Percy bostezó de nuevo.

–De acuerdo. A lo mejor veo un poco la tele.

Se levantó y agarró su plato. Después de llevarlo a la cocina, volvió y acarició a Dyna.

–Gracias por todo –dijo mirando a la gata.

–De nada –le respondió Larissa–. Hasta mañana.

Él asintió y fue hacia las escaleras. Jack se levantó y comenzó a recoger la comida. La mayoría de los envases estaban vacíos, pero en algunos aún quedaba algún bocado.

–¿Merece la pena guardarlo? –preguntó.

–A lo mejor sí, puede que a Percy le apetezca tomar algo entre horas o para desayunar.

–Seguro que sí –Jack sonrió–. Es un buen chico. Tienes buen ojo para dar con gente noble.

Y ese fue un cumplido que le despertó un cálido sentimiento por dentro.

Juntos guardaron la comida en la nevera, tiraron los cartones y cargaron el lavavajillas. Dyna olfateó algunas de las sobras que le ofrecieron y, con mucha finura, tomó un pedazo de pollo. Una vez terminaron de limpiar, Larissa se acercó al congelador.

–Creo que por aquí hay unos brownies, a menos que te los hayas comido todos.

Buscó detrás de asados congelados y porciones individuales de su chili guisado y encontró un paquete de brownies. Después, cerró la puerta con la cadera.

–Perfecto –dijo él–. No tardarán mucho en descongelarse.

Larissa los puso sobre la encimera, los desenvolvió y cuando se giró para agarrar un plato, vio que Jack estaba justo detrás. El impulso del movimiento la lanzó hacia él, hasta estar prácticamente tocándolo.

Y en ese momento todo cambió. La noche tranquila y relajada que habían estado compartiendo adoptó una atmósfera recargada, tanto que casi podía tocarla. Se le cortó la respiración al mirar sus oscuros ojos. La piel le ardía, se le aceleró el corazón y el mundo pareció encogerse hasta solo albergar al hombre que tenía delante.

Se quedaron mirando durante lo que le pareció una eternidad y un inesperado deseo la recorrió, haciéndole querer cerrar la pequeña distancia que aún los separaba.

Se trataba de Jack, se dijo confundida y decidida al mismo tiempo. Lo conocía a la perfección. Sabía cómo era acariciar su piel y ahora quería hacerlo, pero no del modo en que lo hacía siempre. No quería darle un masaje, quería estar tocándolo como una mujer toca a un hombre. Quería estar a su lado, explorándolo mientras él la exploraba.

La erótica imagen fue lo suficientemente poderosa como para hacer que le temblaran las rodillas. Respiró hondo y esperó a lo que fuera que pudiera pasar a continuación. ¿Él también sentía la tensión entre los dos o se limitaría a bromear sobre los brownies y a proponerle que vieran un partido de béisbol por la tele?

Era imposible interpretar su mirada. Durante unos largos segundos, no se movió lo más mínimo, pero entonces levantó la mano y le rodeó la cara con ella.

—Larissa.

Esa única palabra fue pronunciada con un susurro y antes de que ella descubriera lo que significaba, Jack se agachó y la besó.

Sentir sus labios fue una delicia. Fue algo delicado y

con una pizca de pasión. Después, esa pizca se intensificó cuando él la llevó hacia sí despertando un fuerte deseo en su interior.

Sin pensarlo, Larissa levantó los brazos y lo rodeó por el cuello. Él posó la mano que tenía libre sobre su cintura y la llevó más contra su cuerpo. Se estaban tocando por todas partes, dureza contra suavidad, hombre contra mujer. Ella se rindió ante su fortaleza y se derritió contra él a pesar de que seguía siendo un beso casto.

Jack rozó los labios contra su mejilla y ella cerró los ojos. Se acurrucó contra la zona de su oreja y acarició con la punta de la lengua la sensible piel debajo del lóbulo. Cuando volvió a sus labios, ella los separó inmediatamente y sintió el cosquilleo que acompañó al primer roce de sus lenguas.

Un intenso deseo la recorrió por dentro instalándose en su vientre, sorprendiéndola primero con su presencia y después con su intensidad. Tuvo que contenerse para no pegarse contra su cuerpo, pelvis contra pelvis, al mismo tiempo que deseaba que sus diestras caricias rozaran sus pechos.

El beso continuó, fue como un apasionado juego, un tira y afloja en el que perder era delicioso y ganar significaba tener prórroga.

Jack posó las manos en su cintura y, lentamente, las deslizó de arriba abajo por su espalda. A la segunda vez, bajó más las manos, lentamente, explorando el territorio desconocido. Ella estaba cada vez más excitada. Se le habían endurecido los pezones.

«Más», pensó, dispuesta a ir hasta donde eso los llevara. Sin duda, quería más.

Pero en lugar de leerle la mente, él se apartó lo suficiente para romper el beso y poner distancia entre los dos. Se quedaron mirando con las respiraciones aceleradas, sorprendidos. En los ojos de Jack bailaban distintas emociones. Confusión, afecto y, sobre todo, deseo. Exactamente lo que ella estaba sintiendo. Porque aunque siempre le había gustado Jack como persona, hasta hacía poco no se había planteado que pudiera gustarle de verdad.

Indecisa, se mordió el labio inferior, porque esa noche podía tomar dos caminos muy distintos. Y aunque desearlo era genial y hacer el amor con él sería alucinante, ¿qué pasaría a la mañana siguiente? ¿Qué habría perdido?

Tenía ganas de patalear. Todo era culpa de su madre, pensó con amargura.

–Tengo que irme –dijo de pronto.

–Larissa, tenemos que hablar.

–No, la verdad es que no tenemos que hacerlo.

Encontró a Dyna acurrucada en el sofá. A su gata no le hacía gracia que la molestaran, pero permitió que la metiera en el transportín.

–Mañana nos vemos. En el trabajo.

Y con eso, corrió hacia la puerta y no se permitió relajarse hasta que se encontró a salvo en el coche. Antes de arrancar el motor, tomó aire unas cuantas veces y se dijo que vivir en un estado de negación no estaba tan mal. La gente lo hacía todo el tiempo y ella también podía.

Jack fue a ver a Percy y lo encontró dormido como un tronco. Después, dio una vuelta por su enorme casa e intentó encontrar algo interesante que ver en la tele. Cuando eso no le funcionó, agarró el teléfono y ojeó los números en busca de un modo de despejar sus problemas.

Una mujer le parecía la mejor solución, se dijo. Una mujer que no le resultara peligrosa, una mujer que no fuera como Larissa. Una mujer que entendiera quién era él y que no buscara más que una noche. Pero después de repasar la agenda dos veces, no logró encontrar a una sola con la que quisiera charlar, y mucho menos, acostarse.

Soltó el teléfono sobre la mesita de café y suspiró.

¿Qué demonios? ¿Cuándo habían empezado a besarse Larissa y él? Ya era la segunda vez y, al igual que la primera, no tenía ni idea de cómo había sucedido.

Sí, no había duda de que era preciosa, y tampoco había duda de que le gustaba, pero ¿y qué? Era Larissa. Su asistente, su amiga. Le importaba. Un tipo no podía arruinar algo así por algo tan insignificante como una noche de sexo. Eso lo podía conseguir donde quisiera. Lo que no podía sustituir en otro sitio era a Larissa. Así que, ¿en qué había estado pensando?

La respuesta era que no había estado pensando, que había estado en su mundo ayudando en la cocina y de pronto… ¡bam! Ella estaba en sus brazos y él no se había contenido. Pero por mucho que lo intentaba, no lograba descifrar los pasos que habían propiciado el beso. Era como si esos segundos no hubieran llegado a existir.

Se levantó y agarró el móvil. Después de ir hacia la puerta, se giró y se sentó en el sofá. Treinta segundos más tarde, estaba saliendo a la calle. Pero en lugar de dirigirse a casa de Larissa, echó a andar en la otra dirección. Cuando llegó a la pequeña casa con la moto aparcada en la entrada, aceleró el paso.

Angel abrió la puerta. Estaba vestido únicamente con unos vaqueros. Jack se lo quedó mirando un segundo antes de encajar las piezas.

–¿Estabais en la cama? –preguntó antes de poder darse cuenta.

Angel enarcó una ceja.

–No es asunto tuyo y si lo que estás preguntando es si puedes unirte a nosotros, la respuesta es no. Nada de tríos.

Angel se dio la vuelta, pero dejó la puerta abierta. Jack

entró en el vestíbulo y esperó. Unos segundos más tarde apareció Taryn, descalza, con una camiseta y unos vaqueros. Llevaba suelta su larga melena negra azulada y no estaba maquillada.

—Lo siento —dijo dándose la vuelta inmediatamente.

Ella lo agarró del brazo y lo metió dentro.

—No pasa nada. No te marches —lo observó durante un segundo—. ¿Qué pasa? ¿Estás bien?

—Estoy bien.

—Estás mintiendo, y no muy bien.

Lo llevó del brazo hasta la cocina. Allí, en la encimera, había una botella de vino tinto abierta. Sirvió una copa para cada uno, le entregó la suya y de ahí pasaron al salón.

—¿Angel no viene a sentarse con nosotros? —preguntó él.

—Probablemente no. Creo que sigue preocupado por ti. Bueno, por nosotros, en realidad. Por ti y por mí.

—¿Pero por qué? Trabajamos juntos, somos amigos —Taryn esa su mejor amiga junto con Larissa, aunque las relaciones eran distintas.

—Estuvimos casados —le recordó Taryn.

Se sentaron en el sofá. Ella se giró hacia él y subió los pies al asiento.

—Estuvimos casados hace mucho tiempo —dijo Jack antes de dar un sorbo al cabernet—. Y no es que estuviéramos enamorados.

Taryn lo miraba fijamente.

—¿Qué te preocupa, Jack?

Era un modo educado de preguntar por qué estaba allí, pensó él.

—No sé —respondió diciendo la verdad—. La universidad de Fool's Gold no está buscando entrenador, están decidiendo si forman o no un equipo de fútbol y yo no sé nada de eso.

–Seguro que tienes opiniones firmes al respecto.

Él se encogió de hombros.

–Sí, claro, por supuesto que deberían tener un equipo, pero ¿por qué ponerme a mí en el comité? Yo ahí no pinto nada.

–La alcaldesa Marsha, al igual que Dios, obra de formas misteriosas.

–Esa mujer da miedo.

–Y que lo digas –rodeó la copa con sus manos–. ¿Qué más?

–Ese chico.

–¿Percy? Parece agradable. Teniendo en cuenta todo por lo que ha pasado, ahora mismo podía estar traficando con drogas. Quiere hacer lo correcto y eso me parece admirable.

–No llegó a graduarse en el instituto.

Ella sonrió.

–Lo dices como si te sorprendiera. Los proyectos de Larissa no suelen ser sencillos. Imagino que lo ayudarás a sacarse el certificado de secundaria. Habla con Sam y con Kenny, seguro que se apuntan.

–No sabe leer y no quiere que Larissa se entere.

Taryn enarcó sus cejas perfectamente cuidadas.

–¿En serio? –levantó una mano–. No respondas. De acuerdo, que no sepa leer complica el reto, pero no es un obstáculo insalvable. Sam y Kenny seguirán ayudando de todos modos.

Estiró los pies hasta tocarle un lado del muslo.

–Pero ninguna de estas cosas es el problema.

–¿Ah, no?

–No. El pueblo te está demandando y tú no quieres implicarte.

Tenía razón en eso, aunque el mayor problema era Larissa.

–Te crees muy lista –le dijo a modo de distracción.

–Es que soy muy lista –respondió Taryn haciéndole cosquillas con los dedos de los pies–. Sabes que tengo razón. Jack, Kenny, Sam y tú fuisteis los que quisisteis mudaros aquí y ahora tener que implicaros en el pueblo es una consecuencia. Ríndete y aprende a que te guste. Serás más feliz si dejas que lleguen a ti.

–No los necesito en mi vida.

–A algunos sí. A pesar de lo que quieras que pensemos los demás, sí que necesitas tener a gente en tu vida.

–Tal vez… –admitió.

–Más que tal vez.

Jack no se molestó en responder. Ambos sabían que ella tenía razón.

No durmió mucho ni esa noche ni la siguiente. No podía decir qué era exactamente lo que ocupaba su cabeza, pero fuera lo que fuera, lo inquietaba. Todos sabían que cuando no dormía lo suficiente se ponía de muy mal humor, así que hizo lo posible por evitarlos en la oficina.

Y precisamente por eso entró en el comedor a las once y media, antes de que bajara el resto del equipo. Sacó un refresco y se bebió la mitad de un solo trago; después se planteó qué hacer durante el resto del día.

El problema era que no estaban buscando clientes y eso era lo que mejor se le daba. Le gustaba la emoción de la búsqueda. Las reuniones iniciales, las presentaciones que superaban con creces sus expectativas, la satisfacción de verlos firmar en la línea de puntos. Pero precisamente porque Kenny y él eran tan buenos en su trabajo, Score estaba trabajando a pleno rendimiento. Taryn había contratado un empleado nuevo para gráficos y estaba torturando también a tres becarios de la Cal U Fool's Gold, además de a la plantilla fija. Sam estaba ocupado con lo que fuera que hacía relacionado con temas financieros y a Kenny no le importaba lo más mínimo tener que estar varias semanas sin salir a cazar clientes. Jack era el único que parecía darse cuenta de que no había nada que hacer.

Volvió a su despacho y comprobó el correo. En los últimos diez minutos no había recibido nada. Podía ir a hacer ejercicio, de no ser porque ya lo había hecho. También había ido a ver a Percy, había leído la sección de deportes de dos periódicos y había jugado al ordenador durante casi una hora. Qué triste.

A lo mejor podía ponerse a trabajar en jugadas, diseñar alguna nueva, anotar sus favoritas, por si alguna vez la universidad volvía a incluir el fútbol americano en su programa deportivo.

Buscó un bloc grande de papel blanco. Siempre había varios por el despacho, y cuando no encontraba alguno, iba a buscarlo al de Sam.

Para hacer tiempo, fue por el camino más largo, pasando por los vestuarios y por detrás. Sin embargo, eso lo acercó hasta la sala de masajes de Larissa. Aminoró el paso.

La puerta estaba cerrada, lo cual significaba que estaba ocupada con alguien. Y ya que acababa de ver a Taryn hacía unos minutos, sabía que debía tratarse de Kenny o de Sam. Porque Larissa trabajaba con ellos dos también. Era su trabajo.

Al acercarse a la puerta, oyó unas suaves carcajadas. La risa de Larissa, pensó, deteniéndose. A continuación se oyó una voz masculina, una voz de tono grave que reconoció. Las palabras de Kenny se oían como un suave murmullo. No lograba captar exactamente lo que estaba diciendo su socio, pero no era difícil imaginar de qué trataba la conversación. Kenny se la estaba insinuando y seguro que en ese momento estaba levantándola con sus enormes manos y llevándola hacia su cuerpo...

Agarró el pomo de la puerta y la abrió. Entró en la sala preparado para la batalla, aunque no sabía para qué.

Pero en lugar de una escena amorosa, encontró a Kenny tumbado boca abajo. Larissa estaba junto a sus pies hundiendo los dedos en sus pantorrillas. Los dos se giraron para mirarlo.

–Oh, lo siento –dijo sintiéndose como un completo idiota–. Yo, eh... no sabía que estabas con alguien.

Larissa lo miró extrañada.

–La puerta estaba cerrada.

–¿Ah, sí? –Jack intentó sonreír, pero tuvo la sensación de que no le salió muy bien–. Lo siento. Luego os veo.

Cuando estaba girándose para marcharse, se detuvo para dirigirse a Kenny.

–Tenemos que hablar del chico. Luego, tal vez.

–Claro –respondió su amigo relajándose en la camilla–. Ya sabes dónde encontrarme. Claramente.

Capítulo 8

–¿Pero qué demonios te pasa? –preguntó Kenny una hora más tarde de pie en la puerta del despacho de Jack. Fue una pregunta formulada con un tono mucho más amigable del que Jack se merecía y sin especial interés.

–Nada –respondió Jack aún avergonzado por su comportamiento.

Kenny se apartó del marco de la puerta y avanzó hasta el escritorio. Se sentó en una de las sillas.

Aún tenía su cabello rubio húmedo por la ducha y Jack supuso que había ido allí directamente desde el vestuario.

–A Larissa la has engañado, pero a mí no. ¿Qué esperabas encontrarte al entrar así en la sala? ¿Que lo estuviéramos haciendo sobre la camilla?

Eso era exactamente lo que se había estado imaginando, pero oír a Kenny decirlo hacía que sonara estúpido. O peor… que pareciera necesitado.

–No. ¿Por qué preguntas eso?

Kenny sacudió la cabeza.

–Como te he dicho antes, ¿qué te pasa, tío?

Jack se rindió ante lo inevitable.

–Es la madre de Larissa.

–¿Qué?

–Cuando estuvo aquí hace unas semanas, vino a verme.

Kenny seguía confuso.

–Si te dijo que me estoy acostando con Larissa, se equivoca. Larissa es preciosa, pero es como mi hermana, ¡por favor! No, imposible.

A pesar de todo, Jack sonrió.

–No, no se refería a eso. Lo que me dijo fue… –maldijo al no querer repetir las palabras–. Me dijo que debería despedir a Larissa para que ella volviera a Los Ángeles, encontrara novio y se casara.

–¿Y por qué no puede hacer eso aquí?

–Su madre piensa que está enamorada de mí.

Kenny emitió un largo silbido.

–¡Hala!

–Y tanto.

–¿Y es verdad?

–¿Qué? No, claro que no. Trabajamos juntos –y al ver que su amigo no parecía muy convencido, añadió–: Me conoce.

Kenny sonrió.

–En eso tienes razón. Y precisamente porque te conoce, debería saber muy bien que no le convienes –se rio–. Bueno, entonces, ¿cuál es el problema?

–No hay ningún problema.

–Inténtalo de nuevo porque eso no me lo trago.

Jack consideró sus opciones.

–Que su madre dijera eso ha hecho que nuestra relación se vuelta un poco extraña –dijo protegiéndose con esos hechos y evitando la realidad del beso–. Seguimos intentando acomodarnos a esa situación.

Kenny esbozó una sonrisa más amplia todavía.

–Así que por eso tuviste una erección. La estás viendo con nuevos ojos.

–Cierra el pico.

Kenny se rio.

–Sí, pobrecito Jack. Se está enamorando de la mujer que tiene justo delante de sus narices.

–No me estoy enamorando. Somos amigos. Me importa, que es diferente.

–Pues asegúrate de que siga siendo solo una amistad –dijo Kenny ahora más serio–. Es parte de nuestra familia y eso no se toca.

–No lo haré. Y gracias por ponerte de mi parte.

–Que te den. Lo digo por el bien general. Bueno, entonces, ¿no ha pasado nada, verdad?

Jack vaciló durante un segundo de más y Kenny plantó sus enormes manos sobre la mesa.

–¿Qué? ¿Qué has hecho?

–Nada.

–¡Y una mierda que no has hecho nada! Cuéntamelo.

Jack gruñó.

–Nos hemos besado.

–¿Tú la has besado?

La voz de Kenny retumbó por las paredes.

Jack lo miró.

–Baja la voz. ¿Es que quieres que se entere todo el mundo?

–Se van a enterar cuando me pregunten por qué te he pulverizado.

–No vas a hacerme daño. Y fue solo un beso. Dos veces.

–¿La has besado dos veces?

–Sí, pero no te puedo decir cómo pasó. Estábamos hablando y de pronto…

Kenny se levantó. Maldiciendo, fue hasta la puerta, la cerró de un portazo, y volvió al escritorio donde se apoyó con gesto amenazante.

–¿La has besado?

Jack asintió.

–Dos veces.

Asintió de nuevo.

–¿Con dos besos quieres decir en dos momentos y lugares distintos?

–¿Quieres que te dibuje un diagrama?

Kenny lo miró.

–No te pongas chulito conmigo, McGarry. Estoy protegiendo lo mío. ¿En qué estabas pensando? Ah, espera, deja que adivine. No estabas pensando. ¡Por Dios Santo! Eres idiota. Más que idiota.

Jack casi sintió alivio por el hecho de que le gritara. Tal vez ahora no tendría que sentirse tan culpable.

–Solo nos besamos –se apresuró a decir–. No pasó nada más.

–¿Y crees que eso hace que no esté mal? –se puso derecho–. Tengo que pensar.

–No hay nada que pensar. No volverá a pasar.

–¿Dónde he oído eso antes? Además, está pasando algo, aunque solo sea en tu retorcida cabeza. No hay más que ver cómo te has puesto antes conmigo. Creías que estaba intentando ligarme a tu chica.

Jack comenzó a protestar, pero se detuvo. «No», se dijo. No podía ser eso. A él no le interesaba Larissa de ese modo. No podía ser. La necesitaba en su vida, pero si las cosas seguían adelante, todo se iría al traste y ella se marcharía. Porque sus relaciones siempre terminaban, y normalmente, más pronto que tarde.

Kenny asintió lentamente.

–Veo lo que estás pensando y me alegro de que estés entrando en razón. Sí, eso es, no puedes tener nada con ella. Forma parte de nosotros. Y ahora dime que vas a echarte atrás y no acercarte nunca más.

–Me echo atrás –dijo Jack sabiendo que tenía que hacerlo–. Tienes razón. Es demasiado arriesgado. Para todos.

Kenny se lo quedó mirando un momento antes de asentir.

–Estás tomando la decisión correcta. Cíñete a ella o te mataré.

Jack iba a contestarle que para eso primero tendría que atraparlo, pero entonces recordó con quién estaba hablando. Cuando jugaban, Kenny era capaz dejarlos a todos atrás en el campo de fútbol y suponía que eso no había cambiado mucho.

–Entendido –dijo a regañadientes.

–Bien. Y ahora en lo que respecta a Percy… vamos a necesitar un plan. Dice que no se graduó en el instituto.

Jack asintió.

–Y también dice que no sabe leer muy bien. Por cierto, no quiere que Larissa se entere.

Kenny sonrió de nuevo.

–Así que tienes competencia. Me alegra saberlo.

–Estoy segurísimo de que en eso le saco ventaja a Percy.

–No sé yo. Es joven y probablemente viril. Ah, espera, tú con eso no tienes problemas –se rio y tomó aire antes de añadir–: Puedo ayudarle con Literatura y con Historia. Sam se ocupará de las Matemáticas, pero tú tendrás que encargarte de lo de la lectura.

–Lo haré –dijo Jack preguntándose si echarían a suertes a quién le tocaba ayudar al chico con las ciencias–. ¿Alguna sugerencia sobre cómo iniciarlo en la lectura?

–No. Busca en Internet.

Jack se animó.

–Es una idea genial. En Internet se puede encontrar de todo.

–Muy bien, diviértete. Y mantente alejado de nuestra chica.

Luna de Papel había comenzado su andadura como «boutique de novias». Al menos, Larissa estaba segura de que ese era el nombre más sofisticado que darle, aunque para ella había sido una tienda de vestidos de novia, sin más. Pero entonces, un año atrás, Isabel había decidido abrir una tienda de moda en el local contiguo. Había hecho muchas remodelaciones, una gran fiesta de inauguración y ahora Luna de Papel atendía a mujeres en todas las fases de sus vidas. Bueno, no en la fase de embarazo, aunque en Fool's Gold sí que había un establecimiento dedicado a ello.

Luna de Papel no era la clase de tienda que a Larissa le gustara. No solo no le interesaban los vestidos de novia, sino que ella no vestía ropa de diseño. Su idea de ir arreglada era llevar vaqueros en lugar de pantalones de yoga. Nunca se ondulaba el pelo ni se molestaba en maquillarse. Una vez al mes solía pensar que debería emplear más tiempo en su aspecto, probar otro corte de pelo o echarse máscara de pestañas, pero ese impulso solía pasar enseguida y después se olvidaba del asunto.

Aunque sí que tenía que reconocer que comprar en esa clase de lugares tan elegantes era divertido. Sobre todo cuando había champán de por medio.

Dio otro trago del burbujeante líquido y se acomodó en el cómodo sillón confidente situado en la zona de vestidos de novia. Frente a ella había una plataforma y ocho espejos formando media circunferencia. La plataforma era lo suficientemente grande para abarcar a una novia con el vestido más disparatadamente enorme y a mitad de su familia. Suponía que los espejos estaban ahí para reflejar el esplendor de todo ello.

Taryn caminaba alrededor con una bata y descalza. Estaba pálida y temblando.

–Esto es absolutamente ridículo –dijo antes de agarrar su copa de champán, bebérsela de un trago y dejarla en la mesa de nuevo–. ¿Pero qué hago aquí? Podría estar trabajando, siendo productiva.

Isabel, una preciosa rubia con una curvilínea figura, la miró exasperada.

–Sabía que ibas a ser complicada, pero esto ya es pasarse –miró a Madeline, su ayudante–. Ha llegado la hora.

Madeline sonrió.

–¿En serio?

–¿Qué? –preguntó Taryn–. ¡Odio esto! Luego os castigaré a todas –posó la mirada en Larissa–. A ti no. Tú estás aquí para darme apoyo moral.

–Y para ayudar a los hombres de las batas blancas a encerrarte –susurró Larissa.

Taryn la miró.

–Muy graciosa –dijo con tono gélido–. Muy graciosa.

Madeline asintió.

–Tienes razón. Es necesario –fue hasta la puerta de la tienda, la cerró con llave y giró el cartel para anunciar que la tienda se encontraba «Cerrada por evento privado».

–¿Mejor? –preguntó Isabel–. Así ni entrará ni saldrá nadie. He cerrado la puerta también que separa los dos locales, así que tienes intimidad absoluta.

Taryn, normalmente imperturbable, contuvo las lágrimas y se cubrió la cara con las manos.

–Estoy hecha una pena.

–¡Y tanto! –dijo Larissa con tono animado–. Resulta increíble.

Taryn se puso derecha.

–Muy bien, burlaos todo lo que queráis. Esto es muy duro para mí –respiró hondo–. Bueno, vamos, a por ellos.

Isabel le hizo un gesto a Madeline, que desapareció en la trastienda, y llevó a Taryn hasta una silla de respaldo alto frente a un pequeño vestidor.

—Vamos a prepararte —dijo con delicadeza.

—Estoy preparada —respondió Taryn claramente reticente a sentarse—. ¿Qué? Llevo maquillaje.

—Tú siéntate.

Taryn hizo lo que le pidió. Isabel abrió un par de cajones y sacó un cepillo, unas horquillas y una cosa que parecía de ganchillo con preciosas rosas color marfil a un lado.

—¿Qué es? —preguntó Taryn.

—Una redecilla. Es para sujetarte el pelo mientras te pruebas los vestidos.

Mientras hablaba, Isabel pasaba un cepillo sobre el oscuro cabello de Taryn. Le hizo una trenza suelta de unos siete centímetros y colocó la redecilla alrededor de las puntas. La sujetó con unas horquillas y le puso la hilera de rosas de encaje como adorno.

La redecilla sujetaba todo el pelo, pero de un modo elegante, casi como un recogido de estilo antiguo. De pronto, Taryn parecía más joven y menos distante.

Madeline volvió con un perchero de ruedas cargado de vestidos de novia. Larissa miró las confecciones de encaje y seda y supo que sería un espectáculo de moda único.

—Son muestras —dijo Isabel acercándose a los vestidos—. Eso significa que son aproximadamente de la talla 42, así que se escurrirán por tu huesudo trasero, lo cual me da muchísima rabia.

Taryn, que estaba mirándose en el espejo, se fijó en los vestidos.

—¿Tienes los que te dije?

—Sí, y algunos otros. También tengo dos de alta costura. Son prácticamente únicos, así que básicamente tuve que darles un riñón para conseguirlos. Notarás un cargo significativo en tu tarjeta de crédito solo por el privilegio de habértelos probado –Isabel sonrió–. Por supuesto, se te rembolsará si no quieres los vestidos.

–¿Sabes? No tienes que pagar una fianza cuando compras como una persona normal –bromeó Larissa.

Madeline se sentó a su lado.

–Ha sido muy complicado conseguirlos –bajó la voz–. No sabía que las tarjetas de crédito podían tener un límite tan alto.

–Taryn tiene una relación única con la ropa –dijo Larissa–. Me parece divertido ver todo esto como un espectáculo, ya sabes, al estilo Broadway, pero sin las canciones.

Taryn se acercó a los vestidos y tocó el primero. Arrugó la boca y Larissa supo que su amiga estaba conteniendo las lágrimas. Porque las bodas siempre eran complicadas. Ella ya había pasado por dos con sus hermanas.

«Siempre de dama de honor», pensó mientras daba un sorbito de champán. Y no porque no quisiera casarse, porque por supuesto que quería, y tener familia y todo lo que ello implicaba. Pero el problema era que no había nadie que le hiciera creer que un amor para siempre era posible.

Tenía la sensación de que Taryn le diría que eso era porque no salía, porque estaba demasiado ocupada salvando al mundo como para salvarse a sí misma. Y tal vez su amiga tenía razón, admitió. Sus causas eran una distracción y, en ocasiones, eso era positivo.

Taryn se quitó la bata revelando un cuerpo perfectamente tonificado bajo un tanga color carne y un sujetador sin tirantes.

–Hagámoslo.

Madeline se levantó y se acercó al perchero. Juntas, Isabel y ella descolgaron el vestido de la percha y lo llevaron hasta la plataforma.

—Con algunos vestidos es más sencillo ponerlos por los pies que por la cabeza —le dijo Isabel a Taryn.

El vestido formaba una montaña de encaje y seda sobre la plataforma enmoquetada. Con cuidado, Taryn se situó en el centro y las dos mujeres subieron el vestido a su alrededor.

Larissa no había ido a comprar los vestidos con sus hermanas, se había limitado a ir a alguna de las pruebas y a estar presente en las dos bodas. No le había resultado nada interesante todo el tema de los preparativos. Ahora se preguntaba si se habría perdido más de lo que había pensado. Si su madre estuviera allí, estaría llorando incluso aunque Taryn no era su hija. A Nancy Owens le encantaba una boda.

Probablemente porque ella no había podido celebrar una grande, pensó Larissa sintiéndose algo culpable. Al menos, no la primera vez. Su madre se había quedado embarazada y se había casado apresuradamente. Cinco meses después había nacido ella.

Sabía que no era responsable de lo que les había pasado a sus padres, que ellos habían tomado la decisión de acostarse y después habían tenido que enfrentarse a las consecuencias. Pero también sabía que si su madre no se hubiera quedado embarazada, sus padres no se habrían casado y no habrían sufrido una relación fracasada durante años antes de por fin admitir lo que todos los demás sabían: que estarían mucho mejor separados.

Sus consecuentes matrimonios eran felices y toda la familia solía pasar las Navidades junta. Algunas amigas de Larissa del instituto le habían contado cuánto habían sufrido porque sus padres se habían hecho mucho daño durante el divorcio y que ella tenía suerte de no haber vivido eso.

Ella lo había entendido y nunca había admitido que, en el fondo, se había sentido responsable. Porque ella era la razón por la que sus padres se habían casado. Y aunque jamás la habían culpado, no podía escapar de la sensación de haberles estropeado la vida.

Percy entró pavoneándose en el despacho de Jack. Jack lo miró y gruñó. Cuando Larissa viera lo que había pasado, se pondría hecha una furia.

—No estés tan contento –farfulló.

Percy sonrió.

—Hemos ganado.

—Sí, ya, como que eso va a importar cuando Larissa nos mate a los dos.

—Solo te matará a ti. Y a lo mejor también a Consuelo.

Jack no creía que Larissa pudiera enfrentarse a Consuelo y ganar, pero si lo que decía Percy era cierto, él no se quedaría allí para verlo de todos modos.

Miró al adolescente fijándose en su ojo derecho hinchado y el moretón cada vez más marcado.

Sus sesiones de baloncesto matutinas podían llegar a ser muy intensas. Percy había estado diciendo la verdad, sabía jugar bien, pero también era joven y se distraía fácilmente. Había cometido el error de mirarle el trasero a Consuelo en lugar de fijarse en ella al completo y había terminado con su codo en la cara. Por supuesto, cada uno de ellos había sufrido el mismo destino en algún que otro momento en los últimos meses, pero eso no servía de nada cuando el dolor estallaba en tu cara. Aun así, Percy había reaccionado bien y el partido había continuado.

Se levantó y fue hacia la puerta.

–Vamos –le dijo al chico.

–¿Adónde vamos? –preguntó Percy siguiéndolo.

–Ya lo verás.

Jack lo llevó hasta la zona del edificio donde se estaba haciendo la campaña actual. La zona de gráficos tenía varios despachos junto con una gran sala abierta con impresoras gigantes que podían imprimir papel tamaño póster. Detrás, había unos cuantos despachos más pequeños.

Jack fue hasta el final del pasillo y abrió una puerta. Dentro había un pequeño escritorio, una librería y no mucho más. No había ventanas y las paredes estaban desnudas. Estaba seguro de que era la sala que solían usar los becarios. Había hablado con Taryn antes de solicitarla para Percy.

Sobre la mesa había un ordenador y una pequeña impresora con mucho papel y varios cartuchos. Había una silla y otra con pinta de ser menos cómoda para las visitas. Jack se sentó en esa y le indicó a Percy que se situara detrás del escritorio.

El adolescente lo hizo y lo miró.

–A ver –comenzó a decir–, tienes que aprender a leer para tener éxito en la vida. Así que por ahí empezaremos –señaló el portátil–. ¿Sabes utilizar uno?

–Claro, los usábamos en el colegio.

–Bien. Vamos a entrar en Internet y harás una prueba de lectura. Después nos descargaremos algún programa para que avances. Una vez hayas desarrollado tus habilidades lectoras y estés en el nivel requerido en décimo curso, pasaremos a otras asignaturas. Kenny, Sam y yo nos vamos a dividir las asignaturas. Te reunirás con nosotros una hora al día aproximadamente y después te responsabilizarás de hacer solo tus horas de estudio.

Lo miraba fijamente a los ojos.

–No voy a engañarte, esto será mucho trabajo. Te sentirás frustrado, querrás dejarlo, y ninguno podremos obligarte, tendrás que querer hacerlo tú. Tienes que estar dispuesto a hacerlo.

A Percy se le llenaron los ojos de lágrimas, pero no desvió la mirada.

–No lo entiendo. ¿Por qué estáis haciendo todo esto? Eres un tío famoso y rico, y yo solo soy un chaval de South Central. No me debes nada.

Jack se recostó en su silla.

–¿Cómo es que no estás metido en ninguna banda?

–Ya te lo he dicho. Mi madre me habría matado. Trabajó mucho para que eso no llegara a pasar nunca.

–¿Ibas a clase?

–Claro, pero era complicado. Cuando era pequeño, no entendía ni las letras ni otras cosas, pero me pasaban al siguiente curso de todos modos. Cuando tenía nueve años tuve una profesora genial. Me hacía quedarme después de clase y entonces sí que empecé a entender cosas. Me decía que a mi cabeza no le pasaba nada, que simplemente me llevaba más tiempo entender qué era qué. Pero se trasladó y la siguiente profesora ya no se preocupó tanto.

Jack estaba seguro de que eso de pasar a los chicos de curso sin estar preparados sucedía más de lo que debería, sobre todo en escuelas de zonas urbanas deprimidas donde los recursos eran limitados.

–En algunas casas de acogida se preocupaban por las cosas del colegio, así que ahí aprendía un poco. A veces avanzaba con la lectura, pero luego era muy complicado llevarlo al día.

–¿Cómo te enteraste de lo del campamento de verano?

–Repartieron folletos en mi barrio. Fui a ver al tío que se encargaba y me apunté.

Jack estaba seguro de que había miles de chicos que

habían vivido la historia de Percy. Y aunque Larissa y él no podían salvarlos a todos, sí que podían hacer algo con ese en particular.

–¿Estás dispuesto a hacerlo?

–¿A sacarme el certificado de secundaria? –asintió con energía–. Haré lo que haga falta, ya lo verás. Puedo hacer mi trabajo aquí y después hacer los deberes antes de irme a casa.

–Bueno, en casa también trabajarás –le dijo Jack. Entendía todo lo que el adolescente se estaba perdiendo–. Percy, este es tu portátil para que lo lleves contigo.

Percy tragó saliva y posó las manos sobre el ordenador.

–Lo cuidaré muy bien. Ya lo verás.

–Sé que lo harás –y dándole una palmadita al equipo, añadió–: Empieza con la prueba de lectura, veremos en qué nivel estás y a partir de ahí actuaremos. Dura como una hora. Ven a buscarme cuando hayas terminado.

Su móvil sonó. Miró la pantalla y suspiró.

–Tengo que ir a ayudar a Taryn con algo. Si no vuelvo para cuando hayas terminado, ve a buscar a Kenny o a Sam. Ellos descargarán el programa correcto.

–Claro –Percy ya estaba encendiendo el ordenador.

Jack se levantó y salió del despacho, pero se detuvo para mirar atrás.

–Y no te olvides de almorzar.

Percy sonrió.

–Prometido.

Jack miró el cartel de la puerta. «Cerrada por evento privado». Pensó en tomárselo como una buena razón para salir corriendo, pero sabía que huir no era una opción. Llamó.

Unos segundos más tarde Larissa abrió la puerta de Luna de Papel y le sonrió.

–Me preguntaba si vendrías –dijo a modo de saludo–. Debería haber imaginado que sí –le pasó una copa de champán–. Esto es mucho más divertido de lo que creía.

Se tambaleaba un poco mientras hablaba; tenía los ojos abiertos de par en par y la mirada un poco desorientada.

–¿Estás borracha?

Ella sonrió.

–Puede. ¡Vaya! Es la primera vez que me emborracho por la mañana.

–Probablemente sea la primera vez que bebes antes del mediodía.

–Eso es verdad.

Él entró en la tienda y la rodeó por la cintura. «Para sujetarla», se dijo. Fue un roce puramente terapéutico. Larissa puso la mano sobre la suya y se apoyó en él.

–Taryn está preciosa –dijo mientras cruzaban la tienda–. Va a ser una novia maravillosa.

–Seguro que sí.

Jack la llevó hasta un pequeño sofá situado frente a una plataforma con varios espejos y la sentó. Nunca había estado en un establecimiento así. Observó la decoración recargada, los colores femeninos, los vestidos y velos y demás cosas de chicas y se dijo que, con suerte, jamás tendría que volver a estar en uno.

Justo en ese momento Taryn salió de un vestuario con una bata y el pelo recogido.

–¡Estás aquí, qué bien! Necesito consejo. He reducido mis opciones a dos –se acercó a él, le quitó la copa de champán y se la terminó de un trago–. No estoy hecha para estas tonterías –sus ojos azules violetas se oscurecieron con lo que él supuso que eran montones de dudas acompañadas de una pizca de miedo–. Jack, ¿es esto una locura?

Él le quitó la copa vacía y la besó en la mejilla.

–Vas a ser una novia bellísima, Taryn. Vas a dejar a Angel alucinado.

–Ni siquiera me has visto con los vestidos puestos.

–Eso no importa.

Ella suspiró.

–Gracias –puso una mano sobre su hombro y lo sentó en el sofá–. Quédate aquí. Saldré en un segundo.

Se quedó sentado al lado de Larissa, que le rellenó la copa, y tuvo la sensación de que no era la primera botella de la mañana.

–Chicas, habéis hecho una fiesta de esto.

Larissa se rio.

–Lo sé. Al principio era un poco aburrido, pero al cabo de un rato me he metido de lleno. A lo mejor debería haber ido de compras con mis hermanas cuando estuvieron buscando vestido de novia.

–Dudo que ellas tomaran champán. Eso seguro que ha sido un toque de Taryn.

–Tienes razón.

Ella dejó la copa sobre la pequeña mesa, se apoyó en él y suspiró.

–Eres un buen amigo al ayudarla. Está muy preocupada por encontrar el vestido adecuado.

–Estar borracha la ayudará a llevarlo mejor.

Larissa lo miró.

–Creo que yo me he tomado casi todo el champán.

Sus ojos azules parecieron atraerlo hacia ella y, a pesar de estar en público y de la reciente advertencia de Kenny, Jack empezó a bajar la cabeza. Porque besar a Larissa lo pondría todo en perspectiva.

Ella alzó la barbilla ligeramente, como si estuviera

buscando posición. «Sí», pensó él, sus bocas estaban a un susurro de distancia. Era lo que los dos...

—Percy tiene un ojo morado.

Sabía que había sido él el que había pronunciado esas palabras, pero no sabía por qué. ¿Un inesperado instinto de protección?

Larissa se movió hasta el otro extremo del pequeño sofá y lo miró.

—¿Qué?

—Ha pasado durante el partido de baloncesto de esta mañana.

—Voy a matar a Consuelo.

Él enarcó las cejas. Ella se encogió de hombros.

—Bueno, vale, a lo mejor no la mato, pero sí que voy a hablar con ella. Una cosa es jugar con vosotros y otra es jugar con Percy, es un chaval. Debería tener más cuidado cuando esté delante.

Jack le pasó su copa de champán.

—Bebe. Te sentirás mejor.

—¿Cómo está Percy?

—Orgullosísimo.

En ese momento Isabel salió del probador y se acercó a la plataforma.

—Damas y caballeros, por favor... La primera elección de Taryn es un traje de alta costura. Es una pieza única...

Isabel siguió hablando, pero Jack no estaba escuchando. Taryn ya había salido del probador.

No entendía mucho de vestidos de novia, eran blancos, largos y recargados. Ese en concreto era todo eso, pero de algún modo, en Taryn resultaba perfecto. La parte de arriba era ajustada y dejaba al descubierto sus hombros y sus brazos. La falda era voluminosa, en capas, y de una tela que parecía espumosa. Cuando se movía, la falda se mecía como una campana.

Recordó la primera vez que la había visto, hacía casi una década. Ella estaba empaquetando los sándwiches que habían sobrado de una reunión. Su determinación, por no mencionar la colección de bolsas arrugadas de plástico que llevaba, le habían dicho que esa sería su única comida del día.

Cuando se habían mirado, él se había mostrado sorprendido y ella había parecido sentirse culpable, aunque había intentado disimular que estaba hambrienta. En ese momento, él ya había salido con suficientes actrices y modelos como para reconocer una ropa de buena calidad cuando la veía. Taryn llevaba un traje dos tallas más grandes, unos zapatos desgastados y una mochila hecha jirones a modo de bolso.

Pero estaba preciosa y lo había mirado desafiante. Él había admirado esa actitud y le había pedido una cita para salir a cenar. Una cosa había llevado a la otra y al final habían terminado en su casa. Enseguida había descubierto que vivía en su coche mientras ahorraba suficiente dinero para dar la entrada de un apartamento. A finales de semana, se había trasladado a vivir con él.

No había sido amor, pensó Jack mientras Taryn se dirigía a la plataforma y se situaba frente a los espejos. Le había gustado ella, le había gustado estar con ella, y ayudarla le había hecho sentir que estaba haciendo algo útil en su vida. La carencia de metas era un problema crónico para los futbolistas durante la pretemporada.

Un par de meses más tarde ella se había quedado embarazada. Recordaba las lágrimas de Taryn cuando se lo había contado. No eran lágrimas de alegría ni de pesar. Eran lágrimas de frustración, sobre todo hacia sí misma por haber sido tan condenadamente estúpida, tal como ella misma había dicho.

–¿Qué te parece? –le preguntaba ahora nerviosa.

Él le indicó que diera una vuelta.

Ella hizo lo que le pidió y la falda se movió con ella.

–Estás preciosa –le respondió con sinceridad–. Y el vestido está bien también.

Taryn sonrió.

–De acuerdo. Deja que me pruebe el otro y decidimos después.

Isabel la ayudó a bajar de la plataforma y juntas volvieron al probador.

La mente de Jack volvió hasta la primera boda de Taryn, su boda con él. Se habían ido a Las Vegas el viernes siguiente a que ella hubiera descubierto que estaba embarazada y se habían casado en la capilla este del hotel Bellagio. Habían pasado el fin de semana en una suite antes de volver a casa el lunes a primera hora.

No había sido amor para ninguno de los dos y a él no le había importado porque el amor no entraba en sus planes. La gente que querías se marchaba y a Jack ya le habían abandonado bastante y no quería volver a arriesgarse.

Con Taryn se había sentido a salvo, se habían llevado muy bien. Habían sido amigos que se acostaban juntos y con eso había bastado. La idea de tener un hijo lo había aterrado al principio. ¿Y si el niño era como Lucas? Sin embargo, con el paso de las semanas, se había dicho que, pasara lo que pasara, saldría adelante.

Pero entonces Taryn había perdido al bebé y al día siguiente había iniciado el proceso de divorcio. Jack había querido decirle que no tenía por qué hacerlo, que no le importaba estar casado con ella, pero Taryn lo había tenido muy claro. Habían seguido siendo amigos y habían formado Score juntos.

Mirando atrás, sabía que tenía lo mejor de los dos mundos. Gente que le importaba y a la que él importaba sin correr ningún riesgo.

–Me siento culpable –dijo Larissa llevándolo de vuelta al presente.

–¿Por qué?

–¿Sabes cuánto cuestan estos vestidos? ¿Sabes a cuánta gente podría ayudar con ese dinero?

Él la agarró de la mano y apretó sus dedos.

–A Taryn no la conmoverá ese argumento.

–Lo sé, pero aun así…

Él le besó los nudillos.

–Elige una causa y salvaremos algo.

Ella lo miró.

–Pero siempre es con tu dinero. ¿Qué doy yo?

–Tu corazón y con eso es suficiente.

–¿Estás seguro?

–Sí.

Porque era la persona más generosa que había conocido y le gustaba que lo arrastrara con ella. Sin querer, recordó la última vez que había ofrecido todo lo que tenía. Por entonces tenía nueve años.

Era muy tarde. El hospital estaba sumido en un silencio absoluto. Sus padres estaban dormidos y él había estado caminando solo por el ala de pediatría. Había visto pasar al cardiólogo de su hermano y había corrido a hablar con él porque por fin había descubierto cómo curar a Lucas.

–Doctor Madison.

El alto hombre, con aspecto de cansado, le había sonreído.

–Jack, ¿por qué no estás dormido?

–He encontrado un donante para Lucas. Un donante de corazón. Estoy seguro de que será compatible –Jack lo sabía todo sobre transplantes; en su mundo llevaban años sin hablar prácticamente de otra cosa.

El doctor Madison había sacudido la cabeza y había respondido:

–No hay donante, Jack.

–Sí que lo hay. Yo –recordaba cómo había mirado al médico–. Somos gemelos idénticos, así que soy el donante perfecto. Tome mi corazón y haga que Lucas se recupere.

El doctor Madison había esbozado una triste sonrisa.

–No podemos hacer eso, Jack.

–Pero yo quiero que lo haga. Tome mi corazón y haga que Lucas se sienta mejor para poder vivir.

–Esto no funciona así, hijo.

El médico lo abrazó con fuerza y lo llevó junto a sus padres, que dormían en unas camas supletorias junto a la de Lucas. Nunca se dijo nada del ofrecimiento de Jack y, finalmente, Lucas recibió un corazón de otra persona. Al principio le fue bien, pero después no.

Larissa se apoyó de nuevo contra él. La rodeó con su brazo. Sabía que había perdido a un hermano cuando un transplante de órgano había salido mal. Casi todo el mundo lo sabía. Pero nadie sabía lo que era vivir eso, día tras día. Ser el gemelo que no había enfermado. Ser el que había sobrevivido.

Seis meses después de la muerte de Lucas, sus padres se habían marchado a África para una misión médica. Había niños que salvar. Le dijeron a Jack que él estaría bien solo. Tenía su beca de fútbol y su corazón fuerte y firme.

Recordó el impacto que le había generado que lo abandonaran así porque había dado por hecho que, aunque Lucas se hubiera ido, ellos seguirían siendo una familia. Sin embargo, se había equivocado.

Les había respondido diciendo lo que creía correcto: que, por supuesto, estaría bien solo. Y ellos le habían creído. En aquel momento no había sabido por qué, pero con el tiempo lo había descubierto. Le habían creído porque así marcharse les había resultado más fácil; habían podido decirse que estaba bien e irse sin mirar atrás.

Entendía lo que habían hecho y el porqué. Era el gemelo idéntico de Lucas y mirarlo era ver lo que habían perdido. Años de esperanza y sufrimiento les habían pasado factura. El transplante solo les había dado un poco de tiempo, no había resultado ser la operación con la que le salvarían la vida, y estar con Jack les había recordado todo lo malo que habían pasado. Marcharse había sido mucho más sencillo que quedarse.

Se habían ido y no habían vuelto nunca. Él había cumplido dieciocho años ese verano sin una familia con la que celebrarlo. Se dijo que era porque sabían que era perfectamente capaz de estar solo, a pesar de entender que la verdad era mucho menos bonita. La verdad era que sus padres no se habían preocupado lo suficiente por él. Habían perdido a Lucas y lo habían abandonado a él.

Lo que suponía que jamás se habían planteado era que él también había perdido a Lucas y, unos meses después, también a ellos. Así, arriesgarse a querer a alguien más le había resultado imposible porque conocía el precio de implicarse emocionalmente y jamás permitiría que eso volviera a pasarle.

Tenía fama y dinero para colaborar con causas y lo hacía. Desde la distancia. Larissa era el corazón de su extraña sociedad filantrópica y él era el instrumento. Le parecía que esa posición era mucho más segura. Para todos, y sobre todo, para él.

Capítulo 9

Larissa colocó manteles individuales y servilletas. Eran más de las cinco y en media hora servirían la cena. Ya tenía el vino abierto y oxigenándose. Era un cabernet del estado de Washington, uno de los favoritos de todo el mundo. De fondo sonaba una suave música.

Al otro lado de la sala de reuniones oía a los otros empleados despidiéndose mientras salían. Después quedarían cinco para la cena. Los cuatro socios y ella.

Sonrió mientras seguía poniendo la mesa. Hacía mucho tiempo que no tenían una cena «familiar» en el trabajo. Últimamente todo el mundo estaba demasiado ocupado con sus vidas personales. Taryn se iba corriendo a casa para estar con Angel. Sam se iba corriendo a casa para estar con Dellina. Kenny… bueno, no estaba segura de adónde se iba corriendo, pero sí que salía mucho. Eso los dejaba solos a Jack y a ella, lo cual estaba muy bien, pero de vez en cuando quería que el grupo volviera a estar junto al completo.

Kenny entró en la sala de reuniones. Se había quitado la corbata y desabrochado la camisa. Ya se había subido las mangas. Parecía feliz y relajado hasta que oyó la música.

–¡Venga! –dijo con tono de queja–. ¿Por qué no escuchamos algo bueno para variar?

–Todas son canciones de este siglo –señaló ella.

–No es una gran época para la música.

–¿Quieres saber cuántos discos ha vendido Taylor Swift?

Él se estremeció.

–No, y no quiero hablar de ella.

–No todas las canciones buenas son de los sesenta.

–¿Quieres apostar?

Larissa se rio. Qué predecible era Kenny con su amor loco por las canciones antiguas.

–Si ni siquiera naciste en esa época.

–Pero eso no significa que la música no sea genial.

Abrió el armario donde guardaban los platos y los vasos. Kenny se acercó a ayudarla.

–¿Tienes las manos limpias? –le preguntó ella con tono socarrón.

–Por supuesto. ¿Crees que me ofrecería a ayudarte si no las tuviera?

–Serías capaz.

–Ese no es mi estilo.

Él colocaba los platos mientras ella lo seguía con los vasos. Después, se acercó al cajón de los cubiertos, pero en lugar de abrirlo, se giró hacia ella.

–¿Estás bien?

–Claro, ¿por qué?

–Solo quería asegurarme.

–¿De si estoy bien?

Kenny asintió.

Larissa se detuvo preguntándose a qué venía todo eso. Kenny era un buen tipo, encantador y de trato fácil. Era verdaderamente amable y agradable. Llamaba a su madre con frecuencia, pagaba las facturas a tiempo y rara vez mostraba el mal humor con el que Jack lidiaba en ocasiones.

Además, era más de metro noventa de pura velocidad. Con su tamaño podía haber jugado en cualquier posición en el campo de fútbol, pero a Kenny le encantaba atrapar balones y, a los balones les encantaba que él los atrapara.

En conjunto, un hombre perfecto, pensó mientras él la observaba con atención. Guapo, con éxito, rico. Estaba segura de que todas las mujeres se preguntaban por qué no estaba casado. Tenía que ser una explicación sencilla, pero era una sobre la que él nunca le había hablado.

Así que, ¿por qué se preocupaba por ella?

—Jack —dijo Larissa de pronto sintiendo las mejillas encendidas—. Y mi madre.

—¿Es que tienen algo? No lo sabía.

Ella arrugó la boca.

—Muy gracioso. Ya sabes qué quiero decir. Te ha contado lo que le dijo mi madre.

Kenny asintió.

—Y lo del beso.

El calor aumentó hasta que Larissa estuvo segura de estar coloradísima. Ahí sí que le habría venido muy bien ir maquillada, pensó, tener algo con lo que ocultar la reacción de su cuerpo ante emociones encontradas.

—No significó nada.

—Eso es lo que me dijo Jack, pero a ti tampoco te creo.

Larissa lo miró a los ojos.

—Mi madre dijo cosas y ahora estamos intentando asimilarlo, pero ya se nos pasará.

—Quiero creerlo, aunque no estoy seguro de poder hacerlo. Larissa, eres uno de los nuestros. Somos familia y Jack no debería estropear eso. Si los dos empezáis una relación y luego sale mal...

No terminó la frase, aunque tampoco hizo falta. Larissa sabía lo que pasaría. Jack era socio y jefe, ella era una empleada. No sería él el que tendría que marcharse.

–No tenemos una relación –dijo con firmeza–. Lo prometo.

–¿No estás enamorada de él?

–¿Qué? No. Me gusta mucho Jack, al igual que tú me gustas mucho. No hay más –o al menos esperaba que no lo hubiera porque, por mucho que adoraba a Kenny, no tenía ningún deseo de besarlo. Ni a Sam. Es más, no había nadie a quien quisiera besar exceptuando, claro, a Jack–. Kenny, estoy bien. Esto se solucionará y las cosas volverán a la normalidad.

Él asintió lentamente.

–Si estás tan segura… Pero si eso cambia y te metes en problemas, avísame.

Porque él estaría a su lado.

–Gracias –respondió acercándose para abrazarlo.

Kenny la abrazó durante un segundo y la soltó.

–¿Has conseguido la lasaña con extra de carne? Porque si tengo que comer pasta, más vale que tenga proteína.

Ella sonrió.

–¿En serio? ¿Después de todo este tiempo te estás cuestionando mis habilidades a la hora de pedir comida?

Treinta minutos después, los cinco estaban sentándose a cenar. Angelo's les había llevado porciones de lasaña con carne doble de tamaño extra grande para los chicos junto con dos de tamaño normal para Taryn y Larissa. También había ensalada, pan de ajo y tiramisú de postre. Y ya que todos se irían caminando a casa, excepto Taryn, a la que recogería el adorable Angel, el vino corrió por la mesa con libertad.

–¿Dónde está Percy? –preguntó Taryn mientras aliñaba la ensalada–. ¿No quería cenar con nosotros?

–¿Cenar con una panda de viejos? –preguntó Jack–. ¡Claro que no! Se lo he dicho, pero me ha dicho que prefería cenar solo. ¡Y yo que creía que éramos una pandilla interesante!

–Y lo somos –le aseguró Taryn–. Pero es demasiado joven para apreciarnos.

Sam levantó su copa de vino.

–Por los viejos amigos. Los mejores.

Taryn hizo una mueca de disgusto.

–No me gusta eso de «viejos», pero beberé por lo demás.

Brindaron y bebieron.

Taryn estaba sentada presidiendo la mesa. Larissa estaba a su derecha, junto a Jack. Kenny y Sam estaban al otro lado. Miró a Kenny y él le guiñó un ojo, un simple gesto que logró que se relajara lo suficiente para disfrutar de la cena. Porque quería que las cosas fueran normales entre ellos.

No sabía qué estaba pasando con Jack. Nada tenía sentido, ni la atracción, ni los besos. Lo único que sabía era que él era una constante en su mundo y que no quería que eso cambiara nunca.

–Lo último que necesitamos es otro cliente que tenga negocios relacionados con el alcohol –estaba diciendo Taryn–. ¿Es que no basta con los que tenemos ya?

–Pues hay un productor de vodka polaco que está buscando presencia en Estados Unidos –le dijo Jack–. Nos vendría muy bien.

Taryn lo miró.

–Solo lo dices porque quieres planificar una reunión de negocios a mediados de enero. Sé cómo te encanta atormentarme.

–Polonia está relativamente cerca de Francia –dijo Sam–. Podríamos reunirnos en París.

–Ajá, ya veo, estáis todos metidos en esto –se giró hacia Larissa–. Eres la única en la que me puedo apoyar.

–Pues a mí no me importaría ir a Polonia –admitió Larissa–. En el mes que fuera.

Kenny se rio.

–Imagina todo lo que podrías rescatar allí.

Y como si estuviera siguiendo la conversación, el móvil de Larissa sonó en ese mismo instante. Todos estallaron en carcajadas y Kenny señaló a Jack.

–¡Cinco pavos a que te cae una buena!

Jack volteó la mirada.

–No pienso apostar nada.

–No sé de qué estáis hablando –dijo Larissa remilgadamente mientras se sacaba el teléfono del bolsillo y miraba el mensaje de la pantalla.

Era de una organización de protección y conservación de flora y fauna. Necesitaban un lugar donde alojar a un búho manchado del norte que estaba herido. Se giró hacia Jack.

–¿Puedo meter a un pájaro en tu casa?

La mesa se quedó en silencio mientras todo el mundo esperaba.

Jack la miró.

–¿En una jaula?

–Sí.

–¿Solo un pájaro?

Ella asintió.

–¿Durante cuánto tiempo?

–Menos de una semana.

–¡Ah, claro! –miró a Kenny–. Es un pájaro, no es para tanto. Me debes cinco pavos.

–Eso ya lo veremos.

Larissa respondió rápidamente al mensaje diciendo que aceptaban al pájaro y después se excusó para ir a recibir el resto de información. Cuando terminó la llamada, escribió a Percy para contarle lo que pasaba, y después volvió a la sala de reuniones.

En ese momento Jack y Kenny estaban discutiendo sobre una jugada de un partido disputado a saber cuántos años atrás. Al verla, Jack se levantó, se acercó al microondas y pulsó un par de botones mientras le explicaba a Kenny que se equivocaba.

Porque durante los pocos minutos que había estado ausente, él había metido su plato en el microondas para que no se le enfriara. Taryn agarró la botella abierta de vino y rellenó la copa de Larissa mientras Sam le servía otra rebanada de pan de ajo en su plato.

Ella sonrió y ocupó su sitio en la mesa familiar.

Dos días después, Jack caminaba solo por Fool's Gold en dirección a la biblioteca para recoger a Percy. Eran casi las siete de un día de entre semana, pero la gente seguía por la calle. Las familias paseaban juntas, los vecinos se visitaban y charlaban junto a las vallas de sus casas. Era un buen pueblo, pensó. Un lugar que recibía bien a los extraños y hacía que los residentes más antiguos no quisieran marcharse.

Taryn había odiado la idea de mudarse, pero incluso ella había cambiado de opinión. Sam estaba comprometido con una chica de allí, y era cuestión de tiempo que Kenny superara su pasado y se enamorara. Entonces todos ellos echarían raíces en el pueblo y Score entraría a formar parte de la historia de Fool's Gold.

Él quería eso. Era agradable sentir que formaba parte de un lugar, siempre que pudiera mantener las distancias.

Dobló la esquina y se dirigió hacia la biblioteca. Según se acercaba, vio a un adolescente alto y delgado sentado en las escaleras. Percy guardó el portátil al verlo acercarse, se levantó y fue hacia él.

–¿Cuándo ha cerrado la biblioteca?

–Aún faltan unos minutos para que cierre, pero he salido para esperarte. Quería seguir trabajando con mi lectura –sonrió–. Me está yendo bien. Hay cosas que ya sé y el resto lo estoy aprendiendo.

–Bien por ti.

Los dos caminaban por la acera. El sol se había puesto hacía un cuarto de hora y ahora el cielo se estaba oscureciendo rápidamente.

Percy lo miró.

–Había unos chicos en la biblioteca que van a empezar las clases en la Cal U Fool's Gold en un par de semanas. Estaban diciendo que ojalá la facultad tuviera un equipo de fútbol.

–¿Intentas influir en mi voto?

–Tal vez.

–No tienes que convencerme, chico. Creo que tener un programa de fútbol beneficiará a la universidad, pero no soy yo el que toma la decisión. Además, formar un equipo desde cero… –sacudió la cabeza. Eso sí que sería complicado–. No estoy seguro de que encuentren un entrenador dispuesto a asumir todo eso. Pasarían años antes de que fuesen lo suficientemente decentes como para jugar en cualquiera de las ligas de categoría. Sería como entregar una década de tu carrera para estar en las sombras.

Percy frunció el ceño.

–Creía que los entrenadores se metían en esto por el amor al juego y al hecho de enseñar a sus jugadores.

–Muchos sí, pero también quieres que te vean como un ganador. Y es complicado ganar cuando no llegas a jugar –se preguntó cuánto tiempo pasaría hasta que el programa pudiera participar en las pequeñas ligas. ¿Tres años? ¿Cuatro?–. Además, va a hacer falta mucho dinero para hacerlo bien. Hay que establecer becas, comprar equipaciones, contratar personal. Un trabajo así sería demasiado absorbente.

Sabía de lo que hablaba. El fútbol lo había absorbido y consumido durante un par de décadas, pero del mejor modo posible. Había visto cómo el deporte cambiaba vidas. Tener un equipo en el campus sería algo positivo, estaba seguro, pero dudaba que la universidad estuviera dispuesta a asumir el compromiso.

El fútbol lo había salvado, le había dado un lugar en el que sentirse arropado después de que sus padres se hubieran marchado a África. Le había ayudado a sobrevivir ese año tras la muerte de Lucas. El año de las primeras veces. Las primeras Navidades sin su hermano y el primer cumpleaños. En ese sentido, eso último había sido más complicado porque Lucas y él eran gemelos y habían compartido el día.

–Al menos tienen un buen nombre –dijo Percy–. Son La Legión. Es por el pueblo, por la tribu Máa-zib, que se asentó aquí. Larissa me lo ha estado contando.

–¿Te ha contado también que es una tribu matriarcal?

Vio que Percy se quedó en blanco con la pregunta y sonrió.

–Significa que, según la estructura de esa tribu, el poder residía en las mujeres, no en los hombres. Una sociedad dominada por el hombre es patriarcal. Por ejemplo, si nace un chico, será rey, pero las mujeres no pueden gobernar.

–Pues en Inglaterra hay una reina –apuntó Percy.

–Cierto, pero porque entonces no tenían herederos varones. El príncipe Carlos es su hijo mayor así que su hija nunca reinará.

–Qué asco.

Un comentario generacional, pensó Jack con diversión. Estaba segurísimo de que la mayoría de los hombres de más de sesenta años no le darían muchas vueltas al asunto, pero los tiempos habían cambiado.

Percy sonrió.

–¿Entonces estás diciendo que La Legión de la universidad de Fool's Gold debería tener a una mujer vestida como un guerrero en lugar de a un hombre?

–Sí.

–Mola. ¿Y vas a decírselo?

–Probablemente no.

–Si cambias de opinión, quiero estar allí.

–Así que provocando problemas, pero sin intervenir del todo, ¿eh?

El chico asintió.

–Tirando la piedra y escondiendo la mano.

–Mi hermano era así –dijo Jack sin pensarlo.

Percy lo miró.

–No sabía que tuvieras un hermano.

–Lo tenía. Murió hace mucho tiempo.

La expresión de diversión de Percy se desvaneció.

–Lo siento.

–Gracias. Tenía… –vaciló y pensó: «¿Qué más da? Adelante»–. Tenía diecisiete años. Los dos teníamos diecisiete. Lucas era mi gemelo idéntico –aunque no completamente idéntico, pensó. Sus corazones eran muy distintos.

–Tuvo que ser muy duro.

–Lo fue –admitió Jack–. Era un buen chico. Veía lo mejor en todo el mundo y nunca se quejaba –ni de los tratamientos, ni de las cirugías, ni del sufrimiento. Ni siquiera de ese giro del destino que le había dado a él esa porquería de corazón.

–Sigues echándolo de menos –Percy no estaba formulando una pregunta.

—Todos los días —admitió Jack.

El chico asintió.

—Me pasa lo mismo con mi madre. Algunos días son más fáciles, pero nunca la olvido. Supongo que siempre es así cuando muere alguien a quien quieres.

Siguieron caminando hacia la casa de Jack, en silencio la mayor parte, pero un silencio que resultó cordial. Pensó en su previa conversación con Larissa.

—Así que vamos a tener un pájaro en casa.

Percy asintió.

—Larissa me ha dicho que vendrá a pasar unos días. Que está casi curado y que necesitaban sitio para otros que están más heridos.

Lo cual era más de lo que Jack sabía. Sin duda, Larissa le habría contado los detalles, pero a él le gustaba estar lo menos informado posible. Hacía que la vida fuera más sencilla.

—¿Te ha mencionado cuánto se quedará?

—Tres días. Para entonces debería poder volar. Una vez esté preparado, lo soltarán —parecía emocionado—. Va a enseñarme a darle de comer y todo eso.

—Espero que no sea rapaz.

—¿Como un dinosaurio, quieres decir?

—No. Un rapaz es un ave de presa, como un águila o un halcón —Jack estaba empezando a tener un mal presentimiento con todo ese asunto del rescate y la visita del pájaro. No tenía buena pinta.

—Ella no haría eso —dijo Percy con seguridad.

—Ya, ya —Jack no estaba tan seguro. Después de todo, en una ocasión Larissa le dejó unos perros de pelea en el salón de su casa.

Cuando llegaron a la casa donde vivían, desde fuera todo parecía normal, pero él sabía muy bien que no debía correr riesgos. Una vez en el porche delantero, introdujo

la llave con cuidado y la giró. La puerta se abrió lentamente. Encendió un par de luces.

Al instante, un fuerte ululato llenó la casa. Eran unos
graznidos llenos de furia y lo que fuera que los estaba
emitiendo no sonaba muy pequeño.

Percy abrió los ojos de par en par.

–¿Qué crees que es eso?

–No tengo ni idea.

Se quedaron en el porche y Jack le indicó a Percy que
pasara primero.

–Es tu casa, tío –dijo el adolescente–. El honor es
tuyo.

Jack esbozó una mueca de disgusto.

–A lo mejor, pero tú eres más joven y más rápido.
Creo que es el momento de que te ganes el sustento.

–Gallina.

–Si resulta ser una gallina, podrás burlarte de mí todo
lo que quieras.

Percy le pasó la bolsa del portátil y, lentamente, con
cuidado, cruzó el vestíbulo y entró en el salón.

–¡Jo, tío, esto sí que es una belleza!

Fue complicado entender las palabras porque al misterioso pájaro le había entrado otra rabieta. Jack maldijo
para sí y siguió al chico hasta el salón, donde encontró
una jaula que ocupaba casi toda la habitación.

Todos sus muebles estaban contra las paredes y en el
suelo había lonas protectoras. La jaula debía de medir tres
metros de alto y dentro había un búho inmenso.

–Ah, bien, está aquí.

Jack y Percy se sobresaltaron. Larissa entró tras ellos.

–¿Qué? –les preguntó–. ¿Es que os da miedo? –ladeó
la cabeza–. Ahora que lo pienso, nadie me ha dicho el
sexo. A lo mejor no querían ser maleducados y comprobarlo –sonrió–. Sea como sea, nuestro búho es precioso.

–Es hembra –dijo Jack con tono seco–. Fíjate en cómo nos está mirando.

Larissa se rio.

–Puede que tengas razón, pero sea lo que sea, es nuestro invitado. Es un búho manchado del norte. En California solo hay quinientas o seiscientas parejas de cría, así que es importante mantenerla a salvo. Es nocturna, come pequeños roedores y prefiere los bosques salvajes. Volverá allí en unos días, cuando esté completamente recuperada.

El búho en cuestión siguió mirándolos un momento antes de girar la cabeza.

–Tiene los ojos oscuros a diferencia de la mayoría de las especies de búhos, que suelen tener ojos de colores claros.

–Alguien ha entrado en la Wikipedia –murmuró Jack preguntándose cuánto ruido haría el maldito búho.

–Los de la protectora me han enviado material. Ya puedes ver por qué no me lo he podido llevar a casa. No tengo sitio para la jaula. Además, Dyna habría estado en peligro.

Jack miró el búho y supuso que podía comerse un gato entero sin problema. Volvió a centrar su atención en Larissa. Ella estaba sonriendo mientras contemplaba al ave como si fuera la criatura más perfecta jamás inventada. Y para ella probablemente lo fuera… hasta el siguiente rescate.

Tenía sus ojos azules posados en el pájaro, los labios mínimamente separados y su suave piel teñida de un sutil rubor.

Estaba encantadora, pensó sorprendido. Bueno, claro, siempre estaba guapa, con un estilo muy sencillo, pero ese día había algo distinto en ella, aunque no sabía qué había cambiado exactamente.

–Este búho es increíble –dijo Percy acercándose un poco–. Está furioso, pero claro, ¿quién quiere vivir en una jaula?

–No estará ahí mucho tiempo –le aseguró Larissa.

Jack miró el suelo de la jaula.

–¿Qué es eso? –preguntó al ver cosas con forma extraña.

–Un pájaro tiene que hacer lo que tiene que hacer –le dijo Percy.

–No lo creo –respondió Jack acercándose un poco más a la jaula.

–Es de la cena –apuntó Larissa con tono alegre–. Se come la comida entera y después escupe el pelo y el hueso.

–Ya, ya lo veo –contestó Jack con aspereza mientras Percy empezaba a reírse.

Jack se fue a dormir cerca de las once, pero en cuanto encendió la lamparita de noche supo que iba a ser una noche muy larga.

A pesar de encontrarse en distintos pisos y con, al menos, una puerta cerrada entre ellos, podía seguir oyendo claramente al búho protestando por su confinamiento. Ululatos y graznidos fueron seguidos por un silencio que duró lo suficiente para que se quedara dormido. Pero entonces comenzó de nuevo.

Se giró hacia un lado y aplastó la almohada. Sin embargo, eso no ayudó mucho porque el búho solo era una parte del problema. Larissa era la otra. Besarla había sido un error y no porque no le hubiera gustado, sino porque había cambiado las cosas entre ellos. Inevitable, suponía. Ahora tenía que averiguar el modo de que todo volviera a ser como era antes.

Con cualquier otra mujer podría terminar la relación sin más, pero en ese caso no había nada que terminar. No técnicamente. Además, Larissa era parte integral de su vida. Como al aire, la necesitaba para sobrevivir. Ella era la mejor parte de él. Sin ella, no era más que un caparazón vacío. ¿Y por qué iba a querer eso cuando, al menos a ojos de Larissa, podía ser un héroe perfecto?

Capítulo 10

–¿A Jack no le importa lo que anotes en su agenda? –preguntó Percy–. Podrías escribirle cualquier cosa, o mandarlo a Omaha sin ningún motivo.

Larissa sonrió al adolescente.

–Técnicamente es verdad, pero ¿por qué iba a hacerlo? Jack es mi jefe y mi amigo. No quiero torturarlo –no, lo que tenía en mente para Jack no tenía nada que ver con una tortura y sí mucho con…

Se aclaró la voz y la mente. «Céntrate», se dijo. Nada de díscolos pensamientos sexuales, y menos con Percy delante. Eso resultaría demasiado raro y desagradable.

Percy miraba la agenda. Estaban en el despacho de ella y Larissa le estaba explicando en qué consistía su trabajo. Una parte de la formación de Percy consistía en que entendiera cómo funcionaba Score.

–Aun así, tiene que confiar mucho en ti, ¿no?

–Ajá. Eso es parte de la relación –señaló los distintos eventos–. Todo está catalogado por colores. Conferencias, apariciones en actos benéficos, reuniones regulares.

–¿Jugar al golf es un acto benéfico? –preguntó Percy.

–Puede serlo. En unas semanas se celebrará aquí un

torneo entre profesionales y aficionados, aunque los aficionados son casi todos famosos.

—¿Jack juega profesionalmente?

Ella pinchó con el ratón el recuadro en la agenda para mostrar toda la información.

—Aquí a él se le considera aficionado. Es para recaudar fondos para una asociación local. Los golfistas profesionales vienen a jugar con gente que trabaja en televisión y cine, junto con algunos atletas.

—Como Jack.

—Exacto.

—¿Tú vas a jugar?

—A mí no me gusta el golf. Además, los aficionados son gente bastante famosa.

—Como Jack, Kenny y Sam.

—Eso es.

El adolescente se echó hacia delante en la silla.

—Tiene sentido porque si la gente va a pagar por ver un torneo de golf, es mejor que haya alguien a quien admiren —esbozó una tímida sonrisa—. Pero tú eres más guapa que Jack.

—Gracias, Percy.

Él volvió a fijarse en la agenda.

—Haces muchos masajes.

Estaban marcados en morado. Ella abrió una hoja en la pantalla con su planificación semanal.

—Hago menos de los que haría si me dedicara exclusivamente a ello, pero no pasa nada. Me gusta la variedad.

—¿Tuviste que estudiar para hacer masajes?

—Sí. Tuve que estudiar todos los músculos y cómo funciona el cuerpo. Cuando terminé el curso tuve que practicar dando masajes. Se requieren un número específico de horas para que te den el título.

Y ella no lo tenía, se recordó. Tenía la documentación,

las horas y el curso, pero tenía que empezar a moverse y enviarlo todo. Y no es que eso fuera a cambiar su posición laboral en Score, pero sí que sería agradable saber que podría trabajar en cualquier parte.

Percy miró a su alrededor.

—Hasta este es bonito —dijo y tras carraspear, aclaró—: Lo que quiero decir es que los otros despachos son enormes.

—Ni que lo digas —respondió ella con una sonrisa—. En el despacho de Jack hasta podrías jugar a los bolos. A mí no me importa tener uno mucho más pequeño —además, ahí solo estaba para planificar las agendas y hacer llamadas. Su verdadero trabajo se hacía en la sala de masajes.

—Jamás imaginé que los negocios serían así —dijo Percy—. Todo tan chulo y con alta tecnología. Me gusta.

—A lo mejor algún día consigues un empleo en un sitio así —le dijo—. Después de ir a la universidad.

—Me gustaría. Pero para la universidad me queda mucho. Primero tengo que sacarme el título de secundaria.

—Y lo harás. Después irás a la universidad.

El chico tenía una expresión dudosa.

—Aquí todos habláis de la facultad como si todo el mundo tuviera que ir, pero las cosas no son así. En mi barrio hacías lo que tenías que hacer para poder salir adelante.

La vida en las zonas deprimidas. Ella no podía comparar, no podía identificarse con él en ese aspecto.

—La universidad te da oportunidades, opciones. Tienes razón, no todo el mundo puede disponer de ello para su futuro, pero ahora tú sí y espero que aproveches la oportunidad.

Él se movió en su silla.

—No conozco a nadie que haya ido a la universidad. Nunca. Mi abuela no pasó de séptimo curso y ninguno de mis amigos iba a hacer mucho más que unirse a una banda.

Ella había nacido y crecido en Los Ángeles, probablemente a menos de cincuenta kilómetros de donde Percy había pasado la mayor parte de su vida, pero aun así tenían unas visiones del mundo muy distintas.

–Los cambios son complicados –admitió–. Y este es un gran cambio para ti.

–Pero uno bueno. Sé que tuve suerte cuando me encontraste en el parque.

Larissa le sonrió.

–Nos alegramos de tenerte aquí.

–Eres muy buena. Aquí todos lo sois. Sam es como muy callado, pero me ha estado explicando lo que hace, con lo del dinero y esas cosas. Y Taryn es dura por fuera, pero por dentro es muy tierna, aunque no quiere que nadie lo sepa. Kenny es un buen tipo, pero es como un muro.

Larissa hizo lo que pudo por no reaccionar. Las valoraciones de Percy eran más acertadas de lo que se habría imaginado. Impresionante.

–¿Y qué me dices de Jack?

Percy sonrió.

–Lo tienes manejado.

–¡No es verdad!

–Sí, claro que sí, y a él le gusta.

Al búho manchado del norte no parecía hacerle ninguna gracia el proceso del traslado. Los trabajadores de la reserva natural lo habían metido en una jaula más pequeña que no le había gustado nada. Mostró su malestar con graznidos y batiendo sus grandes alas contra las barras de la jaula. Jack se apartó y esperó que la puerta estuviera bien cerrada porque cuando ese pájaro estuviera en libertad, pagaría su mal genio con lo que tuviera más cerca, y quería asegurarse de no ser él.

Los chicos desarmaron la jaula más grande y la llevaron a la camioneta. En el segundo viaje que hicieron hacia la casa, Larissa los siguió.

Iba vestida como siempre: pantalones de yoga, camiseta de manga corta y zapatillas deportivas. Llevaba su larga melena rubia recogida en una cola de caballo y tenía el rostro libre de maquillaje. Seguro que olía a la loción corporal que estuviera usando en el momento. Durante los últimos días había sido un dulce aroma a jardín que, según ella, era «verbena»… fuera lo que fuera eso.

La semana anterior había sido limón y el mes anterior vainilla. Independientemente de la loción, por debajo de la verbena, del limón y de la vainilla estaba el aroma de Larissa. Una fragancia cálida y agradable que para él siempre había sido como el aroma a hogar, aunque últimamente era un aroma con un intenso toque distinto.

El más alto de los dos chicos que habían ido a llevarse al búho, un chaval de unos veintitantos años, posó la mirada en el trasero de Larissa y abrió los ojos de par en par. Jack se dijo que no pasaba nada y que las ganas de darle un puñetazo a ese tipo no era un impulso por el que se dejaría llevar. Aun así, se acercó a ella.

—Hola —dijo rodeándola con el brazo.

Ella lo miró.

—¿Ya se marcha Wendy?

—¿Wendy?

—El búho.

—Eso lo he entendido, pero ¿por qué Wendy?

—No lo sé. Me parecía que tenía pinta de Wendy. Me llamaron hace un rato para decirme que se la iban a llevar —suspiró—. Me alegra que esté mejor, pero no he podido pasar tanto tiempo con ella como me habría gustado.

En circunstancias normales, Jack se habría burlado del nombre y del hecho de querer pasar el tiempo con un búho cuya idea de una fiesta era comer animales pequeños, pero estaba un poco distraído por lo agradable que era tener a Larissa tan cerca. Era alta, aunque más baja que él, y esbelta y delgada, casi frágil. Sabía que era fuerte y muy competente, pero en ese momento parecía… delicada.

–Ya habrá otro búho –le dijo– o alguna criatura de los bosques con la que puedas establecer un vínculo.

Ella se rio.

–¿Acabas de decir «criatura de los bosques»?

–Sí.

Los dos chicos llevaron la jaula a la camioneta. Wendy vio al ave rebelarse y graznar. Suspiró.

–Hoy la soltarán y eso es bueno. El propósito era darle un lugar donde quedarse y eso lo has hecho.

Jack no había hecho nada más que darle un alojamiento, pero si ella quería convertirlo en un héroe, estaba dispuesto a aceptarlo.

Una vez Wendy y sus escoltas se hubieron marchado, él cerró la puerta y entró en el salón. Todos los muebles estaban colocados contra las paredes y las lonas habían protegido el suelo de la necesidad de Wendy de escupir huesos y pelo.

Se acercó al sofá más grande y lo empujó para devolverlo a su sitio. Al principio se movió con facilidad, pero al momento sintió una familiar sensación de quemazón en el hombro derecho, el mismo que le decía que el tejido cicatricial estaba tenso y que sería una noche muy larga.

La causa era simple: demasiado fútbol y no suficiente tratamiento. No podía cambiar la realidad de esos problemas. Había elegido jugar y no lamentaba ni por un segundo el tiempo que había vivido dedicado al deporte. En cuanto a lo del tratamiento, solo había una persona que pudiera hacer algo.

Mientras Larissa colocaba los sillones más pequeños, él se ocupó del segundo sofá. Después, se acercaron al mismo tiempo a la gran mesa cuadrada de centro.

—Pesa demasiado para ti —le dijo a ella.

—Soy una chica dura y, además, a mí no me duele nada.

No le sorprendió que se hubiera dado cuenta porque Larissa conocía su cuerpo tan bien como él. Normalmente eso no era un problema. Lo familiarizada que estaba con sus dolores y lesiones implicaba que cuando trabajaba con él, luego se encontraba bien durante un par de días. Pero últimamente había estado evitándola, o, mejor dicho, evitando sus masajes. Ahora le resultaba muy incómodo tumbarse en la camilla y eso no tenía que ver precisamente con su machacado hombro derecho.

Juntos colocaron la mesa de café y, un par de lámparas más tarde, la sala había vuelto a la normalidad. Larissa fue a la cocina.

—Vamos, sabes que lo necesitas.

Él vaciló un segundo y después la siguió. Mientras Larissa iba al aseo a por un bote de crema, él se desabrochaba las mangas y la parte delantera de la camisa. Para cuando se había sentado en la silla de la cocina que ella le había preparado, ya tenía la camisa en las manos. Larissa la dejó en la mesa, se colocó en su lado derecho y hundió los dedos en su hombro.

El alivio que sintió fue tan intenso como el dolor. Ella sabía exactamente cuánta presión ejercer y dónde se engrosaba el tejido. Podía hundirse más, encontrar los lugares que más dolor le producían y liberar la acumulación de ácido y dolor. Los masajes con ella no eran delicados y placenteros, pero cuando terminaba, se encontraba bien. Al menos, durante un par de días.

Se relajó con ese ardor familiar sabiendo que gracias a él dormiría mejor. Al mismo tiempo, se esperaba que Larissa le gritara por estar saltándose las sesiones o, al menos, que le preguntara por qué lo había hecho. ¿Y qué iba a decirle? La verdad era imposible. De ningún modo podía admitir que lo aterraba volver a excitarse. Eso sí que era humillante.

Veinte minutos más tarde, ella dio un paso atrás.

–¿Mejor?

–Mucho. Gracias –agarró su camisa y se la puso–. ¿Quieres almorzar?

–Claro. ¿Qué tienes en la nevera?

Jack no tenía ni idea. Ella siempre estaba guardándole cosas ahí y después sacándolas si no las comía. La vio cruzar el suelo de madera y abrir la nevera.

–Hay muchas cosas. Tomaremos un poco de cada. ¿Qué te parece?

–Bien.

Jack rotó el brazo para comprobar la movilidad del hombro. El dolor se había disipado hasta un punto que resultaba soportable. Cuando volviera a la oficina se metería un rato en la sauna y quedaría prácticamente como nuevo.

Siguiendo órdenes de Larissa, sacó unos platos y cuencos, tenedores, cuchillos y servilletas. Mientras, ella calentó los recipientes en el microondas y colocó la comida en la mesa.

Ahí había una ecléctica colección de restos de comida china e italiana, una ensalada de bolsa y un par de burritos precocinados. Jack sacó una cola light para ella y una botella de agua para él y se sentó a su lado.

–Menudo festín –dijo.

Ella sonrió.

–Quería añadir Cheetos, pero me ha parecido demasia-do.

–Siempre hay hueco para unos Cheetos.

–Y tanto.

Larissa se sirvió una cucharada de pollo picante y le pasó el envase.

–Me preocupa Percy –dijo mientras se relamía los dedos.

Cuando Jack vio que le interesaba más lo que estaba haciendo con su boca que nada que pudiera decir, se recordó que era una señal peligrosa y se obligó a centrarse en el tema que tenían entre manos.

–¿Por qué?

Ella se sirvió una pequeña porción de lasaña.

–Estábamos hablando de cuando vaya a la universidad y me ha dicho que no conoce a nadie que haya ido. Creo que le pone nervioso estar teniendo demasiadas opciones. Para algunas personas soñar puede ser peligroso.

Era un problema que Jack entendía. Lucas no se había permitido soñar, había tenido la precaución de pensar en días, nunca en meses ni en años. Y más adelante, cuando le habían hecho el transplante de corazón, había sentido que poseía un futuro con montones de cosas que había querido ver y hacer. Toda la familia había empezado a creer en posibilidades, pero al final se habían equivocado.

–Primero Percy tiene que sacarse el título de secundaria –dijo Jack sabiendo que no iba a mencionar a su hermano.

–Eso es lo que me ha dicho.

–Y una vez que lo tenga, el siguiente paso será más lógico. Empezaremos poco a poco, con el colegio comunitario.

–Va a necesitar un empleo, uno de verdad, no solo

unas horas en Score. Algo donde se sienta verdaderamente útil.

–¿Es que no te parece que hace algo útil en Score? Taryn es una jefa dura y exigente.

–Lo es, pero Percy sabe que está ahí solo por ti.

Jack dio un mordisco al burrito y masticó. ¿Quién iba a imaginar que las judías con sabor a jalapeño iban bien con la salsa marinera?

–No está ahí por mí –dijo después de tragar–. Eres tú la que lo encontró. Yo no me llevo ningún mérito en esto.

–Está viviendo contigo, eres tú la persona a la que respeta y admira.

Jack se encogió de hombros.

–Como te he dicho, ya irá viendo lo que hace. Paso a paso.

Larissa se mordió el labio.

–Espero que tengas razón.

–¿Y cuándo no la tengo?

La preocupación no abandonó la mirada de Larissa.

–¿Y si es cierto que pesa más la presión del entorno que lo innato? ¿Y si Percy no puede escapar del entorno en que ha crecido?

–Es lo suficientemente joven como para aprender un nuevo modo de hacer las cosas. Es un buen chico. Quiere más de lo que tiene. Ya fue listo y tuvo la suficiente decisión para llegar a Fool's Gold. Sabía que sería un lugar mejor para él, y gracias a ti lo está siendo. Ahora ten un poco de fe.

Jack dio un trago de agua.

–¿Vas a hablar con él sobre el sexo seguro?

Jack se atragantó y Larissa esperó a que pudiera respirar para añadir:

–Necesito que digas que sí.

–No pienso hablar de las semillitas con Percy.

–Estoy seguro de que sabe de dónde vienen los bebés, pero tiene que practicar sexo seguro. Tener un hijo ahora le complicaría mucho las cosas. Necesita una oportunidad para fomentar su potencial.

Vaya, las cosas habían estado yendo muy bien al menos los últimos quince minutos, pensó Jack mirando el reloj.

–Wendy se acaba de ir, ¿es que no me puedes dejar ni un día entero de descanso antes de lanzarme esta bomba en particular?

Ella no sonrió. Más bien, se puso más seria.

–Jack, hablo en serio. ¿Y si deja embarazada a una chica?

Si lo hiciera, al menos uno de los dos se habría comido una rosca, pensó. Pero ella no se refería a eso. La preocupación de Larissa tenía mucho más que ver con su propio pasado que con el de Percy, aunque eso era algo que no admitiría.

Él miró sus ojos azules y en ellos vio el sufrimiento de cargar con una irrazonable culpa durante años. No importaba que no fuera la culpable de que su madre se hubiera quedado embarazada veintinueve años atrás. No importaba que su padre hubiera querido hacer lo correcto y que dos personas que nunca deberían haberse casado lo hubieran hecho. No era responsabilidad suya que hubieran sido unos infelices hasta que se habían divorciado por fin.

Larissa era la hija mayor y se consideraba la razón por la que sus padres se habían visto forzados a sumirse en un matrimonio infeliz. El hecho de que ahora ambos estuvieran felizmente casados con otras personas no la hacía sentir mejor.

De haberse tratado de otra persona, le habría dicho que lo olvidara, pero no podía. Porque él cargaba con el mismo tipo de culpa, no referente a sus padres, sino a su hermano.

–¿Jack?

–Hablaré con él. Lo prometo.

–Pronto, ¿vale?

–Sí, pronto. Justo después de que termine de golpearme la cabeza contra la pared.

Ella sonrió y la preocupación desapareció de sus ojos.

–Siempre dices eso, pero nunca te he visto haciéndolo.

–Hay cosas que es mejor hacer en privado. ¿Cómo está Dyna?

–Preciosa. Es agradable tener un cuerpo calentito y peludo a mi lado en la cama –alzó una mano–. Y no hagas ningún chiste sobre los chicos con los que he salido.

–¿Haría yo eso?

–Sin dudarlo.

El resto del almuerzo se desarrolló en medio de una tranquila conversación. Larissa comió demasiado, pero ¿cómo iba a elegir solo un par de cosas cuando había tantas opciones?

Se recostó en su silla mientras Jack recogía la mesa. Ahora se movía mejor, pensó fijándose en la falta de rigidez de su hombro.

–Sabes que hay cirugía para eso –dijo sin poder evitarlo.

Jack metió los platos en la pila, abrió el grifo del agua y encendió el triturador de basura. Cuando volvió a la mesa, plantó las dos manos sobre sus hombros, se agachó y la besó en la cabeza.

–No.

–Han hecho muchos avances. Podría ayudarte.

–Ya me han operado y no me ayudó.

–Te ayudó un poco.

–No lo suficiente.

La soltó y ella se levantó preparada para rebatir lo que decía, porque era un tema importante. Siempre tenía dolores y, ¿qué pasaría si ella no estaba cerca para hacerle sentir mejor?

–¿Taryn ya ha encontrado vestido? –le preguntó él en un claro intento de cambiar de tema–. Porque he de decirte que no creo que pueda soportar otra tarde metido en una tienda de vestidos de novia.

–Ya se ha decidido y va a estar preciosa.

Jack parecía relajado mientras hablaba del tema, sin tensión, sin sensación de dudas. Larissa sabía muy bien que lo que fuera que hubiera pasado entre los dos años atrás nunca había ido más allá de una amistad. No habían estado enamorados.

Porque estar enamorados lo habría cambiado todo. Estar enamorados significaba pensar siempre en la otra persona. Significaba querer estar a su lado, tener a Jack siempre presente, ser más feliz cuando él estaba cerca y necesitar su sonrisa y sus caricias tanto como respirar.

–¿Larissa?

La voz de Jack sonó muy lejana, como si la captara a través del agua o desde una larga distancia. Podía oírlo, pero no podía reaccionar. Estaba demasiado ocupada intentando mantenerse en pie mientras la verdad se imponía con fuerza. Su madre había tenido razón todo el tiempo. ¡Estaba enamorada de Jack!

–Tengo que irme –dijo corriendo hacia la puerta principal.

–¿Qué pasa?

–Nada –¡todo!–. Estoy bien –pero jamás volvería a estar bien.

Larissa no recordaba bien cómo había llegado a Score desde casa de Jack. Estaba sin aliento, así que probablemente había corrido más de lo que estaba acostumbrada.

Entró en el edificio y recorrió el pasillo. Abrió la puerta del despacho de Taryn y miró a su amiga.

Taryn estaba al teléfono, levantó la mirada, la vio y dijo:

—Jenny, luego te llamo... Ajá... Esta tarde. Lo prometo —colgó y se levantó—. ¿Quién ha muerto?

—Nadie. Todos están bien.

Taryn frunció el ceño.

—Pues no tienes pinta de que todo el mundo esté bien.

—No es eso. Soy yo. Es mi madre. Tenía razón.

Ya que Larissa no quería pronunciar esas palabras, esperó a que la verdad cayera por su propio peso. Taryn abrió los ojos de par en par y soltó un improperio.

—¿En serio? ¿Estás enamorada de Jack?

—Eso creo. Tal vez. Estaba almorzando con él y ha mencionado lo bien que encajáis Angel y tú y entonces he empezado a pensar en lo que significa el amor —se detuvo para tomar aire—. ¿Es posible?

Taryn se sentó.

—Dios mío, espero que no.

Larissa se sentó frente a ella.

—Porque terminará mal.

—Es una forma de decirlo. Jack no se compromete con nadie y no se permitirá hacerlo, ¿lo sabes, verdad? —le preguntó con gesto de preocupación.

Larissa asintió.

—Por supuesto. Lo he visto con muchas mujeres. Es bueno durante unas semanas y después se larga —seguía intentando asimilar la inesperada verdad. ¿Enamorada de Jack? ¿De verdad?

No tenía que preguntar cómo había pasado. Era un tipo genial, cedía ante todas sus causas, siempre estaba a su lado. Era divertido, encantador y sexy. Tal vez amarlo había sido inevitable.

–Odio que mi madre tuviera razón –admitió.

–Tiene que fastidiar un montón.

–Podría ser una fase de mi desarrollo emocional –dijo lentamente pensando en alto–. A lo mejor, como he pasado tanto tiempo con él no he tenido opción.

–Te lo advertí cuando empezaste a trabajar aquí.

–¿Y con una advertencia debía bastar?

Taryn suspiró.

–Supongo que no. Bueno, ¿y ahora qué?

–No estoy segura. Supongo que tendré que encontrar el modo de olvidarme de él.

–¿Es que no vas a intentar que se enamore de ti?

–De eso nada. Es imposible –aunque sí que era agradable pensarlo–. Si Jack tuviera que verme como algo más que una amiga, ¿no crees que habría pasado ya?

–Sí, cierto. Pero entonces, ¿cómo tienes pensado exactamente olvidarte de Jack? Es un tipo genial.

–¿Cómo lo hiciste tú?

–Nunca estuve enamorada de él. Éramos amigos y lo seguimos siendo.

«Ah, claro».

–¿Cómo logran las mujeres olvidarse de un hombre? Viéndolo tal como es, no como lo quieres ver. Necesito centrarme en sus defectos. No se compromete y no está disponible emocionalmente.

–Eso sería lo mismo –murmuró Taryn.

–Vale, hay más cosas negativas. No es el prototipo de un buen novio. Eso lo sé. Lo he visto con sus otras novias. Es… –de pronto, todo encajó–. Tengo una visión surrealista de cómo sería una relación con Jack, porque solo he visto esa parte de su vida desde fuera.

–¡No! –dijo Taryn con firmeza–. No estoy segura de adónde va a llegar esto, pero no me gusta.

–¡Es brillante! –le respondió Larissa–. Absolutamente

brillante. No voy a convencer a Jack de que se enamore de mí, voy a convencerlo de que tenga una aventura conmigo. Así dejará de ser un héroe para mí, será simplemente un tipo con el que salí y podré desenamorarme de él.

Taryn la miraba fijamente.

—Puede que esa sea la idea más estúpida de la historia.

—No, es brillante. Ya lo verás.

Capítulo 11

–¿Con quién hemos quedado? –preguntó Larissa mientras caminaba con Bailey hasta el Brew-haha.

–Se llama Shelby Gilmore. Es la hermana de Kipling Gilmore –sonrió–. ¿Conoces a Kipling Gilmore, verdad?

–Personalmente no, pero puede que lo haya visto por la tele alguna vez –admitió Larissa. Kipling había sido un fantástico esquiador que había ganado dos medallas de oro en las Olimpiadas a principios de ese año. Sin embargo, ahora mismo no le interesaban ni él ni ningún otro hombre que no fuera Jack.

Y no porque ya hubiera solucionado qué iba a hacer con él, pero estaba pensándoselo y terminaría encontrando un plan.

–Yo también lo he visto –dijo Bailey–. Está como un tren.

–¿Así que tienes motivos ocultos para ayudar a su hermana?

Bailey se rio.

–No te has acercado ni un poco a la realidad. La alcaldesa Marsha me ha pedido que ayude a Shelby a sentirse como en casa. Aún no estoy segura de cómo sentirme así aquí yo misma, así que por eso te he traído a ti. Esto no tiene nada que ver con Kipling. Lo he mencionado solo a modo de referencia.

—Ya, ya, como que me lo voy a creer. ¿Me estás diciendo que si te pidiera una cita ahora mismo le rechazarías?

Bailey vaciló lo suficiente para que Larissa se detuviera y la mirara a los ojos.

—¿Qué? O mejor dicho, ¿quién? Si crees que estarías dispuesta a rechazar a Kipling Gilmore eso es porque tienes a alguien. He oído que es un tipo muy majo, ¿por qué no quieres salir con él?

Bailey se rio.

—A lo mejor porque no lo he visto en mi vida y porque no me ha pedido una cita ni por asomo. Además, aunque fuera mi tipo, que no lo es, has olvidado que soy madre soltera. Y ese es el mejor espanta citas que una mujer puede tener.

Larissa no había pensado en eso. Chloe, la hija de Bailey, era adorable, divertida, una dulzura. De vez en cuando pasaba por Score para que la ayudaran con algunos proyectos de la Futura Legión de los Máa-zib, una especie de grupo de scouts pero con un toque al estilo Fool's Gold.

—Creía que los hombres ya habían superado eso de preocuparse porque una mujer tenga hijos.

—No tanto como crees, pero no pasa nada. No busco una relación ni tampoco una cita —dijo con un tono algo nostálgico.

—No suenas muy convencida.

Bailey suspiró.

—De acuerdo, una noche de pasión con Kipling Gilmore me alegraría mucho la semana, pero no estaría dispuesta a tener nada más que eso.

—Con eso basta.

–¿Y qué pasa contigo? ¿Algún interés en el esquiador buenorro?

–Me paso el día rodeada de atletas buenorros –le recordó Larissa mientras cruzaban la calle y se acercaban a la cafetería–. No estoy buscando más.

No, lo que buscaba era un modo de olvidar a Jack y, tal como le había dicho a Taryn, tener una relación romántico sexual con él le parecía el mejor modo de hacerlo. El único obstáculo era cómo lograr que él se diera cuenta de que también la deseaba… contando, claro, con que así fuera.

Entraron en el Brew-haha. La cafetería estaba bien iluminada y resultaba muy acogedora con sus tonalidades y el excepcional surtido de tentadores pasteles. Había como una docena de mesas, la mayoría vacías en mitad de la tarde, pero en una de ellas había una mujer sola.

–Es ella –dijo Bailey en voz baja–. He visto una foto.

Shelby Gilmore debía de tener veintipocos años. Tenía una melena dorada que le caía por debajo de los hombros y los ojos azules y grandes. Era menuda, parecía delicada. No, pensó Larissa, de pronto sintiendo que ella tenía unos brazos y unas piernas demasiados largos y que era demasiado alta. No delicada. Etérea. Como una princesa de las hadas atrapada en una realidad que no le correspondía.

Eso sí que era imaginativo, se dijo. ¿De dónde se había sacado esa idea?

Shelby levantó la cabeza cuando se acercaron a la mesa y sonrió, aunque con mirada de cierta desconfianza.

–Hola –dijo Bailey sentándose frente a ella–. Soy Bailey Voss y ella es Larissa Owens. Gracias por reunirte con nosotras.

–De nada.

Bailey miró la pequeña mesa que rodeaban.

–Necesitamos café. A mí me apetece uno con leche. ¿A ti, Shelby?

–Claro, uno con leche está bien. Gracias.

Larissa asintió y Bailey fue a pedirlos. No había nadie más esperando en el mostrador, así que volvió al cabo de un minuto aproximadamente.

Se sentó y suspiró.

–Patience va a traer unos pasteles con el café. A vosotras, que estáis tan delgadas, os parecerá bien, pero a mí esa tentación no me conviene.

Larissa sacudió la cabeza.

–Ya, claro, ¿quién no querría unas curvas como las tuyas? –si ella tuviera la figura de Bailey, le resultaría mucho más sencillo llamar la atención de Jack.

Bailey sonrió.

–Ojalá eso fuera verdad –miró a Shelby–. Bueno, imagino que te estás preguntando quiénes somos y por qué estamos aquí.

–Un poco –admitió Shelby.

–Queremos darte la bienvenida a Fool's Gold. Eres nueva aquí. Yo me mudé hace solo unos años, así que sé lo que es ser nueva en un pueblo pequeño donde parece que todo el mundo se conoce.

–Tuvo que ser duro –dijo Larissa pensando que cuando ella se había trasladado en primavera a Fool's Gold lo había hecho acompañada de su familia de Score y no se había sentido sola. Pero Shelby no debía de conocer a nadie.

La chica las miró.

–Estoy bien. Tengo un empleo en la pastelería.

Patience, la propietaria del Brew-haha, llegó con una gran bandeja. Les sirvió los cafés y un plato de pasteles.

–Trabajas para Amber, ¿verdad? ¿Eres la nueva pastelera? Es genial –señaló los dulces–. He estado comiendo demasiados. Estás haciendo un trabajo muy bueno y tienes que parar. Lo digo en serio.

Shelby sonrió.

—Gracias. Me gusta mi trabajo. Es muy sencillo trabajar con Amber.

—Es encantadora —dijo Patience—. Bueno, os dejo a las tres con vuestros dulces de la tarde. Gritad si necesitáis algo.

Cada una agarró su café. Shelby ignoró los pasteles, pero Larissa eligió uno de queso y arándanos y le dio un mordisco.

—Qué delicia —exclamó después de masticar y tragar—. ¿Es uno de los tuyos?

Shelby asintió.

Bailey miró el tentempié alto en calorías antes de apartar el plato.

—Bueno, Shelby, ¿te gusta el pueblo?

—Está bien.

Larissa sintió que la chica no parecía muy cómoda con el encuentro.

—¿Has estado ya en alguno de los festivales? Son muy divertidos. Me encantó el de libros. Conocí a algunos de mis autores favoritos y conseguí que me firmaran libros para luego regalar en cumpleaños y Navidad a la familia. Crecí en Los Ángeles. El clima es una pasada, pero allí no se puede disfrutar del ambiente de un pueblo pequeño.

—Fool's Gold tuvo que ser un gran cambio —apuntó Shelby—. Yo soy de Colorado. Estoy acostumbrada a los pueblos pequeños, pero a nada como esto.

—Fool's Gold es un lugar único —dijo Bailey.

De pronto se produjo un momento de incómodo silencio y Bailey miró a Larissa con gesto de desesperación. Larissa buscó algo que decir.

–Eh… Bailey trabaja para la alcaldesa Marsha. Por cierto, es el alcalde de California que lleva más tiempo en el cargo. Conoce a tu hermano.

Shelby se giró hacia Bailey.

–¿Cuándo conoció a Kip?

–A principios de este año, justo después de su accidente. Ella estaba en Nueva Zelanda –Bailey se detuvo–. La verdad es que no estoy segura exactamente de cómo lo conoció y menos estando él en el hospital.

El gesto de desconfianza de Shelby se desvaneció.

–¡Entonces fue ella!

–¿Qué fue ella?

–La mujer de la que me habló mi hermano. Después… –tragó saliva–. Mi madre murió hace unos meses. Tenía cáncer y, aunque nos lo esperábamos, fue duro de todos modos.

Instintivamente, Larissa le agarró la mano. Bailey ya le estaba tocando el brazo.

–Lo siento –dijo Bailey–. Es terrible perder a alguien de la familia –tragó saliva–. Yo perdí a mi marido el año pasado.

–Entonces sabes lo que es –añadió Shelby en voz baja–. Gracias a las dos por quedar conmigo. Lo siento si os resulto un poco distante. Es que las cosas fueron muy duras entre mi padre y mi madre… bueno, no hay necesidad de hablar de él –logró esbozar una pequeña sonrisa–. Digamos que justo después del accidente de Kip, dos hombres salieron de la nada y se ocuparon de mi madre y de mí.

–¿Sabes sus nombres? –preguntó Larissa preguntándose si tendrían conexión con el pueblo.

–Ford y Angel.

–¡Esos son nuestros chicos! –dijo Bailey–. Son de la escuela de guardaespaldas. Qué interesante que te encontraran –miró a Larissa–. Ha tenido que ser la alcaldesa Marsha.

Larissa asintió.

–Todo el mundo dice que sabe cosas que es imposible saber. Como si tuviera algo místico. Me gusta.

Shelby asintió.

–A mí también. Le debo mucho –miró el reloj–. Tengo que volver al trabajo, pero ha sido genial conoceros. Tal vez podríamos repetirlo.

–Me encantaría –dijo Larissa.

Bailey asintió.

–A mí también.

Se dieron los números de teléfono y Shelby se marchó. Bailey agarró uno de los bollitos y le dio un mordisco.

–Ha sido todo un reto –dijo cuando tragó–. Pensé que iba a salir corriendo cuando nos hemos sentado.

–Parecía que no se fiaba –dijo Larissa–. Está intentando superar algo y creo que no es únicamente lo que le pasó a su madre –había visto algo en su mirada. Algo que Larissa a veces veía cuando hablaba con los padres de un niño necesitado de un transplante, una especie de desesperanza.

Bailey se terminó el bollito y se relamió los dedos.

–Gracias por venir conmigo. Lo habría hecho fatal si hubiera venido sola.

–No, no es verdad. Lo habrías hecho genial.

–Sí, seguro. Bueno, ¿tienes alguna novedad? ¿Estás preparada para admitir que estás enamorada de Jack?

Larissa abrió la boca de par en par.

–¿Cómo lo has sabido?

Bailey la miró.

–¿Qué? ¿Es que lo estás? Estaba de broma. ¿Estás enamorada de Jack? ¿Cuándo ha pasado? ¿Cuándo habéis empezado a salir? ¿Por qué siempre soy la última en enterarme de todo?

—No estamos saliendo. Somos amigos.

Bailey se hundió en su asiento.

—¿Qué? Pero si has dicho que estás enamorada de él. Empieza por el principio y habla despacio. Tengo que enterarme de todo.

—Cuando hablamos del tema la otra vez dije que mi madre estaba loca, que yo no estaba enamorada de él ni por asomo —dijo Larissa.

—Pero sí que lo estás.

—No lo sabía.

—Al parecer no. ¿Así que te has dado cuenta con el tiempo?

Larissa asintió.

—A ver… se trata de Jack. Es guapo y dulce. Siempre está a mi lado y apoya mis causas, estamos juntos todo el tiempo y tiene un cuerpazo.

—Que has visto y has tocado —Bailey apretó los labios—. Ya sé lo que ha pasado. Tú estabas a tu rollo y ese hombre te ha atrapado sin darte cuenta. ¿Y ahora qué? ¿Le declaras tu devoción eterna y le suplicas que te tome?

—Más o menos.

—¡Vaya! Impresionante.

Larissa sonrió.

—No estés tan impresionada. Lo que quiero decir es que quiero averiguar cómo desenamorarme de Jack y eso requiere sexo.

Bailey soltó el café.

—Nunca me he considerado especialmente tonta, pero veo que no es así. ¿Qué tiene que ver el sexo aquí?

—Jack no se va a enamorar de mí porque no está emocionalmente disponible, así que con él no tendré un final feliz. Si quiero una vida romántica normal, tiene que ser con otro hombre, ¿pero cómo puede competir un hombre normal con Jack?

–Sería muy complicado. ¿Y cómo te va a ayudar acostarte con Jack?

–Porque eso eliminará todo el misterio. Lo veré tal como es y podré huir de la fantasía.

Bailey parecía dudosa.

–O te unirás más a él y te enamorarás todavía más.

Eso era algo en lo que Larissa no había pensado.

–Creo que si me centro en sus defectos, no me pasará nada.

–Eres consciente de que, si te equivocas, estarás cavando una fosa de la que nunca podrás salir, ¿verdad?

Larissa ignoró la información.

–No me pasará nada.

–Si tú lo dices… Supongo que ya tienes un plan.

–Sí.

Bailey enarcó las cejas expectante.

–¿Y cuál es?

–Voy a seducirlo.

Jack llevaba las bolsas de comida con cuidado. Tenía burritos, patatas, guacamole de Margaritaville y sabía muy bien que no debía arriesgarse a que se le cayera nada. Las mujeres de su vida se tomaban muy en serio lo de las patatas con guacamole.

La llamada de Larissa pidiéndole que llevara la cena había llegado a última hora de la tarde. Percy pasaría la noche en casa de Kenny estudiando Historia de Estados Unidos que el exjugador le explicaría con unos cómics que había encontrado sobre el tema. La lectura de Percy estaba mejorando cada día, aunque aún no estaba listo para enfrentarse a un auténtico libro de texto de nivel de instituto.

Sam ya estaba trabajando con él las Matemáticas y parecía que estaba captando muy bien los conceptos básicos. El Álgebra le resultaba sencillo y Sam había parecido muy contento al mencionar que ya habían tratado Cálculo Básico. Ese hombre adoraba los números, lo cual era muy positivo para la empresa y para sus finanzas personales.

Jack subió las escaleras hasta el apartamento de Larissa, llamó una vez y entró.

—Soy yo —dijo al entrar en la cocina y dejar la comida en la encimera. Dyna se acercó para saludarlo—. Hola, preciosa —la levantó y la gatita se relajó en sus brazos y comenzó a ronronear. Mientras le acariciaba la cara, unos enormes ojos azules lo miraron.

—Hola, Jack.

Jack se giró dispuesto a saludar a Larissa, pero las palabras se le quedaron atascadas en la garganta. O tal vez fue el hecho de no poder respirar lo que hizo que le resultara imposible hablar.

Ella estaba en el centro del salón y eso no tenía nada de especial, la gente se paraba en mitad de sus salones todo el tiempo. Lo sabía. Lo especial no era dónde estaba, sino lo que llevaba puesto. ¿Pero qué demonios llevaba puesto?

En lugar de sus típicos pantalones de yoga y una camiseta, o vaqueros, lucía una especie de bata de seda. La parte baja apenas le cubría el trasero y rozaba sus muslos. Llevaba la melena suelta y ligeramente ondulada y él diría que también algo de maquillaje.

La combinación resultaba increíblemente sexy y el deseo lo sacudió como un defensa en un partido que casi lo dejó sin sentido. O tal vez fue la falta de aire lo que acabó con las pocas neuronas que le quedaban. No estaba seguro.

Respiró hondo y, con cuidado, dejó a Dyna en el suelo. Cuando se incorporó, Larissa seguía ahí de pie, con esa maldita bata.

—¿Llego… pronto? —le preguntó sabiendo que era cuestión de segundos que la sangre se le acumulara en la entrepierna y su deseo quedara totalmente expuesto.

¿Pero por qué tenía que ser tan preciosa? ¿Tan sexy?

Larissa lo miró fríamente.

—No llegas pronto.

Se echó la melena sobre los hombros y el movimiento hizo que la bata destellara a su alrededor y sus pechos se movieran de un modo que le dejó claro que no llevaba sujetador.

Maldijo en silencio y miró a su alrededor desesperadamente en busca de una distracción. Pero lo único que vio fue la gata.

—Peinaré a Dyna mientras terminas de vestirte —farfulló agarrando a la gata, ajena a todo, y rodeándola con sus brazos—. He visto su cepillo en la cocina.

Y con eso, se alejó.

Se ocultó en el diminuto espacio esperando que Larissa pensara que su idiota actitud se debía a una bajada de azúcar o a demasiados golpes recibidos en la cabeza. Lo que fuera excepto la verdad, pensó con desesperación. Tenía que controlarse.

Acarició a Dyna mientras la gata ronroneaba y pensó en béisbol, en los cambios que iban a hacer en el Mercedes clase CLS y en cómo el calentamiento global supondría que en los próximos diez años habría viñedos en Alaska. Lo que fuera con tal de distraerse del deseo de seguir a Larissa a su dormitorio, arrancarle esa bata del cuerpo y hacerle el amor durante las siguientes cinco o seis horas.

Quería acariciarla por todas partes, primero con las manos y después con la boca. Quería explorar cada centímetro de su cuerpo, quería saber qué sonidos emitía cuando estaba al borde del éxtasis y cómo respiraba al llegar a él. Quería…

«¡Para!». Respiró hondo y se recordó que trabajaba con Larissa. Era su amiga. No iba a estropearlo todo acostándose con ella. Eso sí que sería una estupidez. No era un chiquillo enamoradizo, podía controlarse.

Lentamente, su ritmo cardíaco volvió a la normalidad. Ahora le resultaba más fácil respirar y el palpitante deseo se disipó lo suficiente como para poder controlarlo. Al cabo de un par de minutos, se arriesgó a ir al salón. Larissa ya no estaba allí. Soltó a la gata antes de volver a la cocina. Había pensado tomarse una cerveza con la cena, pero después de lo que acababa de pasar, iba a necesitar algo mucho más fuerte.

Larissa removía las judías y el arroz por el plato. Había logrado comer suficiente burrito como para evitar que Jack hiciese preguntas. Tenía hambre, pero también un desagradable nudo en la garganta que hacía que le costara tragar lo que fuera que comiera.

Su intento de seducción había sido un absoluto desastre. En lugar de verse abrumado por el deseo, Jack había dado por hecho simplemente que no había terminado de vestirse. Claro, ¡como tenía un armario lleno de batas de seda para ponerse en cualquier momento! ¡Por favor! Si era la primera que se compraba en toda su vida.

Medio escuchó a Jack hablando de cómo tenían pensado ayudar a Percy a aprobar el certificado. Y no es que no le interesara, porque sí que le interesaba, pero ¿no se había dado cuenta de que estaba intentando llevárselo a la cama?

Había una respuesta obvia. No. No se había dado cuenta. No sabía que se acababa de gastar noventa y ocho dólares en una estúpida bata que no volvería a ponerse jamás. Tampoco se había dado cuenta de que se había ondulado el pelo, y no era algo que hiciera habitualmente. Se suponía que Jack era atento y cumplido con las mujeres. ¿Dónde estaba esa actitud ahora?

–¿Estás bien?

Ella se obligó a sonreír.

–Por supuesto. ¿En el examen entra mucho temario de ciencias?

Jack dijo algo sobre descargar un examen tipo y conseguir información sobre el temario que se requería saber. Pero, mientras, Larissa estaba pensando que probablemente no debería estar culpándolo por no captar lo que estaba intentando hacer. La culpable era ella.

¿Qué sabía sobre seducir a un hombre? En una palabra: nada. Sí, había salido con alguno, aunque básicamente había evitado tener relaciones porque nunca eran lo que quería. Nunca resultaban tan plenas, tan excitantes, y sabía cuáles eran los motivos. Al contenerse emocionalmente nunca llegaba a tener una conexión real con el chico en cuestión, y sin esa conexión, no lograba llegar a importarle tanto la relación como para hacer que mereciera la pena. Además, enraizado en mitad de todo eso estaba el sentimiento de culpa por haber sido la razón por la que sus padres habían tenido que casarse. Probablemente necesitaba terapia intensiva para tratar ese problema, pero sabía que nunca la haría.

–No estás viendo a nadie –dijo interrumpiéndolo.

Él soltó el tenedor.

–¿Te refieres salir con alguien, en plan citas?

–Ajá. Hace tiempo que no estás con una mujer.

Él tensó los hombros ligeramente mientras evitaba la mirada de Larissa.

–Nos hemos mudado a un pueblo pequeño. Encontrar mujeres con las que salir aquí va a ser todo un reto.

–Pues vas a tener que importarlas.

–Supongo que sí. Tengo nombres.

Genial. Ella había estado de broma y él hablaba en serio. ¿Cómo iba a llevárselo a la cama cuando ni siquiera la veía como mujer? Se había plantado allí prácticamente desnuda y a él le había interesado más cepillar a la gata que enrollarse con ella. Tal vez necesitaba algunas clases de reciclaje sobre el tema.

Agarró su botella de cerveza y dio un trago. De acuerdo, aceptaría que su plan tenía un gran fallo y se ocuparía de ello al día siguiente. Ya había malgastado una noche y una cena perfectamente buenas. Había llegado el momento de volver a la normalidad.

Agarró una patata.

–Hoy he conocido a Shelby Gilmore.

Jack parecía confundido.

–¿Debería conocer ese nombre?

–Es la hermana de Kipling Gilmore.

–El esquiador.

–El medallista olímpico –ladeó la cabeza y sonrió–. ¿Acaso en la jerarquía de atletas superestrellas un anillo de la Super Bowl supera una medalla de oro olímpica? Creo que no.

–Tu apoyo es conmovedor.

–Pero es la verdad. Kipling ha ganado dos medallas de oro él solo. Tú conseguiste tu anillo formando parte de un equipo y además, ¿no marcó Sam el punto decisivo?

–¿Me estás dejando al nivel del aguador? –preguntó Jack secamente.

–Algo así.

–Como te he dicho, me deleita el respeto que sientes por mí.

–No es por mí –dijo ella hundiendo el tenedor en las judías–. Es una cosa del pueblo. Lo que quiero decir es que os tenemos a vosotros, a Raúl y a Josh Golden. ¿Y si

Kipling se muda aquí? Podéis formar un club. «Antiguos atletas famosos». La AAF. Podríais llevar cazadoras a juego y tener un saludo secreto.

–O yo podría buscar una nueva masajista.

Ella masticó y tragó las judías.

–Eso lo dices con la boca pequeña. Estarías perdido sin mí y lo sabes. Soy yo la que mantiene tu fascia feliz. Y una fascia feliz es un cuerpo feliz.

–Muy cierto –murmuró él antes de dar un mordisco.

Las bromas continuaron y Larissa se consoló con el hecho de que aunque a Jack no le atrajera su cuerpo, al menos seguía siendo su amigo y eso lo convertía en un buen tipo. Sin embargo, eso hacía que tuviera más sentido todavía estar enamorada de él. Era sexy, inteligente y bueno. ¿Cómo se podría resistir alguien a él?

Suspiró. A ese paso jamás lo olvidaría. Necesitaba un nuevo plan. Tal vez hablaría con Taryn por la mañana y le pediría consejo sobre cómo seducir a Jack.

Terminaron de cenar y se acomodaron en el sofá para ver una película. Dyna se acurrucó entre ellos y se limpió rápidamente antes de quedarse dormida. Cuando eran casi las once, Larissa acompañó a Jack a la puerta.

Si hubiera estado intentando otra cosa que no fuera acostarse con él, le habría dicho que era un imbécil por no ver lo que tenía delante, pero no se veía tan valiente. Por eso, cuando él la acercó a sí y la abrazó, no se esperaba más que un breve achuchón de su amigo.

Sin embargo, Jack no la soltó. La abrazó durante un largo instante y, cuando se apartó finalmente, su expresión era intensa, casi de furia.

–Larissa –dijo y se detuvo.

Ella miró sus ojos oscuros e intentó averiguar qué pasaba. ¿Sería por su hombro? ¿Sus rodillas? ¿Quería hablar con ella sobre…?

–¡Mierda! –bramó justo antes de agarrarla por los brazos y besarla.

El contacto no tuvo nada de cálido, ni de dulce ni de vacilante. Posó la boca contra la suya con deseo, como si necesitara todo lo que ella tenía. La presión la excitó rápidamente, pero a la vez que la besaba, Jack la apartaba de su cuerpo.

Pensó en resistirse, pero antes de encontrar un modo de hacerlo, él le acarició el labio inferior con la lengua y entonces ya nada más importó. Separó los labios y cuando Jack se coló en su interior, sintió un cosquilleo desde la cabeza a los pies. Fue como una electroterapia erótica que tuvo como resultado un escalofrío de cuerpo entero y un placer que le dejó la mente en blanco.

Respondió a cada una de sus caricias y se perdió en la sensación de su profundo beso. Una vez más intentó acercarse, pero él la apartaba con firmeza de su cuerpo, como si quisiera asegurarse de que no había más contacto, lo cual no tenía sentido. De todos modos, no se pararía a pensar en ello ahora.

Su cuerpo comenzó a derretirse y el palpitante deseo fue en aumento hasta casi hacerla gemir. Si no hubiera estado sujetándola, probablemente se habría caído ahí mismo.

La soltó e, instintivamente, ella se apoyó contra él. Sus cuerpos se tocaron por todas partes. Pecho con pecho, muslo con muslo, erección con…

¿Erección?

La prueba física de su deseo hizo que Larissa lo rodeara con sus brazos y se empezara a reír. ¡Por fin! Iban a hacerlo. Pasaría unas noches deliciosas en la cama de Jack, complaciéndolo y recibiendo placer. Podría perderse en él.

Pero una vocecilla dentro de su cabeza le susurró que tenía un plan, que había una razón por la que hacer el amor con él era una buena idea más allá de cómo la hiciera sentir. Sin embargo, era una voz pequeña y fácil de ignorar.

Jack la miró.

–Te estás riendo.

–Lo sé.

–Esto no va a pasar, Larissa.

–¿Por qué no? Ambos lo queremos.

Él sacudió la cabeza y le bajó los brazos.

–Hay miles de razones y las conoces todas.

Y con esas enigmáticas palabras, se marchó.

Jack había pasado muchas malas noches en su vida, aquellas en las que estuvo preocupado por si Lucas viviría para ver un nuevo día, las noches de vacío después de su muerte, de confusión y dolor cuando sus padres se habían marchado. En la universidad había pasado noches de dolor físico tras un partido, de inquietud por cómo había ido alguna relación, y más adelante, cuando Taryn había perdido el bebé, había pasado cientos de horas preguntándose cómo habrían sido las cosas si eso no hubiera sucedido.

Pero no podía recordar la última vez que se había quedado mirando al techo por culpa de una erección provocada por una mujer a la que no podía tener.

El tiempo había pasado demasiado despacio y a las cinco ya estaba levantado y en la ducha. Esa mañana no había partido de baloncesto, de modo que se vistió de traje y se plantó en la oficina antes de las seis.

Tenía que controlar la situación, pensó adustamente mientras esperaba a que el café llenara su taza. Tenía que haber una solución. Kenny había tenido razón. Comenzar una relación con Larissa lo estropearía todo. La apreciaba y no quería perder eso.

La noche anterior había sido un desastre. Y, peor aún, no había sido culpa de ella. Todo fue por haberla visto con esa bata, por haberla imaginado desnuda. Por haber querido acariciarla. Eso había sido su perdición. ¿Y ahora qué? ¿Cómo arreglaba las cosas?

Se sumergió en el trabajo y esperó a que la cafeína hiciera su trabajo. Alrededor de las siete y media empezaron a llegar más personas. A las ocho Taryn entró en su despacho.

—Tienes un aspecto horrible —le dijo ella.

—Gracias.

—¿Qué pasa?

—Nada. No he dormido.

Los ojos de Taryn siempre decían demasiado.

—¿Larissa?

—¿Te lo ha contado?

Taryn negó con la cabeza y murmuró algo.

—¿Si me ha contado qué?

Ahora era él el que tenía que esquivar la pregunta.

—¿No has hablado con ella?

—Hablo con ella todos los días, necesito un poco de contexto. ¿Ha hecho algo? ¿Has hecho tú algo?

Eran preguntas con respuestas sencillas, pero él tenía la sensación de que se estaban andando con rodeos.

—¿Qué sabes?

—Nada, te lo estoy diciendo. Si quieres respuestas, ve a hablar con Larissa.

¿Es que había respuestas?

Jack se levantó de la silla y salió por la puerta. Fue al final del pasillo y entró en el despacho de Larissa. Ella ya estaba sentada frente al ordenador.

—¡Hola! —dijo con tono alegre cuando él entró—. ¿Qué tal? Vaya, pareces cansado. ¿No has dormido?

Él cerró la puerta y se apoyó contra ella.

–Habla.

–¿De qué?

Jack alzó un hombro.

–De lo que sea que ha provocado que Taryn haya ido a verme y me haya preguntado qué has hecho. Me quedaré todo el tiempo que haga falta. Tengo toda la mañana libre.

Larissa dejó de sonreír.

–¿Taryn te ha preguntado eso?

Jack se cruzó de brazos y la miró. Tenía la ventaja de que ella no era una mentirosa y que no podía soportar la presión. Le daba dos o tres minutos antes de que se rompiera. Si estaba pasando algo, quería saberlo.

–No te va a gustar –dijo mirando el escritorio. Entrelazó sus largos y esbeltos dedos.

–Lo superaré. Y ahora dime, ¿qué está pasando?

Ella apretó los labios, tragó saliva y lo miró. Tenía las mejillas sonrojadas y los ojos abiertos de par en par.

Jack sintió la primera sacudida de miedo. Era algo malo, pensó de pronto. Muy malo. ¿Estaba enferma? ¿Tenía cáncer?

«No pasa nada», se dijo. Tenía recursos, le conseguiría los mejores médicos del país o del mundo incluso. Podrían volar adonde fuera. A Suiza, a la India, no importaba. Se aseguraría de que se recuperara.

–Mi madre tenía razón. Estoy enamorada de ti.

Las palabras fueron tan inesperadas que al principio no entendió el significado y lo único que sintió fue alivio. Larissa no estaba enferma, y eso ya era mucho. No le sucedía nada malo.

–¿Qué has dicho? –preguntó después con una especie de bramido. Ella se sobresaltó un poco, pero no las retiró.

–No es culpa mía. Mírate, Jack. ¿Te extraña que haya pasado? Estoy alucinada de que haya tardado tanto en darme cuenta. Resultas bastante irresistible.

–Muchas mujeres se resisten. Deberías haberlo intentado con más fuerza –¿enamorada de él? Maldijo. Si Kenny se había enfadado antes, ahora se pondría hecho una furia. ¿Enamorada de él? ¿Por qué tenía que pasar eso? ¿Por qué no podía verlo como a un hermano?

–… desenamorarme. Es la única solución.

Jack sacudió la cabeza al recuperar el hilo de lo que ella estaba diciendo.

–¿Quieres desenamorarte de mí?

–Por supuesto. Es el único modo de que las cosas puedan funcionar entre nosotros. No te lo tomes a mal, pero como novio eres un desastre.

Él se dijo que no debía ofenderse. Ahora mismo la cuestión no era su valía como novio.

–¿Tienes un plan? –le preguntó con cautela.

–Lo tenía. Iba a acostarme contigo, supuse que con eso bastaría.

Jack se la quedó mirando.

–¿Cómo dices?

Larissa sonrió.

–Quería que tuviéramos una relación sexual.

–¿Porque te resultaría tan horrible que dejarías de estar enamorada de mí?

–No. Pensé que sería genial, pero que si teníamos una relación así de estrecha vería tus defectos con más claridad y me resultaría más sencillo olvidarte –respondió con una sonrisa triunfante–. Es un buen plan.

–¿Y si resultara ser un dios en la cama?

Ella esbozó una sonrisa más amplia.

–Jack, dudo que lo seas. Aunque Taryn habla muy bien de ti, así que seguro que estás muy bien. De todos modos, no te ofendas porque no me refería al sexo. Me refería a una relación sentimental en general.

A él le empezó a doler la cabeza.

–¿Entonces lo de anoche fue a propósito?

–Sí. Estaba intentando seducirte, pero no me salió bien.

En realidad le había salido muy bien, aunque eso no se lo diría.

–Desenamórate de mí.

–Es lo que pretendo, pero solo con decírmelo no va a funcionar –alzó la mirada con gesto de esperanza–. ¿Estás abierto a lo del sexo?

Jack pensó con anhelo en lo que sería la vida en una isla tropical desierta con unos cocoteros de los que alimentarse. Solos el océano y él. Sería una buena vida. Solitaria, pero sobreviviría.

–No –respondió con firmeza y abrió la puerta del despacho.

–¿Estás seguro? Porque podríamos hacerlo aquí.

Él cerró de un portazo y echó a andar.

Capítulo 12

–Tienes que arreglar esto –dijo Jack.

Taryn alzó la mirada del ordenador.

–No, yo no. Es tu problema.

Técnicamente el problema era de Larissa, pero ¿qué importaba? Ahora él cargaba con las consecuencias.

–Tú lo has provocado. De todos modos, Larissa y tú estáis enredados en una especie de pseudomatrimonio. Ninguno de los dos hace nada por salir de eso, pero la diferencia es que ella ha tenido la sensatez de reconocerlo.

–No sé de qué estás hablando.

Taryn se levantó y salió de detrás de su escritorio. Ya se había quitado esos ridículos tacones con los que iba a trabajar y estaba descalza. Llevaba las uñas pintadas de morado. ¿Quién se las pintaba así?

–Jack, eres un buen tipo. Demasiado bueno. No tienes muchos defectos molestos, pero tampoco te implicas en nada.

–El amor es para los idiotas.

–No lo piensas de verdad –le tocó el pecho–. El amor es una maravilla.

–No quiero oír nada de Angel.

–Pues entonces no diré nada de él. Lo que quiero decir es que enamorarse forma parte de la condición humana. Estás intentando escapar a lo inevitable y no te está saliendo bien.

–No necesito enamorarme. Tengo todas las relaciones que necesito.

–No, no es verdad. Tienes amigos a los que quieres, pero eso es distinto. ¿No quieres tener a una persona especial que esté siempre a tu lado?

–No.

–Mentiroso.

–Me gusta estar solo.

Ella sacudió la cabeza.

–Eso sería más creíble si estuvieras solo, pero no lo estás. Tienes a Larissa. Ella es la barrera entre el resto del mundo y tú. Así participas en cosas pero no te implicas a ningún nivel donde puedas salir herido. Y aunque a ti te va muy bien con eso, a ella ya no. Está enamorada de ti y, mientras lo esté, no podrá encontrar a un hombre que quiera una relación seria ni enamorarse de él.

Nada de lo que dijo eran cosas que Jack quisiera oír.

–Así que su madre tenía razón.

–Eso parece. Y ahora este problema es tuyo. Vas a tener que pensar en un modo de solucionarlo.

Estar enamorada de Jack era menos divertido de lo que Larissa había esperado. Por un lado, ahora que él lo sabía, apenas lo veía. Que se escondiera por los despachos y se diera la vuelta y se fuera hacia el otro lado cuando la veía en el pasillo le habría hecho gracia… de no ser porque le hacía demasiado daño como para reírse.

Lo echaba de menos, echaba de menos estar con él, charlar con él. No habían vuelto a cenar juntos, aunque

Percy sí que había ido a su casa a cenar dos veces llevando comida que estaba segura que habría pagado Jack.

Y lo que era peor, Jack no había ido a ninguna de las sesiones de masajes, y eso significaba que tendría que tener muchos dolores. Si lograba que se quedara lo suficiente como para escucharla, estaba dispuesta a explicarle que su trabajo como masajista era independiente a sus sentimientos personales, que la necesitaba para que lo ayudara con sus dolores.

Se sentó en su despacho e intentó averiguar cómo se había desmoronado todo tan rápidamente. Aunque quería culpar a su madre, la mujer no había hecho más que decir la verdad. Había visto lo que nadie había llegado a ver. Y eso estaba muy bien, pero no resolvía el problema.

Taryn entró en su despacho. Parecía nerviosa y algo recelosa, dos emociones que no asociaba con ella.

–¿Qué? ¿Le ha pasado algo a alguien?

–No –respondió Taryn lentamente–. Mira, no dispares al mensajero, ¿de acuerdo? Te lo voy a contar, pero yo no he tenido nada que ver. Si me hubiera preguntado, le habría dicho que era una idea desastrosa.

Larissa la miró extrañada.

–No sé de qué me estás hablando.

–Lo sabrás. Vamos.

Larissa siguió a su amiga por el largo pasillo. Doblaron una esquina y terminaron en la sala de masajes. Estaba a punto de preguntarle qué estaban haciendo allí cuando oyó ruidos desde dentro. Ruidos que sonaban a música y conversación.

–¿Quién de vosotros está jugueteando en mi sala? – preguntó al abrir la puerta porque se esperaba encontrar a Sam o a Kenny haciendo alguna tontería. Sin embargo, lo que se encontró fue a Jack sobre la camilla de masajes mientras otra mujer le manipulaba el hombro.

El intenso dolor de la traición le atravesó el corazón. Y no solo porque hubiera acudido a otra persona, pensó con desesperación, sino porque había violado lo que era suyo. Había metido a una extraña en un lugar que, se suponía, era solo para la familia.

La masajista se movió para cubrir a Jack con la sábana.

—Disculpen, estamos en mitad de un tratamiento. ¿Podrían marcharse, por favor?

Larissa no reconocía a la mujer, debía de ser de Sacramento. Un largo viaje, pensó aún intentando procesar el dolor que la llenaba. Todo su cuerpo se resentía y tuvo la extraña necesidad de llorar. «Estúpidas lágrimas», pensó. «Estúpido».

Entró en la sala.

—Esta no es su música —dijo sintiéndose como si hubiera hablado otra persona. Era como si estuviera físicamente desconectada de su cuerpo—. Esa es la lista de reproducción de Kenny. Y ese tampoco es su aceite. La mezcla de Jack tiene propiedades antiinflamatorias.

Jack se incorporó.

—Larissa, lo siento.

No podía mirarlo.

—No me puedo creer que hayas hecho esto. Has traído a otra persona. ¿Cómo has podido hacerlo? Si no querías que te diera el masaje, al menos vete a otra parte. Estáis en mi sala —sacudió la cabeza—. ¿Cómo voy a poder olvidar esto? Has violado mi confianza, Jack.

Él apartó la sábana y se levantó.

—Larissa, no ha sido así.

Ella miraba al suelo.

—Sí lo ha sido. ¿La has traído tú aquí? ¿Cómo has podido?

Taryn se acercó y la rodeó por el hombro.

–Lo siento –murmuró.

La masajista los miró.

–¿Qué está pasando aquí? ¿Están casados o algo así? Yo solo he venido a hacer mi trabajo.

–Sí, así es –dijo Taryn con voz suave–. Vaya a por sus cosas. Cuando esté lista, pase por mi despacho y le extenderé un cheque.

Jack había visto a Larissa llorar antes, pero siempre por alguien a quien había conocido en sus obras benéficas, porque algún transplante se había retrasado o era rechazado, o por una familia desesperada que no podía encontrar a nadie que cuidara de sus otros hijos que tenían que quedarse en casa.

Esas lágrimas podía soportarlas porque la mayoría de los problemas los resolvía extendiendo un cheque, y cuando no había un órgano para un transplante, hacía un anuncio público y la gente marcaba la casilla de donante en su carné de conducir. Cuando aparecía en programas de televisión de audiencia para promocionar la causa, había prensa. Hacía lo que fuera con tal de detener sus lágrimas.

Él nunca había sido el motivo, pero ahora, viendo sus ojos azules llorosos y cómo estaba intentando que él no lo notara, se sintió un gusano.

La masajista que había contratado mediante una agencia recogió sus cosas y se marchó. Taryn lo miró como si le estuviera prometiendo que hablarían más tarde, y al momento estaba a solas con Larissa.

Ella se acercó al reproductor de música y pulsó un par de botones. La música pasó a una mezcla contemporánea que a él siempre le resultaba muy relajante. Guardó el aceite que la otra mujer había estado usando y sacó otra botella. Después se lavó las manos y se acercó a la mesa.

–Túmbate boca abajo –dijo con la voz cargada de lágrimas.

–Larissa, no.

–Tienes dolores. Eres mi amigo y mi responsabilidad. Yo soy la razón por la que has llamado a otra persona, por lo del sexo.

–Yo… –sinceramente, no supo qué decir. Sí, esa era la razón, pero no era culpa de ella–. Debería haber dicho algo. Debería haberte hecho saber que me sentía incómodo –miró la camilla–. No tenemos por qué hacer esto.

–Sí. Es el único modo de solucionar las cosas.

Jack asintió una vez y se tendió boca abajo. Ella colocó la sábana para cubrirlo de cintura para abajo y abrió la botella de aceite. El familiar aroma lo invadió y cerró los ojos.

Nada tenía sentido. Ni su declaración de amor ni sus intentos de seducirlo. No quería que lo amara porque eso los conduciría al desastre. Lo de tener amantes era sencillo, pero gente en la que confiara, con la que contara, eso era mucho más difícil de encontrar.

Ella le tocó la espalda, acariciando ligeramente al principio, y después llegando a los músculos más profundos. Su tensión comenzó a disiparse. Se movió hacia el hombro lesionado y comenzó con el familiar ritual de encontrar cada centímetro de tejido dañado y soltarlo. Hundió los dedos haciéndole daño del mejor modo posible.

–Lo siento –dijo él.

–Shh. No hables.

–Tengo que hablar. Siento haberte hecho daño, Larissa. Siento no haber acudido a ti directamente.

–Lo sé.

–Pero es que no deberías estar enamorada de mí. No soy un buen partido.

Ella soltó una carcajada y se detuvo.

–No pasa nada, Jack. Lo entiendo.

Él no supo qué decir. ¿Qué entendía? ¿Y por qué sentía que el infierno en el que se veía sumido no había llegado aún a su fin?

El mal día de Jack empeoró cuando fue al pueblo a almorzar; un acto de lo más corriente e inocuo que no resultó serlo ese día en particular. Había un camión gourmet junto al parque que servía los mejores sándwiches y rollitos que había probado en su vida y había tomado la costumbre de pasar por allí un par de veces a la semana.

Había elegido ese día en concreto porque le había parecido una buena idea salir de la oficina. Nadie había dicho nada sobre el incidente con la masajista, pero era consciente de que todos lo sabían. Y lo peor era que Larissa se había marchado pronto a casa diciendo que no se encontraba bien. Él sabía la verdad. Sabía que le había hecho daño y que era el ser más mezquino que existía.

Ya que lo último que le apetecía era otra conversación cargada de advertencias con Kenny, decidió que salir a almorzar era la solución para todos sus males. Pero cuando se puso a la cola detrás de unas seis personas, se fijó en el chico larguirucho que estaba hablando con una chica muy guapa. Una chica de estatura media, melena rojiza y los ojos verdes. Muy guapa. Tal vez demasiado.

Charlar estaba bien, pensó complacido de que Percy hubiera hecho amigos. Pero entonces la chica lo agarró del brazo y él la besó suavemente.

¿Estaban saliendo? ¿Percy estaba saliendo con ella? Solo llevaba un mes en el pueblo, ¿cómo podía haber encontrado novia tan rápidamente? ¡Lo que le faltaba! Los adolescentes eran como una gigantesca hormona con patas, solo tenían una cosa en la cabeza y no era precisa-

mente estudiar y mejorar. Había ignorado que Larissa le
había pedido que hablara con él sobre sexo seguro y ahora resultaba que debería haberla escuchado.

Por si fuera poco, estaban en Fool's Gold y era solo
cuestión de tiempo que todo el mundo se enterara de lo de
Percy y la preciosa pelirroja, y entonces tendrían problemas. Los padres de la chica querrían conocer a los «tuto-
res» de Percy y ¿qué diría él? ¿Qué sabía en realidad sobre ese chico?

La fila avanzó y Percy y la chica hicieron su pedido.
Unos minutos más tarde, Jack hizo lo mismo. Que los
chicos se tomaran todo el almuerzo sin percatarse de que
estaba sentado a solo unas mesas de distancia fue una
prueba más que suficiente de lo que era el amor joven.
Esperó sentado hasta que se despidieron y Percy echó a
andar hacia las oficinas. Fue siguiéndolo durante unos
metros y después aumentó la velocidad para alcanzarlo.

Percy sonrió.

–Hola, Jack. ¿Tú también has ido al pueblo a almorzar? Deberías probar la comida del camión, tío. Es genial.
La chica que lo lleva, Ana Raquel, es la hermana de Dellina. Dellina es…

–Sé quién es Dellina –dijo con brusquedad–. Y acabo
de almorzar allí.

–¿Sí? Pues no te he visto –la sonrisa del chico se desvaneció–. Ah, me has visto con Melissa.

–Sí.

Percy se detuvo y lo miró adoptando una postura defensiva y combativa al mismo tiempo. Tenía los hombros
rectos y la mandíbula apretada.

–Sé lo que estás pensando –dijo desafiante.

–Lo dudo.

–Crees que no debo estar con ella. ¿Es por el color de
mi piel?

–¿Qué? ¿Por tu piel? No. Creo que es porque tienes dieciocho años y tu cabeza la dirige tu pene.

Percy arrugó los labios.

–¿Por eso estás enfadado? ¿Crees que me acuesto con ella? Pues no. Ella es más importante que todo eso. Solo llevamos viéndonos un par de semanas.

Jack se rascó la sien.

–Percy, Fool's Gold no es como Los Ángeles. Es un pueblo pequeño. La gente lo sabe todo de todos. Los padres de Melissa se enterarán de que su hija está saliendo con un chico del que no saben nada y querrán buscar respuestas.

–No tiene padres. Aquí no. Vive con sus tíos cuando no está en la universidad –arrugó la boca de nuevo–. Es un año mayor que yo.

–Vaya, mira qué bien –señaló a la oficina–. Echa a andar y escucha. Como te he dicho, este es un pueblo pequeño. Y sí, es muy agradable conocer a mucha gente, pero eso también significa que todo el mundo se mete en tus asuntos, y en este caso, tus asuntos son salir con una chica del pueblo.

–¿Estás diciendo que no debería verla?

–No. Estoy diciendo que te voy a comprar una caja de preservativos. Una caja grande. Y cuando esa caja se esté acabando, avísame y te compraré otra.

Jack no miró a Percy mientras caminaban juntos, no quería estar manteniendo esa conversación. Él no era la persona adecuada para hacerlo, y seguro que cualquiera que lo viera estaría de acuerdo.

Percy se rio.

–¿Intentas decirme que tenga relaciones seguras?

–¡Sí! –bramó Jack–. Eso es exactamente lo que te estoy diciendo. Ponte un sombrerito, chaval. Ni Melissa ni tú queréis un embarazo no deseado.

–Sé de dónde vienen los niños.

–Bien. Eso facilitará que no pase sin avisar.

–Melissa y yo nos estamos tomando las cosas con calma. Vuelve a la universidad en un par de semanas, así que no creo que vayamos a hacer nada de eso. Pero te prometo que si lo hacemos, me pondré un preservativo.

Jack asintió.

–¿Sabes ponértelo? –se vio obligado a preguntar y rezó por que la respuesta fuera «sí».

–Sí. Llevo un tiempo usando «sombreritos» –se rio–. Tío, eres un carca.

–Gracias.

Percy se rio con más ganas.

–Esto no te ha gustado nada, ¿eh?

–No.

–Pero ya tienes el trabajo hecho, y eso ya es algo.

Ojalá con eso bastara.

Larissa pasó el cepillo por el lomo de Dyna. La gata estaba tendida al sol con los ojos medio cerrados y ronroneando.

–¿Te gusta? –le preguntó con suavidad–. ¿Te gusta recibir tantas atenciones?

El ronroneo continuó.

–Creo que me gustaría ser un gato –añadió Larissa–. Tener gente que te acaricie y te cuide. Y en el mundo de los gatos es distinto. Los humanos tenemos que ganarnos vuestra confianza, ¿verdad? Como tú y yo. Te interesaba vivir aquí, pero al principio tenías cierto recelo. Con el tiempo, te he ganado. No es que estuvieras suplicándome que te acogiera y yo no te quisiera. Hazme caso, eso es un asco.

Paró mentalmente, no de acariciarla, sino de pensar que tal vez estaba antropomorfizando la situación demasiado. Dyna era un gato y no se enamoraba, al menos no en un sentido romántico. Establecía un vínculo con la persona que la cuidaba. Ella, por el contrario, había establecido un vínculo con alguien que no la quería y ahora estaba sufriendo las consecuencias.

Alguien llamó a la puerta. Esperó un instante antes de levantarse. Estaba segura de que sabía quién sería. Alguien de Score. Lo más probable era que se tratara de Taryn o de Jack, aunque sabía bien quién quería su corazón que fuera.

Respiró hondo y giró el pomo. Ahí estaba Jack, en el pequeño rellano. La miraba fijamente.

–Tenemos que hablar.

Unas semanas atrás habría bromeado con él diciéndole que parecía estar convirtiéndose en una mujer si ya empleaba esa clase de expresiones, y él le habría seguido la broma. Antes las cosas eran sencillas. Antes, pensó con tristeza. Antes de que se hubiera dado cuenta de que se había enamorado de él.

La ignorancia era una gozada, admitió para sí echándose atrás para dejarlo pasar. Ahora mismo estaba luchando contra una desagradable mezcla de dolor, humillación y, lo peor de todo, felicidad por deleitarse con su presencia. ¡Qué ridículo!

Jack entró en el pequeño apartamento, se agachó y tomó a Dyna en sus brazos. El felino de pelo largo se relajó por completo y siguió ronroneando.

–Ey, preciosa –dijo mientras le acariciaba la cara. Dyna se acurrucó en él.

Larissa tenía que admitir que la imagen de un hombre tan grande y duro abrazando así a un gato esponjoso era difícil de resistir. Y no porque tuviera mucho interés en resistirse a nada, lo cual era el problema. Su falta de voluntad.

Jack dejó a Dyna en el sofá y respiró hondo.

–Siento lo de la masajista. Ha estado mal en muchos sentidos. No debería haberla llamado, pero ya que lo he hecho, deberíamos habernos ido a otra parte. He violado tu espacio personal y te pido disculpas.

Ella asintió sabiendo que Jack no tenía toda la culpa.

–He cambiado las reglas –admitió sin llegar a mirarlo.

–Sí, y me has asustado.

Ahora sí que lo miró.

–¿Qué quieres decir?

–Larissa, me importas mucho. Estamos muy unidos y eso me gusta. Me gusta todo de nuestra relación. Confío en ti y no hay mucha gente de la que pueda decir lo mismo. Lo que tenemos… –se detuvo–. Hoy he visto a Percy en el pueblo.

–Muy bien, ¿y eso qué tiene que ver ahora?

–Estaba con una chica. Se llama Melissa y están saliendo.

–¿Percy tiene novia? ¿Y por qué yo no me había enterado? ¿Quién es? ¿Lo apruebo?

Jack sonrió con delicadeza.

–Esa no es la cuestión. Cuando ha visto que me he puesto nervioso, me ha dicho que no me preocupe, que no estaba… eh… acostándose con ella. Que le importaba demasiado como para eso. Pero yo también tuve dieciocho años y sé muy bien cuánto importa el sexo. Lo que creo que quería decir es que enrollarse es fácil, pero que las relaciones son mucho más que eso. Y eso es a lo que yo me refiero con lo nuestro. No quiero salir contigo porque mis relaciones amorosas siempre terminan mal. Si no vamos por ese camino, estaremos siempre juntos.

Tal vez, pero lo cierto era que ella estaba enamorada.

–¿Y si yo quiero más?

–Eso no te lo puedo dar.

–Querrás decir que no quieres.

–¿No es lo mismo?

–En realidad no. Ojalá te interesara de ese modo –quería preguntarle si podría intentarlo un poco más, pero le pareció que sería suplicar. Y una chica al menos debía tener un poco de orgullo.

Él se acercó y le agarró las manos.

–Formamos un equipo genial. Mira todo lo que hemos hecho. Tus causas, mis causas. Nos reímos mucho. ¿No es eso mejor que estar enamorada de mí?

Ella se soltó las manos.

–A mí esto me gusta tan poco como a ti. Es humillante pensar que no me quieres o que me ves como a una amiga. ¿Por qué no puedes tú suplicarme a mí algo que no quiero darte?

–Te suplicaré que las cosas vuelvan a ser como antes, si eso te ayuda.

Larissa se cruzó de brazos.

–Solamente quiero formar parte de algo. Quiero… –se detuvo mientras otra incómoda verdad salía a la superficie–. Quiero lo que tienen mis hermanas. Un matrimonio normal, típico, con un par de niños y un marido estupendo.

La mandíbula de Jack se tensó, pero lo que él respondió fue:

–Yo también quiero eso para ti.

–¿Con otro?

–A menos que ahora te pases al otro bando. Si es así, conozco a una chica monísima que podría ser tu tipo.

–Ja, ja, muy gracioso –suspiró–. Qué aburrida soy.

–No lo eres. Eres encantadora.

–Tengo casi treinta años, estoy soltera y locamente enamorada de un hombre que no tiene ningún interés por mí. Lo único que me convertiría en un cliché del todo sería que estuvieras casado. Sinceramente, ¿cómo ha podido pasarme esto?

Él se encogió de hombros.

–No has podido evitarlo, Larissa. No has tenido oportunidad. ¡Por favor! Estamos hablando de mí.

Un comentario que resultó gracioso pero que, además, era la verdad, pensó ella sonriéndole.

–No eres para tanto.

–Estaría de acuerdo contigo si no estuviéramos en esta situación ahora mismo. Eso demuestra lo que digo.

–Eres insoportable.

Él alargó los brazos.

Larissa vaciló un segundo antes de acercarse y abrazarlo. No fue un abrazo como el de aquella noche. Ahí no hubo ni erección ni besos. Solo la familiar sensación de sentir los brazos de Jack a su alrededor.

–¿Amigos? –preguntó él.

Ella asintió.

–Me pregunto si a Kenny le gustaría salir conmigo.

–¿No eres tú la divertida? ¿Quieres que vayamos a por algo para cenar?

–Claro. Voy a pedir lo más caro de la carta.

–Esa es mi chica.

El orden volvió a la familia Score, al menos por fuera. Larissa agradecía tener algo normal en su relación con Jack. Hacían cosas juntos, le daba masajes sin que él se excitara, y Percy y ella se burlaban de él despiadadamente por su patético intento de tener la charla de la semillita con un adolescente espabilado.

Pero en sus momentos de tranquilidad, cuando estaba sola, se preguntaba cómo podría seguir adelante con su vida. ¿Cómo iba a desenamorarse de Jack y enamorarse de otro? Score le robaba todo su tiempo. Y aunque quedaba mucho con sus amigas, apenas veía a hombres que no trabajaran en Score, y los que veía estaban o comprometidos o casados con sus amigas. Aunque parecía que por Fool's Gold había buenos hombres, no estaba conociendo a ninguno. Ojalá le hubiera hecho más gracia el vaquero Zane.

Larissa confirmó que Jack participaría en el torneo de golf, respondió a un par de e-mails de personas que se habían podido beneficiar de la generosidad de Jack en el tema de los transplantes y estaba a punto de empezar a guardar las sábanas limpias que le habían llevado cuando sonó el teléfono.

–¿Diga?

–¿Larissa? Soy Dan. Tenemos una emergencia. ¿Recuerdas a la mujer de Stockton de los chiweenies? Por fin hemos entrado y es lo que me temía, un caso grave de acaparamiento de animales. Parece que empezó con las mejores intenciones, pero después se le fue de las manos. Vamos a ir para allá.

Larissa cerró el armario de las sábanas y salió al pasillo.

–¿Qué necesitáis?

–Ayuda con los perros. Vamos a llevarnos la furgoneta de rescate y debería bastar para meter a la mayoría de los perros. Otras dos personas van a llevar unas camionetas así que tenemos suficiente espacio. Lo que necesitamos es ayuda para sacar a pasear a los perros, darles de comer y agua. Solo será un día o así. Nos encontraremos al norte de Sacramento mañana por la mañana a las siete. Su casa está al este de Modesto, a unos cincuenta kilómetros. Recogeremos a los perros y los traeremos aquí. Una vez sean examinados, los llevaremos a las casas de acogida. También necesitaremos ayuda con eso.

Ella asintió.

–Puedo estar allí a las siete, sin problema. En cuanto a la acogida, dime de cuántos perros estamos hablando y encontraré hogares temporales –hacía unos meses había tenido mucha suerte buscándoles casa a los gatos.

–Eres nuestra salvación.

No era para tanto, pensó, pero resultaba agradable sentirse necesitada.

A las seis de la siguiente mañana ya estaba de camino a Sacramento. Se reunió con la pequeña caravana que se dirigiría a Modesto para rescatar a cuarenta chiweenies y se pusieron rumbo al sur. Estaba un poco cansada por no haber dormido bien, pero no debía de ser la única porque a mitad de camino todos pararon en un Starbucks para comprar café.

–Siempre es lo mismo –estaba diciendo una de las mujeres cuando Larissa se unió al grupo–. Alguien se piensa que puede empezar a criar perros sin ninguna experiencia en absoluto, después se ve sobrepasado por la situación y de pronto se junta con cincuenta animales en casa.

–¿Van a presentar cargos contra ella? –preguntó un hombre.

Dan sacudió la cabeza.

–No. Está entregando todos los animales voluntariamente, así que no le imputarán cargos. El tribunal insistirá en que no puede tener más de dos mascotas a la vez. Si tiene más, se la acusará de desacato.

–Pues yo opino que deberían meterla en una jaula muy pequeña durante unos cuantos meses –dijo otra mujer furiosa–. A ver si le gusta.

Larissa entendía que alguien se viera abrumado por una situación. Ahora solo deseaba que la mujer en cuestión hubiera pedido ayuda antes.

La pequeña caravana se puso en marcha de nuevo. El de Larissa era el último coche del grupo. La recepción de radio no era muy buena, pero logró encontrar una emisora de música antigua. Las canciones le hicieron pensar en Kenny, que adoraba ese estilo de música. Estaría feliz si las escuchara.

A unos treinta kilómetros de Stockton su coche comenzó a hacer un ruido extraño. Logró cruzar Stockton y llegar hasta Modesto, donde todo el mundo giró al este por una estrecha carretera de dos carriles. Según lo que le habían contado, aún les quedaban cuarenta kilómetros. Miró el indicador de temperatura y vio que la aguja estaba en la franja roja. Unos segundos más tarde vapor, humo o algo igual de inquietante comenzó a salir del capó del coche. Se apartó lo que pudo en la diminuta carretera y vio a la caravana alejarse. Antes de poder apagar el motor, se paró por sí solo y todo quedó sumido en un alarmante silencio.

No se lo podía creer. ¿En serio? ¿Tenía que pasarle eso ahora y no cuando estaba conduciendo por Fool's Gold, donde sabía que podían repararle el coche fácilmente? Ya estaba harta de estropearlo todo cuando solo intentaba ayudar. Después del incidente de la serpiente y Angel, había prometido tener más cuidado con la clase de criaturas con las que se implicaba. Ahora estaba ayudando a unos chiweenies, ¡por el amor de Dios! ¿Cómo iban a hacerle daño a alguien? ¿Y su recompensa a cambio de la ayuda era una avería en el coche?

Pero todos esos pensamientos no eran más que excusas y lo sabía. Si el coche no funcionaba bien era porque no se había molestado en ocuparse del mantenimiento.

De pronto le sonó el móvil. Contestó.

—Oye, ¿estás bien? —le preguntó Dan.

—Tengo problemas con el coche. Seguid sin mí. Volveré a Fool's Gold como pueda.

–De acuerdo. ¿Sigues dispuesta a acoger a perros? Tardarán unos dos días en estar listos.

–Sin problema. Llama cuando estén listos. Puedo buscar alojamiento para unos ocho –había mucha gente en el pueblo que la había ayudado en el rescate de gatos y sospechaba que estarían dispuestos también a alojar a unos monísimos chiweenies. También pensó que a Shelby le vendría bien una mascota temporal para sentirse mejor en su casa nueva. Y la casa de Jack era enorme, así que él podía alojar a varios, sobre todo ahora que tenía a Percy para ayudarlo.

Dan dijo que seguirían en contacto y colgó. Larissa se quedó sentada en el silencio de Modesto y supo que solo había un modo de salir de ese aprieto.

Capítulo 13

Jack revisó el informe semanal que enumeraba las compras de espacios publicitarios de varios clientes. La mayoría de las veces le dejaba esa clase de tarea a Taryn, pero había un par de cuentas que seguía más de cerca, sobre todo porque la conexión con Score era personal. Cada uno de ellos había llevado clientes que, además, eran amigos. Así trabajaban ellos, asegurándose de que el toque personal nunca desapareciera.

Tomó unas cuantas anotaciones sobre el informe y escribió un par de correos para poner al tanto a los clientes en cuestión. Y justo cuando pulsó el botón de «Enviar», su móvil sonó.

Miró la pantalla y vio la imagen de Larissa. Taryn había dicho algo sobre que no iría a trabajar ese día por un rescate animal, aunque no había esperado a oír los detalles. No había razón porque lo que fuera que estuviera haciendo lo vería más tarde, y muy probablemente en su salón.

Precisamente por eso ahora estaba recibiendo la llamada con una pizca de preocupación.

—¿Qué pasa?

Al otro lado del teléfono hubo un segundo de silencio.

–Me gustaría decirte que nada –respondió Larissa en voz baja.

–¿Pero…?

–Se me ha estropeado el coche. Estoy en la zona este de Modesto con un grupo que va a rescatar chiweenies. Una mujer los estaba criando y la cosa se le ha ido de las manos y ahora va a entregarlos. Yo era una de los voluntarios que se iba a ocupar de sacar a los perros a pasear en el viaje de vuelta.

–¿Es que no los traen en coche?

–Claro que los traen en coche, pero son varias horas y van a tener que hacer sus cosas –suspiró–. Esto no tenía que salir así –dijo en voz baja–, solo estoy intentando hacer algo bueno.

–Estás haciendo algo bueno. El problema es tu coche. ¿Cuánto tiempo tiene? ¿Treinta años?

–Quince, y supongo que necesita pasar por el taller.

–Si me dejaras comprarte uno nuevo… –comenzó a decir hasta que comprendió que esa no era la cuestión. Al menos, no ahora. Larissa lo necesitaba–. ¿Tienes activada la ubicación en el móvil?

–Sí.

–Bien. En una hora estoy allí.

–Ni hablar. Jack, no tienes que venir a buscarme. Solo quería que llamaras a una grúa.

–De eso nada. Iré yo mismo –anotó la ruta que ella había tomado esa mañana y le dijo que se quedara en el coche–. Cierra las puertas.

–Aquí estoy segura –le aseguró.

–Cierra las puertas.

–Lo prometo.

Él colgó y fue hacia la puerta.

* * *

–Debería estar por aquí –dijo el piloto del helicóptero.

Jack asintió. Miró su teléfono móvil y vio el punto rojo intermitente que le indicaba que Larissa estaba prácticamente debajo de ellos. A través de unos árboles vio el viejo coche apartado en una carretera de dos carriles. El nudo de preocupación que había ido en aumento desde que le había llamado por fin desapareció. Ya estaba allí y lo solucionaría todo.

El helicóptero aterrizó sobre un camino de tierra a unos metros del coche. Jack se quitó los auriculares y bajó mientras el polvo se arremolinaba alrededor de las hélices.

Larissa bajó del coche y, al verla sacudir la cabeza, supo lo que estaba pensando. ¿Es que no podía haber ido en coche como una personal normal? Sí, claro que podía, pero entonces el viaje habría sido mucho más largo. Ella necesitaba que la rescataran y él era el hombre que debía hacerlo.

Caminaron el uno hacia el otro. Larissa llevaba unos vaqueros y una camiseta bajo una sudadera de capucha, el pelo recogido en una cola de caballo y ni una pizca de maquillaje. Pero cuando sus miradas se encontraron, él sintió la atracción hasta lo más profundo de su alma. Independientemente de lo que les estuviera pasando ahora, era Larissa y siempre formaría parte de él. Porque si lo necesitaba, más la necesitaba él a ella.

Extendió los brazos y ella corrió hacia él. Cuando Jack la atrajo hacia sí supo que no podía seguir luchando contra lo inevitable. ¿Cómo podía resistirse a una mujer que quería rescatar chiweenies, fueran lo que fueran? ¿Una mujer que decía amarlo y que quería emplear el sexo para olvidarlo?

El deseo ardió en su interior, pero fue secundario a lo

que de verdad anhelaba porque no necesitaba simplemente satisfacer un deseo sexual. Tenía el mal presentimiento de que si cedía ante lo que los dos querían, se produciría un cataclismo. Pero era inevitable. Podía correr, pero no podía esconderse, así que tal vez había llegado el momento de dejar de correr.

Larissa hundió su rostro en su pecho y tembló ligeramente. Cuando por fin alzó la cabeza, él vio lágrimas en sus ojos.

—Estropeo todo lo que toco —murmuró.

—Eso no es verdad.

—Sí que lo es. Solo quería ayudar a traer a los perros.

—Los van a rescatar de todos modos y, por lo mucho que te conozco, sé que conseguirás que en Fool's Gold acojan a una docena —probablemente la mitad iría a parar a su casa, pero ¿y qué?—. Te preocupas por los demás, Larissa. Y eso no es habitual. Aprecia tu compasión. Yo lo hago.

—Es que me siento estúpida porque todo esto lo provoco yo misma. Estoy tan ocupada actuando de crisis en crisis que no me ocupo de cosas importantes como pasar la revisión del coche. ¿Y si hubiera sido la única que podía ir a por los perros?

—Pues yo habría traído un helicóptero más grande.

Esperaba que sonriera, pero en lugar de hacerlo, Larissa dio un paso atrás.

—Hablo en serio, Jack. Mírame. Tengo veintiocho años y sigues rescatándome. ¿Cómo puedo salvar al mundo si no soy capaz de mantener mi coche en buen estado?

—No creo que una cosa tenga que ver con la otra.

—Hablo de manera simbólica —sacudió la cabeza—. Lo siento, ya me flagelaré más tarde. Gracias por venir a rescatarme, te lo agradezco mucho. ¿Y ahora qué? No podemos dejar el coche aquí.

Él señaló y ella se giró. Una mujer estaba sacando una gran caja de herramientas de dentro del helicóptero.

–Es Donna. Va a reparar el coche y después lo llevará hasta Fool's Gold.

–¿Y si no puede arreglarlo?

–Llamará a la grúa –la rodeó por los hombros–. Venga, vamos a recoger tus cosas y saldremos de aquí.

–No podemos dejar a esa mujer aquí sola con mi coche.

–No le pasará nada –no mencionaría la escandalosa suma de dinero que había ofrecido para que Donna lo acompañara porque eso solo haría que Larissa se sintiera peor.

Larissa recogió su bolso y su móvil y le explicó a la mujer lo que había pasado con el coche. Donna sonrió.

–No hay problema. Lo dejaré como nuevo.

Jack lo dudaba, pero al menos con que funcionara bastaba. Larissa le dio las gracias a la mujer y siguió a Jack hasta el helicóptero.

–Nunca me he subido en uno.

Él sonrió.

–Pues ya va siendo hora de que lo hagas.

Larissa había volado muchas veces, así que se esperaba que la velocidad de despegue la fueran alcanzando poco a poco. Sin embargo, en un helicóptero las cosas no eran así. El sonido del motor fue cada vez más fuerte mientras, suponía, las hélices giraban cada vez más deprisa. Pero no hubo aviso previo. Estaban en tierra y de pronto, al segundo, habían despegado y estaban ascendiendo.

Jack y ella estaban sentados el uno al lado del otro en los asientos traseros. Ambos llevaban los auriculares puestos para poder oírse y oír al piloto. Antes de despegar, Jack había hecho algunas llamadas y ella esperó que ninguna fuera para contarles a todos los de Score lo estúpida que era. Pero en cuanto ese pensamiento se formó en su cabeza, lo apartó. Jack no le haría eso. Era ella la que se estaba reprendiendo a sí misma.

Miró por la ventanilla mientras el suelo desaparecía bajo ellos, y al instante estaban surcando el cielo. Intentó calcular a cuánta distancia estaban de Fool's Gold. Había ido hasta el norte de Sacramento para reunirse con el grupo y después todos se habían puesto rumbo al sur durante unos ciento treinta o ciento cincuenta kilómetros. Pero el helicóptero podía volar recto, así que suponía que el trayecto duraría alrededor de una hora.

Cuarenta minutos después miró de nuevo por la ventanilla y vio que no estaban cerca de Fool's Gold. Frente a ellos, el océano Pacífico. Y al fondo…

—¿San Francisco? —preguntó hablando por el micrófono.

Jack asintió.

Quería preguntarle por qué, pero sabía que el piloto podía oír todo lo que decían. Esperó hasta que estuvieron en tierra, lo cual sucedió solo unos minutos después. No aterrizaron en el aeropuerto internacional, sino en una pista muy cerca del centro de la ciudad.

Cuando bajaron, vio una limusina esperándolos. Se giró hacia Jack.

—No lo entiendo. ¿Qué estamos haciendo aquí?

Él la miró fijamente.

—Voy a ayudarte a que te olvides de mí.

Ella abrió la boca de par en par y la cerró.

—¿Has venido para acostarte conmigo?

—Es más que eso. Vamos a pasar la noche aquí. Lo que suceda dependerá de ti.

Larissa tenía más preguntas, pero se dio cuenta de que, en realidad, no quería saber más. Esa ciudad le encantaba y el hombre que tenía al lado era irresistible y estaba enamorada de él. Una noche así era exactamente lo que deseaba. ¿Por qué iba a estropear el momento con un montón de preguntas?

La excitación borboteó en su interior. Fuera cual fuera el resultado, ese sería un gran día.

Lo siguió hasta la limusina. El conductor bajó y le abrió la puerta trasera.

—Fisherman's Wharf —dijo Jack antes de sentarse a su lado—. Ya he hablado con Percy. Esta noche va a darle de comer a Dyna y se quedará un rato con ella. Taryn sabe que no volverás hasta mañana.

—¿Qué ha dicho cuando le has dicho dónde íbamos a estar?

Él le agarró la mano y entrelazó los dedos con los de ella.

—Ha dicho que me voy a meter en más problemas de los que puedo gestionar.

—¿Y la has creído?

—Claro. Taryn nunca se equivoca.

Larissa se rio.

Entraron en la ciudad y el conductor los dejó junto al muelle. Jack y ella pasearon durante un par de horas antes de ir a almorzar a un restaurante frente al mar. Después de comer, él se excusó para hacer unas llamadas y Larissa siguió sentada en la mesa, mirando por la ventana y disfrutando del cálido y soleado día en esa preciosa ciudad.

Al día siguiente volvería a su planificada vida. Al día siguiente tendría que enfrentarse a las consecuencias de lo que había hecho. Pero no pasaba nada, valdría la pena. Amaba a Jack y, por supuesto, quería estar con él.

Él volvió a la mesa, pagó la cuenta y después salieron del restaurante y pararon un taxi.

−¿Adónde vamos? −preguntó ella.

−Al hotel.

¿Ya? Los dedos de los pies se le encogieron dentro de las deportivas.

−Al Ritz −le dijo Jack al conductor.

¿El Ritz? ¿EL Ritz-Carlton?

−No voy vestida para ir a un hotel así −dijo consciente de que, aunque se había lavado los dientes por la mañana, no se había duchado, y que sus vaqueros tenían los bajos un poco deshilachados y su camiseta ya estaba un poco vieja. ¡Se había vestido así con la idea de ir a rescatar a unos perros, no de ir al Ritz!

−No te preocupes −respondió él y le agarró la mano.

Era un buen consejo que no podía seguir porque además de que no llevaba el atuendo adecuado para un sitio así, no iban a registrarse con equipaje. Y eso no podía ser bueno.

−Voy a necesitar un cepillo de dientes y champú, y algo para ponerme esta noche.

−No te preocupes. Me he ocupado de todo.

Pararon frente al magnífico hotel donde una mujer de mediana edad y elegantemente vestida estaba esperándolos. Sonrió a Larissa.

−¿Señorita Owens?

Larissa asintió.

−Soy Francine. ¿Me acompaña, por favor?

Larissa miró a Jack.

−¿Qué estás haciendo?

−Tendrás que ir con ella para averiguarlo.

Se acercó y la besó.

−Te gustará. Lo prometo.

No estaba segura, pero decidió seguirle la corriente,

fuera lo que fuera lo que tenía planeado. Estaba en el Ritz-Carlton, allí nada malo podría pasar.

Francine la acompañó por el lujoso hotel hasta el spa. Una vez allí, y por órdenes de su jovial acompañante, la atendieron para ofrecerle una tarde de relajación y mimos. Le harían una limpieza de cutis seguida de una manicura y una pedicura y, a continuación, le arreglarían el pelo.

—Suena maravilloso —dijo Larissa agradecida de que Jack no hubiera solicitado un masaje, ya que había pocas personas en las que se fiara para que se lo dieran.

Pasó las siguientes horas relajándose en un sillón mientras le aplicaban vapor a su rostro y lo envolvían y cubrían con distintos mejunjes. Después, le hicieron una manicura y una pedicura maravillosas. Para cuando entró en la zona de peluquería, ya se sentía relajada y mimada.

José, un encantador joven con una amplia sonrisa, jugueteó con su pelo unos minutos antes de declarar que su color era «la perfección» y el largo «un desastre».

—¿Cuánto quieres cortarlo? —le preguntó al chico con cautela.

—Confía en mí.

—No, no me fío.

—Es solo pelo. Volverá a crecer —tocó las puntas—. Unos centímetros. Seguirá estando largo, pero tendrás capas y más estilo.

Ella no era una chica que se preocupara mucho por el estilo, pensó con diversión. Taryn ya tenía estilo de sobra para ella y todas sus amigas. Aun así, estaría bien sentirse glamurosa por una vez.

—De acuerdo, haz lo que te parezca mejor, pero no lo dejes corto.

José asintió.

—Ya verás.

Mezcló un misterioso brebaje y le aplicó algunos reflejos. Cuando tuvo el pelo mojado, pasó a trabajar con la cuchilla y los mechones comenzaron a caer. Una vez terminó con el corte, empleó un cepillo redondo grande para secarle el pelo y después le puso unos rulos. No le permitió mirarse al espejo durante toda la sesión.

Cuando José terminó, llegó una mujer para maquillarla y Larissa escuchó con atención sus consejos. La última vez que había intentado hacerse un ahumado en los ojos Sam le había preguntado si había tenido un accidente.

Una vez la maquilladora terminó, José reapareció. Le quitó los rulos, le atusó el pelo con los dedos y le aplicó suficiente laca como para convertirla en una muñeca de plástico. Por fin, giró la silla y la situó frente al espejo.

Apenas se reconocía. Seguía siendo rubia con los ojos azules, pero en lugar de parecer una chica corriente, se había convertido en una mujer elegante y sexy.

Su melena caía en grandes y suaves ondas que se sacudían cada vez que se movía. José le había dejado un flequillo largo que suavizaba sus rasgos y hacía que sus ojos parecieran más grandes. O tal vez ese efecto lo había logrado el maquillaje aplicado con manos tan expertas. No estaba segura, pero fuera lo que fuera, le encantaba.

–¡Vaya! ¡Vaya!

José le dio una palmadita en el hombro.

–Ahora eres un cisne. Un cisne precioso.

Francine estaba esperándola cuando salió del spa.

–Señorita Owens, ¿ha disfrutado este rato que ha pasado con nosotros?

–Mucho. Ha sido mágico.

La mujer sonrió.

–Me alegro. Ahora una parada más.

Entraron en lo que parecía una sala de reuniones, pero en lugar de mesas largas y montones de sillas, allí había un perchero cargado de vestidos, cajas llenas de zapatos y un improvisado probador.

–Estaré fuera. Salga cuando esté lista.

Larissa miró todas las prendas. Eran de su talla y de diseñadores que solo había visto llevar a Taryn. Agarró uno y apartó la mano. Ella no podía ponerse nada de eso.

–Ah, bien, estás aquí.

Una mujer morena y menuda entró en la sala y le sonrió.

–Soy Holly. He traído vestidos de cóctel junto con todo lo que necesitarás como complemento –era una mujer preciosa y llevaba un sencillo vestido rojo que parecía hecho a medida–. Tu novio ha dicho que ha sido un viaje improvisado y que ni siquiera has traído cepillo de dientes –le guiñó un ojo–. Así me gustan a mí los hombres. Bueno, ¿qué te parece?

Larissa se sintió abrumada por tanta información.

–No estoy segura.

–Elige uno y veamos qué tal.

Larissa empezó a morderse el labio, pero al recordar que llevaba pintalabios, se limitó a sentirse nerviosa sin más. Se acercó al perchero y eligió un sencillo vestido negro.

Tenía cuello barco por delante y por detrás, con una falda voluminosa que llegaba a la altura de la rodilla. El tejido era original, con textura, pero no demasiado grueso.

–Muy bonito –dijo Holly–. Óscar de la Renta. Un vestido de cóctel de seda. Tienes buen gusto. Pruébatelo. ¡Ah! Y necesitarás esto.

Le entregó varios sujetadores negros junto con braguitas de talle bajo a juego. Larissa lo agarró todo y entró en el probador.

Encontró el sujetador apropiado de inmediato, le añadía

un buen toque a sus modestos atributos. El vestido se deslizó sobre su cuerpo y, cuando subió la cremallera, se le ajustó a la perfección. Salió y Holly sonrió.

–¡Vaya, chica! Ahora pruébate estos.

Le pasó unos tacones estilo peep-toe con un lazo. El tacón no era muy alto, lo cual era positivo teniendo en cuenta que no tenía la habilidad de Taryn para caminar con algo más alto.

Después de calzarse, fue al espejo y se miró.

La mujer que vio reflejada le resultaba ligeramente familiar. La misma forma de cara, los mismos ojos, pero el pelo, la ropa y el maquillaje eran completamente distintos. Y aunque no era algo que llevaría a diario, estaba empezando a ver que valía la pena esforzarse un poquito con su aspecto.

–¿Te gusta? –le preguntó Holly con una sonrisa.

–Sí. Es increíble.

–Bien. Haré que te lleven la ropa a tu habitación. Vamos. Francine está esperando.

Larissa y Francine fueron hacia los ascensores y subieron. Se llevó la mano al estómago e intentó controlar los nervios porque con todo lo que había estado pasando, no había tenido tiempo de pensar en lo que Jack había dicho. «Voy a ayudarte a que te olvides de mí».

¿Significaba eso lo que ella creía? Tenía que serlo. Le había dicho que quería acostarse con él en un intento de desenamorarse. En su momento tal vez esas palabras habían tenido sentido, aunque ahora ya no estaba tan segura. Él era todo lo que deseaba, y la posibilidad de no amarlo le parecía imposible.

Pero ya se ocuparía de ese problema en otro momento. Esa noche iba a disfrutar de todo según fuera surgiendo. Tenía un nuevo aspecto fabuloso y cenaría con el hombre de sus sueños. Con eso bastaba de momento.

Francine la condujo por un elegante pasillo. Se detuvieron frente a unas amplias puertas dobles y la mujer la invitó a pasar.

–Que disfrute de su estancia.

–Gracias.

Y entró.

Lo primero que la invadió fue una gran sensación de espacio. Había sofás y sillones en tonos topo y beis. A un lado de la habitación había un pequeño piano de cola y le resultó un detalle tan exagerado que se echó a reír. Al otro lado de unas puertas de cristal había una terraza que era unas tres veces más grande que todo su apartamento junto. También había un comedor privado y al otro lado de la sala estaba el dormitorio.

Era demasiado, pensó aturdida por todo lo que estaba viendo. Y eso era exactamente lo que Jack haría para seducirla.

Oyó un sonido y se giró. El hombre en cuestión estaba en la puerta del dormitorio. Llevaba un traje oscuro con una camisa blanca y corbata roja. Estaba muy bien. Mejor que bien. De pronto sintió la sensación de encontrarse en un mundo perfecto, aunque lo mejor de todo era la mirada de apreciación de Jack.

–Larissa –dijo con la voz entrecortada–. Estás preciosa.

–Gracias.

Echó a caminar hacia ella, tan alto y tan fuerte. A ella le palpitó el corazón.

–Es un vestido fantástico. Haces que brille.

Le agarró la mano y le besó los nudillos antes de llevarla al comedor donde los esperaba una botella de champán en un cubo de hielo. Junto a él, dos cajas de Tiffany.

–No te hagas demasiadas ilusiones. Son un préstamo.

–¿Eso se puede hacer?

–Conozco a gente.

Larissa llevaba años encargándose de comprar los regalos de despedida para sus novias y, a petición suya, siempre había comprado en Tiffany. Conocía la belleza de la selección de piezas y le encantaba que su socio favorito siempre la hiciera sentirse especial. Estaba acostumbrada a los brillos, a la elegancia, a la perfecta presentación, pero a lo que no estaba acostumbrada era a ver un collar de diamantes que prácticamente te cegaba la vista y cuyo valor probablemente equivalía a la renta per cápita de California.

–¡Madre mía!

Él se lo puso y le entregó los pendientes a juego. El estilo era sencillo. Una única hilera de diamantes con un broche en forma de X tachonado de diamantes. Pero el tamaño, su limpidez, su esplendor bastaron para que se replanteara su filosofía de que no le interesaban las joyas lo más mínimo.

–Tienes derecho a pasar una noche libre –dijo Jack girándola para verse en el espejo. La miró a los ojos–. La suite tiene un dormitorio contiguo. Quiero que lo pases bien. Pero al final de la noche, si has cambiado de opinión, yo dormiré allí.

–Jamás cambiaré de opinión –le dijo girándose hacia él. La frase resultó también ser un desafío.

Jack, siempre tan tranquilo, simplemente sonrió.

–Así me gustan a mí las mujeres –le dijo entregándole una copa de champán.

Se sentaron en el sofá. Él sacó un mando, puso música y brindaron.

–Impresionante –dijo ella después de dar un trago–. No me extraña que tengas mujeres haciendo cola para salir contigo.

Él se rio.

–Las citas que tengo no suelen ser así. Soy más de salir a cenar e ir al cine.

¿Significaba eso que todo lo que había preparado lo había hecho especialmente para ella? Eso esperaba.

Se estiró la parte delantera del vestido.

–Cuando lleguemos a casa, quiero hablar con Taryn de la ropa que ya no quiera. Antes no entendía a qué venía tanto alboroto por la ropa de diseño, pero estoy empezando a encontrarle el gusto. Es súper agradable llevar esto puesto.

–Más agradable es verlo.

–Eso no lo puedes saber.

Él esbozó una lenta y sensual sonrisa.

–Sí, claro que puedo. Bueno, háblame de los chiweenies.

Larissa no se esperaba ese cambio de tema.

–¿Qué quieres saber?

–¿Qué son?

–Un cruce entre chihuahua y dachshund, así que no son de pura raza. Son una monada y tienen rasgos de las dos razas. Supongo que por eso son tan populares.

–¿Y algún programa de cría se ha ido de las manos?

Ella asintió.

–Entiendo cómo terminan pasando esas cosas. Alguien sin experiencia cree que puede ser divertido y sigue adelante con ello. Entonces, un par de años después, se encuentran con demasiados perros y pocos compradores.

–¿Como la gente que cree que una cría de caimán es graciosa y después crece?

–Eso es, aunque no creo que los chiweenies sean un peligro para los pollos.

–Todos estamos en contra de la muerte de pollos.

Ella se rio y levantó la copa.

–He mirado los mensajes del móvil mientras me peinaban y los perros ya están a salvo en Sacramento. Los va a examinar un equipo de veterinarios. A los que estén bien los vacunarán, los bañarán para eliminar parásitos y los llevarán a las casas de acogida.

–Y ahí es donde entras tú.

Ella asintió.

–Ya he hablado con algunas personas para ver si pueden acoger a uno o dos temporalmente.

–¿Cuántos me tocan a mí?

Larissa observó las líneas de su rostro y el modo en que el traje resaltaba sus anchos hombros.

–¿Te molesta que lo haga? ¿Te molestan los búhos, perros y todas las cosas que meto en tu vida?

Él le quitó la copa de champán, la dejó sobre la mesa, se acercó, le rodeó la cara con sus grandes manos y la besó.

El roce de sus bocas resultó delicado y suave, con un mínimo toque de pasión contenida. Tanta ternura la arrasó por dentro hasta que quedó siendo nada más que un corazón lleno de amor.

Él se apartó y la miró a los ojos.

–Necesito que seas exactamente quién eres, Larissa. Con Chiweenies y todo lo demás.

Ella pensó en la facilidad con que su vestido se desabrochaba por detrás. La única y larga cremallera hacía que cualquiera pudiera ayudarla a quitárselo.

Se descalzó y se levantó.

–Vamos –le dijo en voz baja yendo hacia el dormitorio.

Jack seguía en el sofá.

–Larissa, tienes que estar segura.

Le sonrió.

–Me voy a dejar los diamantes puestos.

Él se rio, se levantó y la siguió.

El dormitorio era grande y estaba dominado por la gran cama. Larissa llegó hasta el centro de la habitación pero, de pronto, perdió el valor. Una cosa era que Jack la sedujera, y otra muy distinta que ella tomara las riendas. Había tenido novios antes y no podía decirse que fuera virgen, pero Jack era... en fin... Jack era Jack.

Estaba segura de que aún había más dudas por llegar, pero antes de que pudiera convertirlas en un pensamiento coherente, él se acercó y la llevó hacia sí. Larissa se dejó abrazar y se deleitó en la sensación del roce de sus cuerpos.

Alzó la cabeza a la vez que él bajaba la suya y se encontraron en un beso que hizo que le vibrara el cuerpo. Sus lenguas se entrelazaron y las manos de Jack la recorrieron desde los hombros a las caderas. Lo rodeó con los brazos y se aferró a él.

Eso era lo que había deseado desde hacía tanto tiempo. A él. Los dos juntos. Por fin.

Jack la besaba profundamente y ella de pronto quiso que su cuerpo se moviera al mismo ritmo que los besos. Pero había demasiadas capas, demasiada ropa. Había visto a Jack desnudo miles de veces, aunque nunca así. Nunca en una situación íntima. Quería tener la libertad de tocarlo y explorarlo sin las limitaciones del trabajo ni la ética profesional.

Tiró de la chaqueta del traje. Él se apartó y le sonrió.

–¿Impaciente?

–Ni te lo imaginas.

–Entonces deja que te ayude.

Se quitó la chaqueta y la soltó sobre una silla. Mientras se descalzaba, se quitó la corbata.

Ella había tenido intención de quitarse el vestido, pero de pronto se vio hipnotizada por lo que él estaba haciendo. Porque aunque lo había visto sin ropa con frecuencia, nunca lo había visto desnudarse, y tenía cierto erotismo ver sus grandes manos moverse con elegancia sobre los botones de los gemelos y de la camisa. Cuando se quitó la camisa blanca, pudo ver unos fuertes músculos y las cicatrices de sus distintas cirugías.

Se quitó los calcetines, y al verlo agarrar la hebilla del cinturón sintió timidez e impaciencia a la vez.

Unos segundos más tarde estaba desnudo y de pie frente a ella. Casi un metro noventa de afilada y excitada masculinidad. La pasión oscurecía sus ojos. Tenía la respiración acelerada y, cuando se le acercó, ella supo que quería pasar a su lado el resto de su vida.

–Ahora te toca a ti –le dijo tirando de la cremallera–. Esto va a estar genial.

El vestido cayó al suelo y Larissa se quedó frente a él con un sujetador tipo push-up negro y unas braguitas extremadamente diminutas. Al verla, la respiración se le entrecortó ligeramente.

–Increíble.

Larissa sonrió.

–¡Por favor! Pero si tú has estado con algunas de las mujeres más guapas del mundo.

–Pero ninguna de ellas se te asemeja.

Era lo mejor que había podido decir, pensó ella feliz. Se acercó y él la rodeó con los brazos. Se besaron de nuevo y ella se dejó caer sobre su cuerpo, entregándose todo lo posible. Jack le acariciaba los brazos y la espalda. Sus dedos resultaron cálidos y decididos al desabrocharle el sujetador.

La pieza de encaje cayó al suelo y al instante sus manos estaban envolviendo sus pechos. Mientras le acariciaba los pezones, cubrió de besos el camino desde su boca hasta su oreja. Le lamió el lóbulo antes de mordisquearlo suavemente.

A ella la recorrió un escalofrío. Demasiadas sensaciones, tantas que no sabía en qué centrarse. ¿En el modo en que acariciaba sus pechos o en la sensación de sus dedos danzando sobre sus pezones? ¿En el ardiente aliento sobre su cuello o en el movimiento de su lengua? ¿En el calor de su cuerpo o en el roce de su erección contra su vientre?

Con suavidad, Jack se sentó en la cama, la situó entre sus piernas y posó la boca en su pecho derecho. El húmedo calor acarició su sensible piel. Mientras rozaba la lengua contra su pezón, le bajó la ropa interior. Después pasó al otro pecho dándole las mismas atenciones. Algo potente y delicioso conectó sus pechos con la parte más íntima de su ser, y con cada caricia, con cada succión, con cada segundo que pasaba, se sintió más preparada para recibirlo.

Ella le acariciaba el pelo y los hombros y, mientras, esa sensación entre sus muslos se intensificó. Tenía que tocarla ahí, pensó. Pero lo que estaba haciendo con sus pechos era tan delicioso que tampoco quería que parara.

Jack puso las manos sobre sus muslos y las deslizó hacia arriba lentamente. Sus pulgares se fueron acercando a su zona más íntima, pero no la tocaron. Rozó muy ligeramente sus labios, la parte más externa. Estaba jugando, pensó Larissa arqueando las caderas hacia él en lo que, esperaba, fuera una clara invitación. Pero Jack la ignoró.

Deslizaba los dedos por el exterior sin llegar a adentrarse en ella. Acarició sus nalgas y, después, sus dedos volvieron a colarse entre sus muslos, pero seguían sin adentrarse lo suficiente. Mientras, besaba y lamía sus pechos.

La excitación que sintió fue tal que casi le resultó dolorosa. Su clítoris estaba inflamado y se resentía. El deseo la consumía. Contuvo un gemido de protesta.

Pero de pronto, él la agarró por la cintura y la tumbó

boca arriba en el centro de la cama, tan rápidamente que ella no fue consciente de cómo había llegado ahí. Antes de poder recuperar el aliento, Jack se había situado entre sus piernas dobladas, estaba apartando su sensible piel y posando la boca en el mismo centro de su cuerpo.

La sensación de su lengua contra esa zona casi la hizo gritar de placer. Estaba húmeda y al borde del éxtasis. Unas caricias más tarde ya estaba jadeando y hundiendo los talones en la cama. Cuando Jack succionó su inflamado clítoris pensó que no aguantaría más, y cuando él deslizó la lengua una vez más, se dejó llevar por completo.

De pronto se vio envuelta en un estremecedor placer que reclamó cada célula de su cuerpo. Se retorció y jadeó deseando que esa sensación no terminara nunca. Él siguió acariciándola, sin cesar, hasta dejarla sin aliento. Y solo entonces se detuvo, después de haber exprimido su orgasmo al máximo.

Se tumbó a su lado y la llevó hacia sí. Ella se acurrucó, aún invadida por la vibrante sensación. Jack le besó la frente y las mejillas. Larissa abrió los ojos y lo vio observándola.

El deseo aún oscurecía su mirada, pero ahí había algo más. Petulancia. Esa condenada arrogancia masculina por el hecho de tener a una mujer muy satisfecha en su cama.

Sonrió.

—Sí, sí que has resultado ser un dios en la cama.

Jack sonrió y Larissa se incorporó.

—Ahora te toca a ti.

—Me gusta que seas tan justa.

Abrió el cajón de la mesilla y sacó una caja de preservativos. Ella se puso de rodillas y le quitó la caja. Jack enarcó una ceja.

—¿Vas a hacer todo el trabajo?

—Tú acabas de hacerlo.

Abrió el paquete, colocó el preservativo sobre su impresionante erección y se sentó a horcajadas sobre él. Jack abrió los ojos de par en par.

–¿Encima?

–¿No te gusta así?

–Es mi postura favorita.

–La mía también.

No era del todo cierto, pero de pronto deseó ver lo que estaban haciendo. Tal vez era una tontería, pero quería verlo llegar al orgasmo.

Jack colocó las manos sobre sus caderas y la guio hasta alcanzar la posición correcta. Su larga melena caía casi rozando su torso.

–Esto va a ser genial –dijo él posándola sobre su erección.

Larissa lo sintió adentrarse en su cuerpo, llenándola. Se movió para poder tomarlo por completo y entonces ejerció presión y ambos gimieron. Se inclinó hacia delante, apoyó las manos en la cama y comenzó a moverse.

Se miraban fijamente. Él cubría sus pechos con sus manos y acariciaba su sensible piel. Dentro y fuera, dentro y fuera. La llenaba una y otra vez. Larissa aumentó el ritmo y vio cómo su rostro se tensaba.

Comenzaron a respirar aceleradamente. La fricción que sentía dentro la hizo moverse con más fuerza, más deprisa. Volvía a estar al borde del orgasmo. Solo el hecho de estar con Jack bastaba para llegar al clímax una segunda vez. Con él. Eso era lo que quería.

–Larissa –dijo Jack con la respiración entrecortada. Maldijo y se tensó. Ella podía sentir sus músculos. Estaba cerca, pero no lo suficiente, pensó desesperada y moviéndose con más intensidad.

El deseo ardía y la tensión la llenaba. Buscaba esa última pizca de magia que necesitaba para llegar al éxtasis.

Jack coló una mano entre los dos y posó el pulgar sobre su clítoris. Fue justo lo que necesitaba. Sintió cómo una intensa sensación tomaba forma en su interior antes de reclamar todo su ser. Gritó y tembló sin dejar de moverse de arriba abajo. Jack puso las manos en sus caderas y se medio incorporó gimiendo mientras lo invadía el placer.

Sus miradas se encontraron en ese momento de perfecto deleite y por primera vez en su vida, él vio el alma de su amante.

Capítulo 14

El trayecto desde San Francisco hasta Fool's Gold les llevó unas tres horas. Larissa, sentada tranquilamente en el coche alquilado mientras Jack conducía, se sentía feliz. Los kilómetros pasaban con rapidez. Demasiado rápido, pensó. No estaba lista para volver al mundo real.

Las últimas veinticuatro horas habían sido increíbles. La noche anterior, después de haber hecho el amor, se habían vestido y habían bajado a cenar. Más tarde, habían llenado la enorme bañera y se habían acariciado envueltos en la excitación de tan sensual exploración. Habían hecho el amor haciendo que el agua rebosara y cayera al suelo.

Había dormido en los brazos de Jack y en algún momento se había girado para mirar por la ventana y que él no la viera sonreír mientras analizaba la casi increíble situación. Se había despertado y lo había encontrado abrazándola con fuerza, como si no quisiera dejarla marchar nunca.

Y aunque tal vez era estar haciéndose demasiadas ilusiones, de momento se iba a dejar llevar.

Lo miró.

—Gracias por todo.

–De nada. Lo he pasado muy bien –la miró y sonrió antes de volver a centrar la atención en la carretera.

Ella suspiró satisfecha.

–Esto podría hacer que tus masajes se volvieran muy interesantes.

Él se rio.

–Tienes razón. Ahora me va a costar todavía más no excitarme.

Larissa pensó en la mesa de masajes.

–Bueno, creo que podríamos usar eso en nuestro provecho.

–Qué intrigante. Estoy deseando ver lo que tienes en mente.

Cuando Jack entró en su casa se encontró a Percy jugando y rodando por el suelo con un montón de perros pequeños. Al verlo, el chico se levantó y sonrió.

–Tenemos perros.

–Ya lo veo.

Jack colgó en la escalera la funda del traje que había comprado en San Francisco. Ahora que no se movían podía distinguir que eran cinco perros, todos pequeños y con orejas grandes. Algunos parecían más chihuahuas y otros tiraban más a su rama dachshund.

–El chico que los ha traído me ha dicho que estos están muy sanos y que no tendrán más de tres años. Así debería ser sencillo que los adopten.

–Bien porque no quiero cinco perros.

Fue hacia el salón y los perritos echaron a correr hacia él y le olfatearon los zapatos y vaqueros mientras saltaban y ladraban de alegría. Se agachó para acariciarlos y una perrita se puso patas arriba y le ofreció su barriga para que la acariciara.

–Al menos son sociables. Eso ya es algo.

Se sentó en el suelo frente a Percy y levantó un juguete de tela. Dos de los perros intentaron atraparlo y comenzaron una simpática pelea. La perrita se subió a su regazo mientras los otros dos restantes iban a por Percy.

–¿Cuándo han llegado?

–Hace un par de horas. Son divertidos.

–Sí, ¿pero están adiestrados?

Percy lo miró como si no lo entendiera.

Jack suspiró.

–¿Que si los has sacado o se han hecho sus cosas dentro?

–No, pero deberíamos sacarlos –el chico se levantó–. Sí que les he dado agua.

Darles agua sin tener acceso al baño podría ser una mala combinación, pensó Jack levantándose. Juntos los sacaron al jardín trasero.

Los cinco corrieron por el césped y comenzaron a perseguirse.

–Vigílalos –le indicó Jack–. Quiero asegurarme de que todos hacen sus cosas.

Cuando volvieron a entrar, Percy le mostró la comida que les habían llevado junto con un par de grandes camas para perros.

–El chico dice que están acostumbrados a dormir juntos, así que deberíamos dejarlos en la misma habitación.

–¿Qué tal en tu cuarto?

Percy se rio.

–Por mí bien. Me gustan estos pequeñajos.

Los perros siguieron jugando durante aproximadamente una hora y después, en grupo, se fueron a dormir. Estuvieron dando vueltas, moviéndose de cama en cama hasta encontrar dónde les apetecía estar y se tumbaron. Unos segundos más tarde, estaban dormidos.

–Tienes razón con lo de la planificación –le dijo al adolescente–. Para lo de sacarlos a pasear y todo lo demás –miró a su alrededor–. Creo que no deberíamos dejar a cinco perros tan activos solos en casa –una complicación más en su vida, cortesía de Larissa. Sin embargo, no estaba molesto en absoluto. ¿Cómo podía estarlo después de lo del día anterior?

Lo pagaría caro más adelante, de eso estaba seguro, pero fuera cual fuera el precio, las veinticuatro horas que había pasado con ella habían merecido la pena. Había disfrutado cada segundo del tiempo que habían estado juntos. El sexo había sido increíble, pero había habido más que eso. Había habido conexión con ella de un modo que no habían tenido antes. Había estado con ella, sin más.

Durante un segundo se permitió preguntarse ¿y si...? ¿Y si pudiera ser como todo el mundo? ¿Y si estaba dispuesto a creer? ¡Qué preguntas tan absurdas! Porque no lo estaba. Había perdido a Lucas y después sus padres se habían marchado. Le habían dicho que estaría bien, pero simplemente lo habían hecho para calmar sus conciencias. No habían querido saber que su hijo, al que dejaban viviendo solo, los necesitaba. Su necesidad de escapar del dolor después de lo que habían sufrido había sido más fuerte que su amor por él. Eso lo entendía, incluso podía encontrarlo lógico, pero no podía perdonar y, mucho menos, olvidar.

Se había jurado que nadie volvería a importarle tanto y lo había cumplido. En el caso de Taryn, la había apreciado mucho, pero no había habido amor. No más allá de su amistad. Y cuando se había quedado embarazada, había sabido que iba a tener que aceptarlo y entregarle su corazón al bebé. Había estado dispuesto a correr ese riesgo. Pero entonces, ella había sufrido un aborto y había perdido esa oportunidad.

Tenía una buena vida, se recordó, con gente que le importaba y a la que él importaba. Pero las relaciones que tenía ahora eran seguras porque durarían. Como no había nada en ellas que corriera ningún riesgo, no había nada que perder.

Percy se levantó.

–Ahora mismo vuelvo –dijo y subió las escaleras. Dos de los perros abrieron los ojos y lo vieron marcharse, pero no se movieron.

Percy volvió con un libro en la mano. Se lo pasó a Jack y se sentó en el sofá.

–Lo he leído –dijo con orgullo y timidez a la vez–. Todo. Kenny ha estado trabajando conmigo y ese programa informático me ha ayudado mucho. No es tan malo como pensaba, creo que puedo hacerlo. Quiero conseguir el certificado de secundaria.

Jack le dio una palmadita en la espalda.

–¡Bien por ti! Me alegro. Y felicidades por haber terminado el libro. Avísame cuando quieras más. Iremos a comprar.

–Sam ya me ha llevado a comprar. Voy a esforzarme mucho, Jack. Me has dado una gran oportunidad y voy a aprovecharla.

–Me alegro.

–Quiero ir a la universidad y sé lo que quiero hacer mientras esté allí –se detuvo.

Jack contuvo un gruñido. Percy parecía cada vez más emocionado según hablaba y Jack se temía adónde quería llegar. Tenía sentido. Estaba con ellos tres todo el día y veía la parte glamurosa del deporte. ¿Pero jugar al fútbol de manera profesional?

Observó al chico. Percy no era lo suficientemente grande y no había trabajado sus habilidades. Con mucho entrenamiento tal vez podría jugar en el colegio comunitario, pero sus probabilidades de jugar de manera profesional eran prácticamente nulas. Eso requería un don divino y Percy no había sido elegido. Al menos, no que él pudiera ver.

Le quitaría la idea con delicadeza. Tal vez le prepararía algún entrenamiento para que viera cuánto trabajo tenía por delante, o quizá lo llevaría a un partido con UCLA o Stanford para que viera cuánto se esperaba de un…

–Quiero estudiar para ser profesor. Quiero ayudar a chicos como yo. Chicos a los que pasan de curso sin que estén preparados siquiera.

Jack lo miró.

–¿Profesor?

–Sí.

Jack comenzó a sonreír. Si Larissa estuviera ahí, aprovecharía la ocasión para decirle que, por mucho que lo intentaba, él no era el centro del universo cada minuto.

–Eso es genial –le respondió a Percy–. Creo que serás un profesor magnífico –había más cosas que hablar, como el hecho de que empezara en un colegio comunitario para formar sus hábitos de estudio en un entorno menos competitivo, y que quería asegurarse de encontrarle la mejor universidad a la que enviarlo, pero eso ya lo discutirían más adelante–. Tienes un objetivo y así es cómo comienzan los grandes logros.

–Kenny dice que es una cuestión de principios.

–Sí, eso es algo que diría Kenny –murmuró Jack sintiéndose bien consigo mismo y por lo que estaba pasando con Percy. ¿Era eso por lo que Larissa hacía las cosas que hacía? ¿Por la sensación de haber logrado algo bueno y saber que estabas haciendo algo relevante, algo que marcaba una diferencia? Tenía que admitir que le gustaba esa sensación.

La puerta principal se abrió y Kenny entró.

Percy sonrió.

–Justo estábamos hablando de ti. Le estaba diciendo a Jack lo que me dijiste sobre los principios.

Jack vio a su amigo acercarse y se fijó en que tenía los ojos inyectados en sangre. Al levantarse, preparado para lo que venía a continuación, pensó brevemente que las noticias volaban. Después, recibió un puñetazo en la cara y todo se volvió oscuro.

–No hay nada roto –farfulló Kenny mientras ponía hielo en un paño de cocina.

Jack, sentado en la mesa de la cocina, se tocó la cara con cuidado. Su amigo tenía razón. Todos los huesos estaban en su sitio. Había hinchazón, pero eso bajaría con el tiempo. Lo bueno era que Kenny se estaba agarrando la mano derecha como si le doliera. Una cosa que nunca se decía en las películas durante las escenas de lucha era que duele tanto golpear como que te golpeen.

Percy estaba en la entrada de la cocina.

–No lo entiendo –dijo por cuarta vez–. No estáis enfadados.

–Yo sí lo estaba –apuntó Kenny–, pero se lo he dejado claro y ahora se me ha pasado.

–Pegarse no soluciona nada –le dijo Percy.

Jack agarró el paño con hielo y se lo puso en la mandíbula.

–No nos hemos pegado. Me ha pegado él a mí, que es distinto.

Cinco chiweenies danzaban por la cocina intentando ponerle la zancadilla a cualquiera que estuviera de pie y Jack agradeció estar en la silla. Le dolía la cara y sabía que el dolor iría a peor.

Percy los miró a los dos.

–No me vais a contar de qué va todo esto, ¿verdad?

–No –respondió Kenny.

–¿Entonces me subo arriba?

–Puede que sea una buena idea –dijo Jack.

–¡Bah, cómo queráis! –murmuró el chico y se marchó.

Los chiweenies se marcharon con él y Jack supuso que los cinco terminarían subidos en la cama jugueteando al ritmo de una música que él era demasiado viejo para entender.

Cuando se quedaron solos, Kenny se sentó frente a él.

–Has tenido que acostarte con ella. Te advertí que la dejaras tranquila, que es nuestra familia, pero lo has hecho de todos modos.

Jack no sabía qué decir. Por un lado se alegraba de que Larissa tuviera a alguien que la protegía tanto, pero por otro no quería que lo volvieran a golpear en la cara.

–Los dos somos adultos.

–Es como una hermana para mí. Le vas a romper el corazón.

–Quiere olvidarse de mí y este es su modo de hacerlo.

Kenny lo miró.

–A mí no me vengas con esas chorradas. Está loca por ti, siempre lo ha estado. Y ahora tú lo estás empeorando todo. Esto va a terminar mal para todos nosotros. ¿Has pensado en eso? ¿En las consecuencias? Podrías destruir lo que tenemos.

Jack no había pensado en eso, y tampoco quería.

–Me importa. No le haré daño –pero mientras pronunciaba esas palabras, se preguntaba si estaba mintiendo porque, en realidad, no podía darle a Larissa lo que ella quería. Y si podía, no lo haría. Porque él no correría ese riesgo–. Se dará cuenta de que no soy el hombre adecuado para ella –dijo finalmente–. Encontrará a otra persona, ya lo verás.

Kenny sacudió la cabeza.

–No me puedo creer que seas tan estúpido, pero adelante, no puedo detenerte. Aunque cuando todo esto salte por los aires, yo me pondré de su parte.

Y eso era algo que Jack agradecería.

–Sigo sin comprenderlo –dijo Larissa acurrucada en la enorme cama de Jack. Percy estaba en su dormitorio y los chiweenies durmiendo en sus camitas en una esquina del dormitorio principal.

Desde que había llegado esa tarde, Jack no había respondido a ninguna de sus preguntas sobre por qué Kenny lo había golpeado.

–No hay mucho que comprender –le dijo Jack–. Kenny tiene miedo de que te haga daño.

–¿Le has dicho que todo esto ha sido un plan mío? ¿Que estoy haciendo lo que puedo por olvidarme de ti?

–Pero parece que no le ha convencido mi argumento.

En ese momento la preocupación de Kenny tenía sentido. Desnuda y saciada después de haber hecho el amor con Kenny, no podía imaginarse querer estar en ninguna otra parte. Sin embargo, tenía que darse tiempo porque Jack terminaría sacándola de sus casillas y al final lograría librarse de él.

Jack la acercó más a sí y la besó.

–Olvídalo y agradece que te esté cuidando tanto.

Ella miró el golpe de su mandíbula.

–Podría haberte hecho mucho daño. Percy ha dicho que no has intentado defenderte.

–Sabía lo que iba a pasar.

Algo muy típico de Jack, pensó ella con un suspiro. Sí,

sin duda, eso de olvidarse de él era algo cada vez más lejano.

–Esto es peligroso –dijo Bailey sujetando las dos correas–. Lo sabías y nos pediste que te ayudáramos de todos modos.

Larissa se rio.

–Son perros pequeños. Creo que estás a salvo.

Su amiga la miró.

–Sabes que no me refiero a eso. Mírala.

Delante de ellas, Chloe sujetaba la correa de uno de los chiweenies. La niña de ocho años y el perrito formaban una estampa adorable.

–Veo una niña feliz y un perrito monísimo.

–Exacto. Estoy pensando en comprarme mi primera casa. ¿Por qué iba a asumir ahora la responsabilidad de tener un perro?

–Tampoco es que vaya a comer mucho, y tener un perro le enseñará a Chloe lo que es tener una responsabilidad.

Bailey volteó la mirada.

–No estás siendo de ayuda. Trabajo todo el día y Chloe está en el colegio. ¿Eso es justo para el perro?

En eso Larissa estaba de acuerdo.

–Podrías preguntarle a la alcaldesa Marsha qué le parecería que te llevaras al perrito al trabajo.

–Sí, claro, es una actitud muy profesional –farfulló Bailey–. Se quedaría impresionada conmigo. No, no vamos a tener un perro. No, ahora mismo.

–Si tú lo dices –respondió Larissa. De todos modos, no le preocupaba porque sabía que había mucho interés por los chiweenies–. No quiero presionarte para que te quedes con un perro.

Bailey miró a su hija y suspiró.

–No hace falta, va a pasar de todos modos.

Llegaron al parque y empezaron a recorrer el sendero. Era una mañana cálida y despejada. Larissa pasaba los días desempeñando un trabajo que adoraba y las noches en la cama de Jack. Había ayudado a rescatar a unos perros y Percy estaba emocionado preparándose para obtener el certificado de secundaria. Las cosas no podían ir mejor.

–Háblame de la casa que te vas a comprar. Me habías dicho que tenías pensado hacerlo, pero no sabía que la cosa hubiera avanzado tanto.

Bailey sonrió.

–Es genial. Hay un programa en el pueblo en el que la gente puede solicitar una concesión que les proporciona el dinero para una entrada. Tuve que rellenar montones de papeles y después me entrevistó una mujer del banco. La cantidad del dinero para la entrada depende de mi sueldo y mi historial crediticio, y Chloe y yo hemos sido aceptadas.

–¡Es genial! ¿Y ya has encontrado una casa que te guste?

–Puede que sí. Hay una pequeña y monísima de estilo Craftsman. Necesita algunos arreglos, pero no importa. Arriba tiene una habitación preciosa que le encanta a Chloe y también tiene un pequeño estudio que podríamos compartir.

–Felicidades.

–No me felicites todavía, aún lo estoy pensando. Una hipoteca es algo muy grande para asumir yo sola. Da miedo pensarlo.

–Es una gran responsabilidad –dijo Larissa impresionada por la disposición de su amiga para ocuparse sola de tantas cosas. Por un segundo se preguntó cuándo ella se había acercado a asumir algo parecido. Los asuntos en los que se implicaba solían ser efímeros. Se entregaba por completo, pero después seguía con su vida. Dyna era la primera mascota que tenía, no tenía una hija de la que ocuparse y sus obligaciones familiares eran mínimas. La única persona de la que tenía que preocuparse era de ella misma.

Darse cuenta de ello le restó un poco de alegría al día.

—¡Chicas!

Se giró y vio a Kenny corriendo hacia ellas. La alegría que le dio verlo quedó mermada por el recuerdo de lo que le había hecho a Jack. Pero, por supuesto, lo había hecho por ella, así que, ¿cómo iba a enfadarse con él?

—¡Hola, Kenny! —gritó Chloe corriendo hacia él—. Hace mucho que no te veo.

—Hola, pequeñaja. ¿Qué tal van esos nudos?

—Fenomenal. He conseguido mi abalorio. Te lo puedo enseñar.

Él se agachó para acariciar al perro.

—Me encantaría verlo.

Bailey se aclaró la voz antes de decir:

—Hola. Chloe me ha dicho que la ayudaste la primavera pasada con lo de los nudos. Gracias.

Él hizo un ademán con las manos, como quitándole importancia al comentario.

—No es nada. Bueno, ¿quién es esta preciosidad?

—Uno de los chiweenies de Larissa. Hoy los estamos paseando porque no tienen casa —Chloe miró a su madre—. Es una pena que los perritos no tengan casa.

—Lo siento —murmuró Larissa.

Bailey se encogió de hombros.

—Ya me las apañaré.

Kenny se levantó.

—Aquí os dejo.

–¿Vas a colaborar para sacar a pasear a los perros? –le preguntó Larissa pensando que Bailey y Kenny hacían buena pareja y que él era fantástico con los niños. Ahora que lo pensaba, nunca había estado casado y tal vez había llegado el momento de que eso cambiara.

Kenny miró a los perritos que olfateaban sus deportivas.

–No, si puedo evitarlo. No son de mi talla exactamente.

–Serían un imán para atraer a las chicas –dijo Bailey justo antes de sonrojarse–. Aunque seguro que no necesitas ayuda para eso.

¿Era eso un flirteo? ¿Una muestra de interés? Se sintió algo frustrada al darse cuenta de que se le daba mucho mejor encontrarle un hogar a un animal perdido que identificar si había atracción entre un hombre y una mujer.

–Bailey se está planteando comprar una casa.

Bailey y Kenny la miraron.

–De acuerdo –respondió él lentamente–. Enhorabuena.

–Le preocupa asumir tanta responsabilidad por lo de ser madre soltera y todo eso. Podrías ayudarla.

Bailey frunció el ceño.

–Larissa, estoy bien. No hace falta que lo involucres en esto.

–Kenny ha comprado muchas propiedades. Podrías consultarle dudas.

–Nuestras situaciones no podrían ser más distintas.

–Aun así…

Bailey sacudió la cabeza y miró a Kenny.

–No tienes que hacer nada. Estoy bien. Me ha alegrado verte. Y ahora, huye mientras puedes.

Kenny las miró, asintió una vez y se marchó. Larissa lo vio alejarse. Ese hombre era muy rápido.

Se giró hacia su amiga.

–Lo siento, ¿me he entrometido mucho?

–Sí, pero como sé que lo haces desde el amor, te perdono.

Retomaron el paseo. Chloe y su perro iban corriendo delante.

–Entonces Kenny… –comenzó Larissa.

–¡No! –respondió Bailey con rotundidad.

–Pero si es…

–No. Es guapísimo, lo admito, pero está muy fuera de mi alcance. Hazme caso. Tengo una hija preciosa y tal vez una casa nueva, eso sin hablar de la posibilidad de tener también un perro. Lo último que necesito es un hombre.

Larissa anotó las referencias de unos aceites nuevos que quería probar. Había estado leyendo sobre sus propiedades y había pensado que a los chicos les gustarían. Cerró la ventana del navegador justo cuando Kenny entró en su despacho.

Su amigo se había duchado después de correr y llevaba la ropa del trabajo. Se acercó a la mesa y la miró. Y dada su altura, la distancia era mucha.

–No hagas eso –dijo con firmeza–. No hagas planes por mí. No intentes meterte en mi vida privada.

Ella lo miró atónita.

–De acuerdo –dijo lentamente–. Yo creía…

–No.

–Pero Bailey es…

Él enarcó una ceja.

–¡Larissa! –exclamó con una bramido de advertencia. Ese era un tono que no solía emplear con ella.

El mensaje le quedó muy claro. Se retiraba.

–De acuerdo, no haré planes por ti y no volveré a intentar acercarte a Bailey, por mucho que sea preciosa, agradable y mejor de lo que te mereces.

A Kenny se le elevó una comisura del labio, como si estuviera conteniendo una sonrisa, y eso la hizo sentir un poco mejor.

—Gracias —dijo él antes de marcharse.

Larissa seguía mirando hacia donde había estado su amigo un momento antes cuando Taryn entró.

—¿Qué pasa? Tienes una expresión muy rara.

—Me siento rara. Kenny me acaba de advertir que no intente juntarlo con Bailey.

Taryn se sentó frente a ella.

—En eso tiene razón. Bailey no es para él.

—¿Y eso cómo lo sabes? Creía que eras su amiga.

—Lo soy. Y también soy amiga de Kenny. Hazme caso, no están hechos el uno para el otro.

Larissa comenzó a protestar, pero Taryn se inclinó hacia delante y sacudió la cabeza.

—Vas a tener que hacerme caso —le dijo con tono suave—. Sé que por fuera parece que hacen buena pareja, pero lo cierto es que Bailey es la última mujer con la que Kenny debería estar.

Larissa comenzó a preguntar por qué y entonces se recordó que había cosas de su pasado que ella desconocía. Mientras que Jack y Taryn hablaban sobre sus anteriores relaciones, Kenny y Sam no eran tan abiertos en ese sentido.

—De acuerdo —respondió lentamente—. No intentaré juntarlos.

—Bien —Taryn se cruzó de piernas y sonrió—. Bueno, así que te has acostado con Jack. ¿Qué tal estuvo?

La pregunta hizo que Larissa por poco se atragantara.

—¿Cómo te has…? ¿Jack te ha…? —carraspeó—. Estuvo muy bien.

Taryn no sonrió.

—No me lo ha contado nadie. No ha hecho falta. Me lo imaginé en cuanto te vi al volver de San Francisco —dijo con tono vacilante.

—Te parece una mala idea.

Taryn alzó un hombro.

—No estoy segura. Me parece genial que te estés centrando en tu vida en lugar de estar siempre pendiente de tus causas benéficas, pero me preocupa cómo pueda terminar todo esto. Sabes que Jack no busca lo mismo que tú, ¿verdad?

Larissa asintió.

—Me lo ha dejado muy claro y, de todos modos, yo ya lo he visto con hordas de mujeres a lo largo de todos estos años.

—¿Pero?

—Quiero olvidarme de él, y ya sabes que dicen que la mejor manera de abordar un problema es ahondar en él en lugar de ignorarlo.

—Necesitas pasar por una relación con Jack antes de olvidarlo y poder seguir adelante con tu vida —suspiró Taryn—. Espero que tengas razón, que vayas a poder seguir con tu vida en lugar de engancharte más a él.

—Estoy abierta a sugerencias si se te ocurre algún otro modo de ocuparme de esto.

—Lo siento, pero no.

—Entonces voy a seguir adelante con el plan y a esperar que funcione lo mejor posible.

Capítulo 15

Larissa se incorporó y miró el reloj que tenía junto a la cama. Los números eran prácticamente los mismos que la última vez que había mirado. En lugar de 3.15 ahora leía 3.18. A ese ritmo, por la mañana iba a necesitar una taza extra de café.

Se dio la vuelta e intentó despejar su mente porque remover los mismos pensamientos una y otra vez no estaba ayudándola a quedarse dormida, pero lo cierto era que no podía sacarse de la cabeza las palabras de Taryn.

Como tampoco podía olvidar su conversación con Bailey. Sí, se aseguraba de rescatar chiweenies o insectos en peligro de extinción, pero esas eran responsabilidades a corto plazo. Bailey estaba enfrentándose a mucho más. Estaba criando a una hija sola y eso sí que requería un gran esfuerzo y valor. Larissa se preguntó si sus recursos personales y su carácter estarían a la altura alguna vez para asumir algo así.

Dyna saltó sobre la cama y caminó hacia ella.

—Hola, preciosa —le dijo girándose hacia su lado para acariciarla—. ¿No te dejo dormir? Lo siento. Es que tengo demasiadas cosas en la cabeza.

Dyna se tumbó a su lado y ronroneó mientras Larissa

seguía acariciándola. Apoyó la cabeza en el brazo y se preguntó cuándo se habían complicado tanto las cosas.

Siempre había tenido el deseo de cuidar de los animales necesitados, pero una vez había conocido a Jack y había tenido acceso a sus recursos, su ámbito de acción se había ampliado. Le gustaba tener la posibilidad de cambiar las cosas. Le gustaba coordinarse con familias que estaban a la espera de un transplante y ayudarlos a encontrar un alojamiento temporal. Le gustaba saber que había encontrado un hogar para gatos o chiweenies o incluso búhos. Ayudar no era algo malo.

«Menos cuando lo empleas para esconderte tras ello», pensó lentamente. Menos cuando te ofrecía una vía para esconderte de tu vida real.

¿Había hecho eso ella? ¿Había estado tan ocupada rescatando todo lo que encontraba a su paso como para olvidarse de sí misma? Quería decir que no, pero el hecho de que su madre hubiera llegado a decir que estaba enamorada de Jack prácticamente le decía que había perdido el rumbo.

Y ahora, ¿qué iba a hacer? ¿Cómo iba a recuperar su vida?

–¿Qué crees que debería hacer? –preguntó en voz alta.

Dyna se giró para mirarla. Los azules ojos de la gata se cerraron lentamente.

–Tienes razón –le dijo Larissa–. Es problema mío, así que la solución la tengo que encontrar yo, pero tal vez podrías darme una pista.

Dyna seguía ronroneando. Larissa cerró los ojos y sintió cómo empezaba a relajarse. La respuesta estaría ahí, se dijo. Lo único que tenía que hacer era seguir buscándola.

–No puedo comer más trufas –dijo Taryn–. Si sigo, no

entraré en el vestido. Angel y tú podéis decidir, pero quiero los arreglos florales más grandes para la ceremonia.

Se detuvo y gruñó.

—¿Están bien? ¿Son demasiados grandes?

Dellina anotaba mientras Taryn hablaba.

—Sea cual sea el tamaño, serán preciosos.

Su voz sonaba calmada, casi relajante. Jack supuso que era un truco que empleaba dado su ámbito de negocio en el que el trato con novias histéricas sería algo habitual. Había oído rumores al respecto, pero hasta hacía poco había creído que no eran más que una leyenda urbana. Ahora sabía bien que no era así. Jamás se habría imaginado que llegaría a oír a Taryn preocupándose por arreglos florales, por trufas con forma de esmoquin o por el tul, fuera lo que fuera eso.

Acompañando esa conversación tan femenina estaba el constante golpeteo que salía de los altavoces de Percy. Aunque el chico estaba arriba, su música retumbaba por toda la casa. La puerta delantera se abrió y los dos chiweenies que Larissa no se había llevado a pasear empezaron a ladrar. Jack miró a su alrededor y deseó poder salir huyendo.

—¡Traemos cerveza! —dijo Sam entrando en el salón—. Ya casi es la hora.

Kenny levantó dos bolsas gigantescas de comida por encargo.

—No sé si habré traído suficiente.

—Está bien así —dijo Taryn antes de que Jack pudiera hablar—. Angel llegará enseguida con patatas, salsas y frutos secos —se agachó y levantó a uno de los perros. El otro corrió hacia Jack y le dio con las patas en la rodilla intentando llamar su atención para que lo levantara.

Sam y Kenny desaparecieron en la cocina con la comida y la bebida, y, justo en ese momento, Angel entró con más bolsas. Taryn se acercó a él mientras Dellina se marchaba a servir toda la comida. Kenny asomó la cabeza por el salón.

–Hola. Ya empieza. Tenemos que encender la televisión.

Jack se encontraba en mitad de ese caos preguntándose por qué habría pensado que sería buena idea. Sí, ver juntos el primer partido de la temporada era una tradición, pero ya no le parecía que fuera buena idea. Preferiría un poco de paz y tranquilidad porque ahora mismo su casa parecía una zona de guerra.

La puerta se abrió de nuevo y los dos perros empezaron a ladrar. El sonido aumentó cuando Larissa entró con los tres que se había llevado a pasear. Los perros ladraban y algunos pedían silencio mientras comenzaba a sonar el himno de los partidos de la Liga Nacional de Fútbol Americano. Jack estaba a punto de agarrar las llaves y salir corriendo cuando vio a Larissa.

Estaba agachada soltando las correas de los tres chiweenies y, aunque ese momento no tenía nada de especial, solo el hecho de verla le permitió volver a respirar. Agarró a dos de los perrillos y les ordenó que callaran. Todos se sentaron para ver el partido y él fue en la otra dirección. Hacia Larissa.

–Ya los he sacado a todos a pasear –le dijo quitándole de los brazos a uno de los perros que él tenía encima–. Deberían aguantar bien así hasta mañana. Para hacer sus cosas, pueden salir al jardín.

Él la llevó a la cocina. Había un paquete de doce cervezas abierto, varios platos tapados que habría que meter en la nevera y patatas y frutos secos que habría que servir en cuencos, pero nada de eso le importó.

Dejó al perro en el suelo, le quitó a ella el que tenía encima, la acercó y la besó.

Su boca resultó suave y cálida. Se movió contra él y sus lenguas se acariciaron hasta que lo único en lo que pudo pensar fue en llevarla al dormitorio y hacerle el amor. Pero tenía la casa llena de compañía y había un adolescente despierto y perros a los que atender. ¿Cuándo se había complicado tanto su vida?

Ella se apartó y le sonrió.

—Qué buena forma de saludarme. ¿Debería marcharme más a menudo?

—La verdad es que no. Te he echado de menos.

Ella miró el desorden de la cocina.

—¿Demasiada gente moviéndose por todas partes?

—Taryn y Dellina estaban hablando de tules.

Larissa se rio.

—¿Sabes lo que es eso?

—Imagino que es algo que tiene que ver con la boda.

Lo abrazó.

—Eres muy varonil.

—Eso debería alegrarte.

—Y me alegra.

Los L.A. Stallions ganaron el primer partido de la temporada y eso propició que todo el mundo estuviera de muy buen humor. A Larissa le agradaba ver el fútbol con los chicos no solo porque le gustaba el deporte, sino por lo mucho que les gustaba a ellos. Además, cuando se quejaban por un mal arbitraje o juego sucio, sabían de lo que hablaban. Llevaba tanto tiempo trabajando con ellos que a veces olvidaba que el hecho de que fueran tan expertos resultaba gracioso.

Después de que todos se hubieran marchado y la cocina se quedara limpia, Percy volvió a su dormitorio, ella dejó salir al jardín a los chiweenies una última vez y después los subió a todos arriba, donde cayeron rendidos en su colchón. Los acarició y entonces oyó el sonido del agua en el enorme baño del dormitorio principal.

Jack estaba llenando la bañera. El aroma a jazmín y vainilla flotaba entre el vapor. Ya se había descalzado y se había quitado los calcetines. Ella se apoyó contra el marco de la puerta para ver cómo se despojaba del resto de la ropa.

Era un buen espectáculo. Por muchas veces que viera a Jack desnudo, nunca se cansaba de mirarlo. Tal vez era por el modo en que se movían sus músculos, unos músculos que conocía a la perfección. O tal vez era porque estaba enamorada y, por eso, nunca se cansaba de él. O tal vez era una mezcla de ambas cosas. Pero fuera cual fuera la razón, se levantó, observó cómo se desnudó y después se acercó a él.

Él la abrazó y le acarició la cara. Le rodeó las mejillas con las manos y la besó con embriagadora pasión. Ella separó los labios y recibió la erótica sensación de notar su lengua contra la suya.

Con el primer roce un cosquilleo le recorrió el torso. Con el segundo, ese cosquilleo se alojó en sus pechos y entre sus piernas. Jack ni siquiera la había tocado y su cuerpo ya se estaba preparando para que la tomara y para tomarlo ella a él. Pero primero había un camino que recorrer.

Él posó las manos en su cintura y comenzó a tirarle de la camiseta. Muy a su pesar, Larissa se apartó un instante para que se la pudiera quitar. A continuación le quitó el sujetador y después colocó las manos sobre sus pechos. Cuando se inclinó para succionar su pezón izquierdo, ella se arqueó contra él y le acarició el pelo y sus hombros desnudos. Mientras Jack rozaba los dientes ligeramente contra su sensible pezón, comenzó a desabrocharle los vaqueros.

Con torpeza, ella lo ayudó. Los vaqueros y la ropa interior cayeron al suelo y al instante Jack estaba tomando su otro pecho y ella estaba teniendo problemas para respirar.

Él se apartó para cerrar el grifo y bajó la intensidad de las luces.

–Vamos. A ver cuánto salpicamos.

Larissa se rio y agarró una horquilla. Después de sujetarse el pelo, se metió en el agua caliente. Él también entró, se sentó y extendió los brazos. Larissa tenía la espalda apoyada contra su pecho y su erección le rozaba la parte baja de la espalda. Intentó girarse, pero él no la dejó.

–Primero vamos a jugar. Te va a gustar.

–Seguro que sí –respondió relajándose contra su cuerpo. El agua estaba a la temperatura perfecta y los envolvía una sensual fragancia.

Jack la rodeó con sus brazos, posando una mano sobre sus pechos y la otra sobre su vientre. Al mismo tiempo comenzó a besarle y lamerle la nuca.

La recorrió un escalofrío. Se le endurecieron los pezones y Jack los pellizcó suavemente. Esperó a que la otra mano fuera descendiendo, pero en lugar de eso, él levantó el brazo y pulsó un botón. Unos segundos más tarde el motor arrancó y los chorros comenzaron a rociar agua caliente.

Larissa se rio.

–¿En serio? ¿Has encendido el jacuzzi?

–Confía en mí –respondió él colando la mano entre sus muslos.

Cuando la tocó, ella ya estaba excitada, y cuando comenzó a acariciarla, Larissa separó las piernas y se relajó con el placer.

Jack ya sabía lo que le gustaba, a qué velocidad y con qué presión, y ahora estaba aprovechando ese conocimiento para excitarla al máximo en un par de minutos. Pero justo cuando Larissa creía que iba a girarla hacia él para que las cosas se pusieran más divertidas aún, en lugar de eso, él la acercó más a uno de los chorros.

Comenzó a incorporarse.

–Espera. No te esperarás que vaya a hacer eso.

–¿Por qué no? Será divertido.

Lo miró, miró el rostro del hombre que amaba, y asintió con timidez.

–No creo que vaya a funcionar.

–Funcionará a la perfección.

La ayudó a deslizarse hacia delante y se movió también para que pudiera apoyarse en él sin hundirse. Larissa apoyó los pies sobre el borde de la bañera y dobló las piernas de modo que el chorro quedara directamente sobre su sexo. Al mismo tiempo, Jack posó las manos sobre sus pechos y los acarició.

Qué agradable era sentir las burbujas, pensó ella moviéndose para dar con la posición correcta, aunque no resultaba tan agradable como las caricias de Jack. Le gustaba sentir sus manos sobre sus pechos, pensó alzando las caderas ligeramente. Cuando él le pellizcó los pezones, comenzó a respirar aceleradamente. Se sentía cada vez más excitada, aunque se dio cuenta de que no funcionaría del todo.

–Se me hace demasiado raro –le dijo girándose hacia él.

–No hay problema.

La sentó sobre la zona plana de la bañera, se arrodilló entre sus muslos y posó la boca directamente sobre su sexo. Al parecer, los chorros de agua habían hecho más de lo que Larissa había creído porque la segunda vez que deslizó la lengua sobre su clítoris ella llegó al éxtasis.

El orgasmo fue inesperado y gimió de placer. Inmediatamente, Jack hundió dos dedos en su interior y eso la hizo temblar. Tuvo que agarrarse a él para no resbalar y caer dentro de la bañera. Separó más las piernas y ejerció presión contra su boca mientras el placer la recorría una y otra vez.

Cuando terminó, abrió los ojos y lo vio sonriéndole.

—¿Qué me dices ahora de los chorros?

Ella se rio.

—Que a lo mejor al final no ha sido tan raro.

Volvió a meterse en el agua. Él la acercó y con suavidad la acarició entre las piernas haciéndola estremecerse.

—Te toca —le susurró ella dando una palmadita en el borde de la bañera.

Jack se sentó donde se había sentado antes ella. Ya estaba excitado y cuando Larissa se inclinó para tomarlo en su boca gimió. Se agarró a la bañera, apoyando bien las rodillas y los pies, y volvió a tomarlo en su boca. En ese momento, Jack la movió de modo que uno de los chorros quedó apuntando directamente al vértice de sus muslos. Las burbujas la acariciaron exactamente ahí donde estaba más excitada.

—Así los dos estaremos bien —le dijo Jack.

Y así fue.

Lo último que Jack quería era asistir a otra reunión, pero ahí estaba, de nuevo en la universidad de Fool's Gold para otra entrevista con Tad, el director de deportes, sobre el tema de la creación de un programa de fútbol. En circunstancias normales se habría buscado una excusa para cancelarla alegando, por ejemplo, una reunión de última hora con un cliente. Pero no lo hizo por dos razones. En primer lugar, estaba algo ilusionado con la idea de ver a un equipo formarse desde cero. En segundo, últimamente era una persona agradable y sosegada la mayor parte del tiempo. Sabía cuál era la causa y estaba deseando volver a hacerle el amor esa noche.

Entró en la sala de reuniones tres minutos antes del inicio y saludó a todo el mundo. La presidenta Newham estaba allí, al otro lado de donde se encontraba Tad. También había un tipo al que no reconocía. Era muy alto y fornido, pero por lo que suponía, los músculos se debían más a un oficio duro que al deporte.

El hombre en cuestión lo saludó y alargó la mano sobre la mesa para estrecharle la suya.

–Zane Nicholson.

–Jack McGarry.

Zane se sentó.

–Así que tú eres el jugador de fútbol. He oído hablar mucho de ti.

–No puedo decir lo mismo. ¿Eres antiguo alumno?

La expresión de Zane se tensó.

–No. Fui a la Texas A&M.

–¿Juegas?

–No. Tuve que trabajar para pagarme la facultad.

Jack también, había trabajado en el campo, pero sabía a lo que se refería el hombre. Mucha gente daba por hecho que una beca de deportes era una ganga. Lo que no entendían era que conllevaba muchas dificultades. Una lesión podía sacar del programa a un atleta al instante, al igual que un mal rendimiento. Tenían que entrenar, hacer prácticas, apariciones públicas, librar los partidos en sí y todo ello les impedía asistir a sus clases.

Y lo peor de todo era que los deportistas estrella solían aprobar asignaturas a las que apenas asistían, y ello implicaba que al cabo de los cuatro o cinco años de facultad el alumno en cuestión tenía una titulación pero muy poca formación real. Por otro lado, las probabilidades de termi-

nar jugando profesionalmente eran increíblemente pequeñas.

Jack había insistido en pasar sus cursos a la vieja usanza. Como consecuencia, no tenía un promedio académico
impresionante, pero al menos se había graduado tal como
había pretendido. Había tenido muchos amigos que se habían lesionado y que después habían perdido la beca sin
tener otras posibilidades de seguir en la facultad.

Pero no tenía sentido explicarle todo eso a nadie. Nadie tenía tanta empatía.

—Los Aggies tienen un buen equipo este año —dijo
Jack sonriendo—. Ya sabes, para ser texanos.

Zane sonrió.

—No esperes que vaya a defender al equipo de ese estado. En la universidad fui un chico de California y por eso
me llevé mi buena ración de burlas, pero era donde quería
estudiar.

—El señor Nicholson tiene un rancho muy grande al
norte del pueblo —dijo la presidenta Newham—. Está aquí
a petición de la alcaldesa. Es nuestro segundo enlace ciu-
dadano.

Zane tensó la mandíbula.

—Eso es algo de lo que volveré a hablar con la alcaldesa.

Jack se relajó en su silla.

—No sé cómo, pero tiene la capacidad de hacer que la
gente haga lo que ella quiere.

—¡Y que lo digas! —protestó Zane—. Primero el pueblo
se anexionó mi tierra y ahora esto.

—¿Qué quieres decir con que se anexionó? ¿Te la qui-
taron?

—No. La mayor parte de mi rancho se encuentra sobre
tierra no incorporada. Movieron los límites de la ciudad
para incluir la casa y la zona del granero —frunció el

ceño–. La alcaldesa Marsha jura que en los próximos años traerán el agua de la ciudad y el alcantarillado.

–Mejor no tener nada de la ciudad –dijo Jack suponiendo que el otro hombre prefería hacer las cosas a su modo.

–El rancho lleva ahí alrededor de cien años sin que Fool's Gold se meta en nada. Podemos sobrevivir así otros cien años más.

Dos personas más se unieron a la reunión. La presidenta Newham miró los papeles que tenía delante.

–Creo que ya estamos todos. Gracias por venir. En nuestra última reunión tuvimos una discusión bastante acalorada sobre si se debería formar o no un programa de fútbol en la universidad. Es una decisión compleja y costosa. Tal como nos recordó Jack, hay que plantearse una implicación económica a largo plazo. Tad opinó que nuestros programas de deportes están completos tal como están y que no se necesita nada más. Me he reunido con Zane en privado para ponerle al día de todo. Hoy me gustaría ver si podemos llegar a un consenso para que pueda informar a los miembros del consejo rector y tomar una decisión final.

–¿Por qué no votamos ahora? –preguntó Jack–. Así vemos en qué posición estamos cada uno. Después de todo, nadie va a hacer que Tad cambie de idea.

El director de deportes lo miró.

–Nosotros también sabemos en qué posición estás tú, Jack.

Jack asintió.

–¿Con que usando el infantil argumento de «y tú más», Tad?

La presidenta Newham suspiró profundamente.

–Caballeros, ¿podemos no desviarnos del tema que nos ocupa, por favor? La votación no es mala idea. Por supuesto, no será vinculante hasta después de la discusión. Todos los que estén a favor de formar un equipo de fútbol levanten la mano.

Jack se alegró de ver que todos menos Tad votaron por él.

—Me sorprendes —le dijo a Zane.

—Tengo un hermano pequeño en el instituto. Si logro que vaya a la Cal U Fool's Gold en lugar de al Insituto Tecnológico de Massachusetts, mi vida será mucho más sencilla, y que tenga un equipo de fútbol sería de gran ayuda.

Así que actuaba por propio interés, pensó Jack sonriendo. Aun así, qué bien sentaba que un plan saliera bien.

Capítulo 16

–Has estado dos días fuera y nadie sabía dónde estabas –le dijo Larissa a Sam el viernes siguiente.

No pretendía hablarle en tono acusatorio, pero no le gustaba que los chicos viajaran. Score parecía vacía sin todo el equipo allí.

–Tenéis mi número. Podríais haber llamado si había algún problema.

–Lo sé, pero aun así… –Larissa lo miró y esperó–. ¿Y bien?

–¿Y bien qué?

–¿Que dónde has estado?

–No te lo voy a decir.

–¿Has estado con Dellina?

–No es asunto tuyo.

Ella suspiró.

–Tu necesidad de intimidad me da mucha rabia. Has estado fuera dos días, podrías haber estado en cualquier parte.

–Me alegra saberlo. ¿Qué tal si Jack, Percy y tú cenáis conmigo esta noche en el bar de Jo y respondo a todas vuestras preguntas?

–¿En serio?

Sam se detuvo un segundo demostrando que volvía a ser el de siempre.

—Bueno, responderé a casi todas.

—Con eso me basta. Esta noche te vemos.

Él la miró fijamente.

—Pero nada de chiweenies.

—Vamos, Sam, yo no llevaría a un perro a un restaurante.

—Nada de chiweenies.

—Ya te he oído la primera vez. Además, ya han adoptado a uno de los cinco que tenía Jack. Ahora solo quedan cuatro.

Estaba sonriendo mientras hablaba, pero Sam no parecía ni contento ni aliviado.

—¿Qué?

Él le rozó el hombro ligeramente.

—¿Alguna vez te has preguntado por qué sigues haciendo esto?

—¿Rescatar animales? Me preocupa su bienestar.

Él no parecía muy convencido.

—¿No estás de acuerdo?

—No es que no esté de acuerdo, simplemente me parece curioso. Actúas en el momento en cuestión en lugar de volcar tu energía en una misma causa de forma regular.

—¿Te refieres a unirme a una organización local?

—¿No te resultaría más satisfactorio poder ver un proyecto en todo su proceso?

—Tal vez —siempre disfrutaba trabajando con las familias que esperaban transplantes y gran parte de ello se debía a que pasaba mucho tiempo cerca de ellas. Tanto, que normalmente terminaban haciéndose amigos.

—Quiero que seas feliz —le dijo con voz suave.

Ella lo abrazó.

—Gracias, Sam.

–De nada –le besó la frente–. Nada de chiweenies.

Ella se rio.

Larissa, Jack y Percy llegaron al bar de Jo puntualmente. En la puerta había un cartel que decía «Cerrado por evento privado».

–¿Significa eso que podemos entrar? –preguntó Larissa–. ¿Esto lo sabía Sam?

–Sam lo sabe –le dijo Jack.

Ella lo miró.

–¿Hay algo que no me hayas dicho?

–Que esta noche estás especialmente preciosa.

–¡Ey! –exclamó Percy al entrar con ellos–. Aún es temprano. No me agobiéis con vuestras charlitas de viejos empalagosos.

Larissa se rio.

–¡Oye, que no somos tan viejos!

El chico sonrió sin el más mínimo gesto de arrepentimiento.

–Para mí sí lo sois. Yo estoy en la flor de la vida.

El bar estaba lleno, con unas cuarenta o cincuenta personas de pie y charlando entre las que se movían camareros con bandejas de aperitivos. Jo y un par de empleados más estaban detrás de la barra.

Una camarera se acercó y les ofreció bolitas de cangrejo.

–La cena se servirá arriba dentro de una hora –dijo sosteniendo la bandeja.

Larissa tomó una.

–Gracias –se giró hacia Jack–. ¿Sabes de qué va todo esto? ¿Sam no irá a marcharse de Score, verdad?

–No. Él no daría esa clase de noticia en público.

Percy señaló al otro lado de la sala.

–Melissa está aquí. Tengo que irme.

Se marchó antes de que ellos dos pudieran decir algo.

–¡Ay, el amor de juventud! –dijo Larissa–. Es mejor que el de unos viejos.

Jack la rodeó con el brazo.

–No eres tan vieja.

Lo apartó, pero él no se movió.

–Vaya, gracias.

–No hay de qué.

Fueron hacia la barra. Aunque se estaban ofreciendo toda clase de bebidas, la mayoría de la gente elegía champán. Larissa dio un sorbo y disfrutó de la sensación de las burbujas deslizándose por su lengua. Reconocía a todos los invitados. Estaban los chicos de Score, por supuesto, junto con los dueños de la escuela de guardaespaldas. Noelle y su marido, Felicia y Gideon, e incluso la alcaldesa Marsha parecía estar haciendo la ronda por allí.

La mujer los vio y fue hacia ellos.

–Jack, Larissa, me alegro de veros. Jack, tengo entendido que causaste una gran impresión en el comité de la universidad.

Jack se encogió de hombros con modestia.

–Les interesa la posibilidad de formar un programa de fútbol y opino que es una buena decisión.

–Dejaste impresionado a la presidenta Newham.

–Gracias.

–Será un proyecto ambicioso, encontrar un entrenador va a resultar complicado –la alcaldesa sonrió–. Aunque, afortunadamente, eso no es problema mío. Si me perdonáis tengo unos anuncios importantes que hacer.

–¿Se hacen anuncios en una fiesta? –murmuró Larissa.

–Cosas de pueblo –le respondió Jack rodeándola con más fuerza.

La alcaldesa se acercó a la barra, donde Jo le ofreció un micrófono. Larissa no sabía que en el bar hubiera micrófono.

–Gracias a todos por venir –dijo la mujer. La sala se quedó en silencio mientras todo el mundo se giraba hacia ella–. Tengo el trabajo más maravilloso del mundo, vivo aquí y os conozco a todos. Además, he oficiado muchas bodas e intento estar presente en el hospital cuando hay nacimientos –sonrió–. Una vez ha pasado el trabajo duro, claro.

Varias personas se rieron.

–Por eso es un gran placer para mí continuar con la tradición de hacer maravillosos y felices anuncios como este. Damas y caballeros, os presento a los recién casados de Fool's Gold. ¡Dellina y Sam Ridge!

Tardó unos segundos en asimilar esas palabras. Sam y Dellina estaban acercándose a la alcaldesa justo cuando Larissa comprendió lo que había dicho. Gritó y corrió hacia sus amigos.

–¿Estáis casados? –preguntó abrazándolos a los dos.

Taryn se unió a ellos, al igual que las hermanas de Dellina y otros amigos más.

Larissa agarró a Sam.

–¿Eso es lo que habéis hecho mientras habéis estado fuera?

Él sonrió, se le veía feliz y satisfecho.

–No necesito una gran ceremonia y lo último que le apetecía a Dellina era planear otra boda. Esta es nuestra celebración.

Kenny y Jack se unieron a la multitud. Abrazaron a su amigo y besaron a la novia. Todos miraron la alianza de diamantes que Dellina lucía en su dedo anular.

Larissa se dejó invadir por esos felices sentimientos. Así tenían que ser las cosas, pensó. Las personas que se enamoraban se casaban, porque eso era lo que hacían los enamorados. Y ella quería lo mismo.

Miró a Jack. Estaba rodeando con sus brazos a Dellina y Taryn mientras Kenny les tomaba unas fotografías. Sam apartó a su amigo y reclamó a su mujer con un beso que hizo que la gente comenzara a silbar. Jack se rio.

¿Haría él eso alguna vez? ¿Entregaría su corazón a alguien? Quería decir que sí. Quería creerlo, pero hacía mucho tiempo que lo conocía y sabía que siempre se mantenía alejado de todo el mundo. Le iba bien sin implicarse demasiado, así que, por mucho que lo amara, no había razón para pensar que eso cambiaría.

Eddie Carberry, ataviada con uno de sus famosos chándales de color chillón, se acercó a ella.

—Me he enterado de lo de los chiweenies —dijo—. Puede que me pase a echarles un vistazo. No me vendría mal un poco de compañía y sería mejor un perro pequeño. Podría llevármelo al trabajo —sonrió con picardía—. Ya tengo una gata que se llama Marilyn, por Marilyn Monroe. Al perro podría llamarlo JFK.

Era raro, pero no estaba mal, pensó Larissa. Lo que fuera con tal de encontrarles casa a los chiweenies.

—Estaría genial. Avísame cuando quieras venir a verlos.

—Lo haré —respondió la mujer con voz chillona—. A menos que se los des de comer a ese búho tuyo.

Larissa dio un paso atrás.

—Yo jamás haría eso. Además, el búho ya no está en casa, lo han dejado libre.

—Me alegra saberlo. Me pregunto qué irás a rescatar después —Eddie le dio una palmadita en el brazo—. Te llamaré para lo de los chiweenies.

Larissa asintió. Mientras la mujer se alejaba, se dijo que debería alegrarse por el hecho de encontrarle hogar a otro perrito, pero no lograba hacerlo. Porque aunque Eddie había estado bromeando, su comentario le había dolido un poco.

Sabía que tal vez llevaba demasiado lejos el tema de los rescates, pero nunca se había sentido ridícula por ello. ¿Era así como la veía el resto del mundo? ¿Y realmente le importaban las opiniones de los demás?

O tal vez la verdadera pregunta era más profunda y más importante. Tal vez tenía que ver con eso de lo que sus amigos habían estado hablando últimamente: que al igual que Jack hacía uso de la distancia para no implicarse en nada, ella hacía uso de sus causas benéficas para mantenerse apartada del mundo. ¿Era eso lo que la estaba apartando del deseo de su corazón? Y de ser cierto, ¿cómo iba a encontrar el modo de cambiarlo?

Pero bueno, ya se ocuparía del problema en otro momento, se dijo mientras volvía al lado de Jack, que estaba hablando con Fayrene, hermana de Dellina. La joven le estaba entregando unas entradas.

–Es una subasta para recaudar fondos para el equipo de atletismo del instituto.

–Corréis en primavera –dijo Jack con cierto recelo.

–Este año lo están preparando con tiempo. Es un evento de noche, con un bufé y no se celebrará hasta marzo.

Jack suspiró.

–Claro. Me quedo dos.

Fayrene enarcó las cejas.

–Seis –se corrigió él.

Larissa se apoyó en él.

–Qué blando eres. De todos modos, será divertido. Podemos ponernos guapos.

Jack la miró confundido.

–¿Por qué íbamos a…? –se detuvo–. Claro. Nos pondremos elegantes, será genial.

Ella siguió sonriendo y asintió, e incluso agarró una

copa de champán de la bandeja de un camarero que pasaba por allí. Pero por dentro se sentía fría y sola.

La reacción de Jack no podía haber sido más clara. Mientras que ella estaba tan contenta haciendo planes para su futuro juntos, él estaba dando por hecho que iba a hacer lo que había prometido: olvidarlo. Que para marzo ya no estarían juntos. Porque aunque Jack lo significaba todo para ella, para él ella no era más que una amiga a la que estaba ayudando.

No la amaba. Para él nada había cambiado. Y nunca lo haría.

La fiesta de Sam y Dellina se prolongó durante horas. Todo el mundo se estaba divirtiendo y nadie parecía querer ser el primero en marcharse. Jack estaba en la planta baja del local. Una hora antes Larissa lo había llevado arriba para probar el bufé, y ahora la veía hablar con Bailey y Dellina y otras mujeres del pueblo.

Por un momento le había parecido que algo iba mal porque se había quedado muy callada, pero ahora parecía estar bien.

Estaba rodeado de conversaciones y risas. Todo el mundo lo estaba pasando bien y él solo podía pensar en llegar a casa. Quería tranquilidad. Quería estar solo con Larissa. Todo lo demás era simplemente ruido.

–Hola.

Se giró y vio a Taryn caminando hacia él. Su amiga se tambaleaba un poco, tal vez por los ridículos tacones que llevaba, aunque lo dudaba. Enarcó una ceja al decirle:

–Empiezas a notar los efectos del champán, ¿eh?

Ella sonrió.

–Tal vez. ¿Por qué no? Por fin Sam se ha convertido en una persona normal. ¿Quién iba a decirnos que eso podría pasar? Estoy emocionada por él —se apoyó en Jack—. Sabes que es por este maldito pueblo, ¿verdad? Nos está absorbiendo a todos en contra de nuestra voluntad. Tú tienes la culpa.

Él la rodeó con el brazo.

—Seguro que sí, pero te recuerdo que hicimos una votación legal.

Taryn ignoró el comentario sacudiendo la mano.

—Erais tres contra uno, y a ninguno os importó que yo no quisiera trasladarme.

—Si no nos hubiéramos mudado aquí, no habrías conocido a Angel.

—Interesante apunte. Adoro a ese hombre, pero intentas desviarme del tema. Estamos aquí por ti, eres tú el que les propuso el traslado a Sam y a Kenny —lo miró—. Creo que sabías que necesitabas a Fool's Gold.

Como siempre, Taryn daba en el clavo aunque eso no lo admitiría.

—¿Y por qué iba yo a necesitar un lugar así?

—Porque te permite sentirte a gusto, integrado en algo, al menos en teoría —suspiró—. Te quiero, Jack, pero tienes que dejar de protegerte. Está claro que quieres formar parte de algo más grande, algo real, pero al mismo tiempo estás luchando contra ello. No quiero que mueras solo.

—Sam dice que puedo vivir encima de su garaje.

—Eso me ha dicho. Ahora te parece gracioso, pero cuando tengas sesenta años será otra historia —dio un sorbo de champán—. Me caso con Angel.

—Lo sé. He visto el vestido.

Ella lo miró fijamente.

—Quiero que seas mi dama de honor —frunció el ceño—. Bueno, más bien serías mi «hombre de honor». Da igual. El caso es que quiero que seas tú el que esté a mi lado.

–Con tal de no tener que ponerme vestido…

–Estaba pensando que te sentaría bien un esmoquin.

–Entonces me apunto.

Ella ladeó la cabeza.

–¿Estás seguro? ¿No te va a resultar incómodo?

Sabía a lo que se refería. Habían estado casados, compartían un pasado algo extraño que podría hacer que la situación resultara embarazosa, pero no era así.

–Si a Angel le parece bien, por mí perfecto.

Taryn se apoyó en su hombro.

–Sabes que siempre te querré.

–Sí. Igual que yo siempre te querré a ti.

Como una familia. No exactamente como expareja ni exactamente como hermanos. Estaban conectados y, con mucho gusto, él estaría a su lado mientras se casaba con Angel. Los sentimientos románticos que hubiera podido tener hacia Taryn alguna vez hacía tiempo que se habían esfumado.

Ella lo abrazó y se marchó tambaleándose en busca de su prometido. Jack la vio alejarse y se giró para buscar a Larissa.

Después de semanas de preparativos, Larissa se despertó tres días antes del torneo de golf con todo hecho. Había confirmado cuál sería el equipo de Jack, había cerrado todo con los patrocinadores, había coordinado cada detalle con la gente de la organización y ahora ya no le quedaba nada por hacer.

Se duchó, se vistió, le dio de comer a Dyna y miró el e-mail. Ese día no había mucho que hacer. Una mujer se pasaría para ver a un chiweenie y llegaría a las diez. Eddie ya se había llevado a uno hacía unos días y ahora solo quedaban dos en casa de Jack.

El trabajo marchaba bien, Percy seguía estudiando y, según Kenny y Sam, haciendo muchos progresos. Larissa decidió recompensarse por esa vida tan tranquila y organizada que llevaba saliendo a correr.

Bajó las escaleras del bloque de apartamentos y decidió ir al parque y seguir el sendero. Era una preciosa mañana de finales de verano. El aire tenía un toque de frescura, lo cual indicaba que el otoño no estaba tan lejos.

Empezó caminando rápido para calentar. Cruzó la calle y se preguntó cómo estarían los árboles cuando cambiaran de color. Imaginó a los niños jugando entre montañas de hojas.

Sería su primer año con el cambio completo de estaciones, pensó alegre. En Los Ángeles el paso de los meses lo marcaba la ropa de las tiendas, pero en realidad la temperatura no variaba tanto. En invierno rondaba los dieciséis grados y en verano treinta y muchos, pero nunca llegaba a hacer un frío intenso ni nevaba. Había años que apenas llovía.

Comenzó a correr a paso ligero. Estaba deseando que llegaran la nieve, el otoño y los festivales de invierno. La Navidad allí sería genial, preciosa y divertida. Había oído rumores sobre un «árbol generoso» del que elegías una etiqueta que había colgado un niño para luego comprarle ese regalo. Sería divertido.

Llegó al parque y comenzó a correr por el camino. Aumentó la velocidad al igual que aumentó su respiración. ¿Pasaría la Navidad con Jack? Por supuesto, solían estar juntos en las fiestas, pero ahora las cosas eran distintas. Estaban saliendo y pasaba varias noches a la semana en su casa.

Una semana antes habría dicho que sí, que por supuesto pasarían la Navidad juntos, pero ahora ya no estaba tan segura. Aunque se suponía que debía estar olvidándose de

Jack, en realidad se estaba enamorando de él cada día más. Él, por el contrario, no parecía tener el mismo problema y había sido incapaz de imaginarlos todavía juntos en el plazo de unos meses.

Estaba claro que su plan para olvidarse de Jack había fracasado, y eso lo demostraba el hecho de que pasar tiempo con él solo hacía que quisiera estar a su lado más tiempo todavía. Además, la idea de estar con otra persona la horrorizaba y eso no presagiaba nada bueno para su futuro. Quería…

Quería lo que tenía Dellina, admitió. Una relación feliz con futuro. Quería lo que tenía Taryn. Un brillo en la mirada cada vez que hablaba del hombre que amaba. Quería ser la persona más importante en la vida de alguien. Quería importar.

Quería ser algo más allá de sus causas benéficas.

Se detuvo en mitad del camino y parpadeó ante unas lágrimas inesperadas. ¡Se acabó! Quería ser algo más que la mujer que rescataba búhos, serpientes y chiweenies. Quería formar parte de algo más duradero que un rescate puntual. Quería su propia familia. Quería amor y felicidad eternos.

Tal vez era la causante de que sus padres hubieran tenido que casarse o tal vez no. Ese sentimiento de culpa llevaba tanto tiempo acompañándola que no podía imaginar lo que sería no tenerlo, pero fueran cuales fueran las circunstancias en las que había llegado al mundo, se merecía algo más que esa media vida que estaba viviendo. Que fuera o no feliz ahora no cambiaba a su pasado. Solo afectaba a su futuro.

–¿Estás seguro de esto? –preguntó Percy un poco dudoso.

Jack se rio.

–Chaval, no es para tanto. Venga, vamos. Es golf.

Percy no parecía muy convencido y Jack supuso que, desde su perspectiva, la escena resultaba algo caótica. El evento benéfico había comenzado con un desayuno en el que se presentó a los profesionales y a los famosos. Percy se había quedado alucinado al ver a un par de estrellas del baloncesto que formaban parte de la alineación, además de jugadores de béisbol, algunos pilotos de carreras y varios actores.

Allí había mucho ruido, paparazzis y espectadores arremolinados.

–No sé nada de golf –admitió Percy–. Larissa me dio un par de artículos para que leyera la semana pasada. Entiendo las normas básicas, pero hay que elegir palos y cosas. Con eso no te puedo ayudar.

Jack posó la mano en el hombro del joven.

–¿Quieres ser mi caddie?

–Sí, pero…

–Nada de peros. Lo pasarás genial –se detuvo–. Melissa se va a quedar impresionada.

Eso hizo que Percy sonriera.

–Cualquier cosa que le impresione me viene realmente bien.

–¿En serio? Vaya, ¿por qué me imaginaba que ibas a decir eso?

Se encontraban junto a la casa club del campo de golf de Fool's Gold. El torneo entre profesionales y aficionados se estaba disputando en una cancha pública, lo cual había complicado aún más el tema de la logística. Raúl Moreno era uno de los principales patrocinadores y gran parte de los beneficios irían destinados a su organización, End Zone for Kids.

A Jack le pareció curioso que hubiera aceptado participar mucho antes de que Percy apareciera en sus vidas y que Percy hubiera llegado al pueblo a través de End Zone. La vida estaba llena de coincidencias.

Ya había conocido al resto de hombres que formaban su equipo. Había dos golfistas profesionales y una estrella del cine llamada Jonny Blaze.

Jack lo vio de pie rodeado por una multitud de mujeres. Firmó autógrafos en papel, fotografías y hasta en el escote de una chica.

Kenny se acercó y miró a la multitud.

–No lo juzgues –le dijo su amigo–. Aún es un veinteañero. Irá mejorando con la edad.

–No todo el mundo madura.

–Cierto. Sam y yo vamos a hacer una apuesta, ¿te apuntas?

–Claro. ¿Cien pavos el golpe?

–Hecho –chocaron los puños.

Jack sabía que, independientemente de quién ganara, el dinero lo destinarían a la caridad. Aun así, quería ser él el que pudiera terminar alardeando por haber ganado.

Larissa corrió hacia ellos. Llevaba un bolso grande colgado de un hombro y estaba señalando a Kenny.

–Te he visto.

–Sí, y ha sido memorable.

Larissa se rio y se giró hacia Jack y Percy. Soltó el bolso en el césped y comenzó a sacar cosas.

–Gorras promocionales. Tienen mucho estilo.

–Qué guay –dijo Percy probándose una y ajustándose la cinta.

A continuación, les pasó un bote de protección solar.

–Para los dos –dijo con firmeza–. Hace sol y calor.

Percy frunció el ceño.

–¿Te has dado cuenta de que soy negro, verdad?

–Pero puedes quemarte de todos modos y dañarte la piel. ¿No quieres seguir estando guapo a los cuarenta?

Él sonrió.

–Yo siempre estaré guapo.

–Esa es la actitud. Pero ahora échate la crema, jovencito.

Jack ya se estaba extendiendo la suya porque sabía muy bien que con Larissa no valía la pena discutir.

–Y bebed mucho líquido –añadió–. Cuando se acerque el carrito de la bebida, tomad agua –señaló a Percy–. Puedes tomarte un refresco cuando te hayas tomado dos botellas de agua. ¿Lo prometes?

–Sí, señora –dijo el chico.

–Bien –Larissa miró a Jack–. Tú ya sabes la importancia de mantenerse hidratado. ¿Ya has conocido a los otros chicos de tu equipo?

–Sí –respondió Percy–. Tenemos a Jonny Blaze.

Larissa arrugó la nariz.

–Antes estaba firmando pechos. Las mujeres se estaban bajando las camisetas, literalmente, para que les firmara en el escote. ¿No os parece un poco asqueroso?

–No sé –comenzó a decir Kenny, pero se detuvo cuando Larissa lo miró. Se aclaró la voz–. Sí, sí, es asqueroso. Debería darles vergüenza.

Jack asintió.

–Es algo atroz.

–Me da igual que me estéis siguiendo la corriente –les dijo Larissa a los dos–. Os lo agradezco.

Se puso de puntillas, besó a Jack y después abrazó a Percy y a Kenny.

–Bueno, que os vaya muy bien a todos. Os estaré animando.

Y con eso se despidió y se marchó sin duda para buscar a Sam, pensó Jack mientras observaba cómo se alejaba. Su cola de caballo rebotaba a cada paso que daba. Se movía con gracia y elegancia. «¡Qué mujer!», pensó con alegría. Y esa noche la tendría desnuda en su cama. La vida era muy, muy, buena.

Pero la vida se fue al infierno esa misma tarde, pensó Jack mientras miraba a la presidenta Newham al final de su primera ronda. Su equipo lo había hecho bastante bien teniendo en cuenta que Jonny Blaze había estado más interesado en posar para fotos que en jugar al golf. Pero cuando la estrella del cine se centraba, tenía un swing bastante decente y lograba colocar la pelota en el green. Sin embargo, el hecho de que hubiera mujeres subiéndose constantemente las camisetas y enseñando los pechos había dificultado que todos se concentraran en el juego.

Una vez terminados los dieciocho hoyos, lo único que quería era tomarse una cerveza, agarrar a Larissa, cenar y meterse en la cama. Y si no fuera porque Percy estaba con él, haría las cosas en el orden contrario.

Pero todo eso tuvo que quedar apartado cuando la presidenta de la universidad le preguntó si podían hablar.

—¿Ahora?

—Sí —respondió la mujer con seguridad—. Solo será un minuto.

Percy no sabía quién era la presidenta Newham, pero estaba claro que reconoció su innata autoridad porque al instante el chico se ocupó de los palos de Jack y dijo:

—Te espero aquí.

El mal presentimiento de Jack no hizo más que agravarse cuando siguió a la presidenta hasta una pequeña sala de reuniones de la casa club y encontró allí a la alcaldesa Marsha esperándolos. Nada bueno podía salir nunca de una reunión no prevista con esa mujer.

–Hoy has jugado bien, Jack –dijo la alcaldesa a modo de saludo.

Él asintió con recelo. La pequeña sala sin ventanas solo tenía una salida y ahora mismo le parecía que estaba muy lejos.

Intentó ignorar la sensación de pavor que lo invadió fijándose en los detalles. La alcaldesa, por ejemplo, llevaba un traje, como siempre, y perlas. Estaban en un campo de golf, ¿es que no podía relajarse un poco y ponerse unos vaqueros y una camiseta?

Intentar generar esa imagen en su cabeza requería más imaginación de la que tenía, pero el esfuerzo bastó para permitirle calmarse un poco.

–Jonny Blaze parece muy majo –añadió la alcaldesa–. Aunque necesita madurar un poco.

Jack alzó las manos.

–Si me está pidiendo que lo lleve…

–Ese no es el motivo por el que estamos aquí –interpuso la presidenta Newham–. Jack, queríamos que fuera el primero en saber que vamos a seguir adelante con la reanudación del programa de fútbol de la universidad de Fool's Gold. El consejo rector ha aprobado los fondos preliminares.

Él se la quedó mirando.

–Eso es genial. Me sorprende que hayan aceptado. Va a suponer mucho trabajo, pero al final ganarán en prestigio y en ingresos –iba a añadir que saldrían ganando en todos los sentidos, pero algo en el modo en que lo estaban mirando las mujeres hizo que se le secara la boca–. ¿Qué? –preguntó con un tono algo más agudo del que hubiera querido.

–Hay una condición –dijo la alcaldesa Marsha–. Para recibir los ingresos –la presidenta y ella se miraron.

–Han sido muy específicos sobre quién quieren que dirija el programa –añadió Newham–. Y esa persona es usted, Jack.

A la mañana siguiente, Jack seguía diciéndole a todo el mundo que no. Se lo había dicho a la alcaldesa, a la presidenta, y a todo el que le había querido escuchar. A Percy le había parecido una noticia genial y Larissa se lo había quedado mirando como si acabara de lograr el bienestar mundial de los animales. Hasta Taryn había asentido con ahínco y le había dicho que estaba segura de que él podía llevar a cabo algo así.

Lo que nadie parecía recordar era que él no se implicaba en las cosas. Nunca. No era de esos. Él era de los que extendían un cheque mientras otros hacían el trabajo, mientras otros se involucraban. Mientras otros se preocupaban. Él era el Jack sin corazón y le gustaba ser así.

Se reunió con los demás jugadores en la cancha. Jonny Blaze tenía pinta de haber estado toda la noche de juerga. Jack sabía que él también había dormido muy poco, aunque por motivos mucho menos divertidos. Lo había intentado, pero le había sido imposible relajarse. ¿Que formara un equipo de fútbol? Él no era entrenador, no sabía nada sobre entrenar. Él no era la persona a la que la universidad debería confiar la creación y dirección del programa.

Tenía que explicarlo. El día anterior había dicho que no, lo habían presionado y, por desgracia, había estado tan impactado que había terminado prometiendo que pensaría en ello. Pero ahora…

Los participantes y sus caddies fueron hacia el punto de salida. Primero participaron los dos profesionales. Jack llevaba el palo en las manos. Jonny Blaze se acercó a él.

–Lo estás haciendo bien –dijo el actor–. Solo vamos cinco golpes por detrás de los profesionales. Mis dos últimos golpes de ayer fueron malísimos –bostezó–. Hoy me siento más metido en el juego.

Jack se preguntó cómo podía ser.

–Pues buena suerte.

–Gracias –Jonny asintió hacia Percy–. Debías de tener doce años cuando lo tuviste. Tenéis los mismos ojos. Su madre tenía que estar muy buena.

Tardó un segundo en captar el significado de esas palabras.

¿Jonny creía que Percy era su hijo? Sintió la soga de la responsabilidad apretándole con fuerza la garganta. Ahora mismo era lo último que necesitaba. Ya estaba demasiado metido en la relación con Larissa y encima la universidad estaba intentando convencerlo de que fuera el entrenador.

–No es mío –se apresuró a decir–. Es una responsabilidad que me ha caído encima y de la que ya no me voy a librar.

En cuanto pronunció esas palabras, se arrepintió. Percy no tenía culpa de nada. Además, apreciaba mucho al chico, tanto que muchas veces ayudarlo era lo mejor del día.

Pero antes de poder decir nada oyó un golpe. Se giró y vio que el joven había soltado la bolsa de palos y que estaba corriendo en la dirección contraria.

Capítulo 17

Larissa estaba en el porche de la gran casa esperando que alguien abriera la puerta. Taryn le había conseguido la dirección aunque le había costado casi día y medio. Al parecer, no se revelaba mucha información sobre los hogares de transición.

La puerta se abrió y una mujer de unos treinta y tantos años salió. Era guapa y vestía vaqueros y camiseta.

–¿Sí? ¿Puedo ayudarte en algo?

–Estoy buscando a Percy. Me han dicho que está aquí.

La mujer vaciló un segundo y asintió.

–Sí, claro. ¿Cómo te llamas?

–Larissa.

–Le diré que estás aquí.

Y con eso la mujer entró de nuevo en la casa y cerró la puerta. Larissa no lo comprobó, pero tuvo la sensación de que el seguro se había cerrado automáticamente. Parecía que la función de esa puerta era evitar que entraran los de fuera más que impedir que salieran los de dentro.

Caminó de un lado a otro del porche mientras esperaba. El último día había sido horrible. Percy había desaparecido durante el torneo y no entendía por qué. Jack había dicho que había sido culpa suya, pero no le había contado lo que había pasado. Nadie había visto ni oído nada. Creía que Percy era feliz en su nueva vida y que estaba emocionado por su futuro, pero entonces, ¿qué había ido mal?

La puerta se abrió y Percy salió al porche. Hasta ese segundo no se había dado cuenta de que, en parte, se había esperado que se negara a verla.

Corrió hacia él y lo abrazó. El chico se quedó quieto un segundo antes de devolverle el abrazo.

–Te he echado de menos –le dijo apartándose para poder verle la cara–. ¿Estás bien?

Percy esbozó una media sonrisa.

–Larissa, solo ha sido un día. Estoy bien.

–No estás bien. La gente que está bien no se marcha. Tú te marchaste sin más.

Él desvió la mirada.

–Tuve que irme. No puedo estar aprovechándome de vosotros para siempre.

–¿Quién ha dicho que te estés aprovechando de nosotros? Eres parte de la familia de Score –lo miró a los ojos–. ¿Por qué te marchaste? ¿Qué pasó?

Percy alzó un hombro y volvió a mirar a otro lado.

–Nada. Era hora de hacerlo. Mira, tengo que vivir mi propia vida. Es hora de que me convierta en un hombre.

–Ya eres un hombre. Vamos, Percy. ¿Qué pasa con lo de conseguir el certificado de secundaria e ir a la universidad?

–Lo voy a hacer de todos modos. Seré profesor y ayudaré a chicos como yo –la miró–. Esto es mejor, así no molesto a Jack. Voy a buscar un empleo. Estaré bien. Aquí hay buena gente. No te preocupes por mí.

Ese breve discurso contenía tanta información que ella no supo por dónde empezar.

–¿Por qué piensas que molestas a Jack? Te aprecia. Le gusta tenerte en casa. Eres de la familia.

La expresión de Percy se tensó.

–No soy de la familia, Larissa. Soy un proyecto. ¿Es que crees que no lo sé?

–¡No! –contestó ella con terquedad–. No es así. Nunca ha sido así.

Él se la quedó mirando y, por un momento, le pareció mucho más mayor, más adulto.

–No te preocupes por mí, no voy a cambiar de opinión sobre lo de ir a la universidad o ser profesor. Voy a lograrlo. Ya he hablado con gente y me van a ayudar a conseguir un trabajo.

–Ya tienes un trabajo en Score.

–Os habéis inventado un puesto para mí. Quiero conseguir un trabajo por quién soy y no por a quién conozco.

–Las cosas no son así –repitió–. Percy, esto es un error. Ven a casa. Si no quieres quedarte con Jack, quédate conmigo.

El joven volvió a sonreír.

–He visto tu apartamento. No tienes sitio para Dyna, así que mucho menos para mí. Es mejor así.

–No lo es –los ojos se le llenaron de lágrimas–. ¿Qué ha pasado? Tan solo cuéntamelo. Algo ha pasado que lo ha cambiado todo.

Él la abrazó y la besó en la cabeza. Fue un gesto muy parecido a los de Jack.

–Intentaba rescatarte y ahora has crecido y te has marchado.

Él se rio.

–Tenía que irme tarde o temprano.

–Pero podríamos haberlo retrasado un poco.

El chico la soltó.

–Estoy bien, Larissa. Gracias por toda tu ayuda. Y sí que me has salvado. Además, me quedo en el pueblo, así que nos veremos. Pero tengo que seguir mi propio camino. Espero que lo entiendas.

Ella asintió, aunque no lo entendía. No entendía nada.

Taryn entró en el despacho de Jack sin llamar. Por desgracia, en ese momento no estaba al teléfono así que no pudo fingir que estaba ocupado. Porque cuando Taryn tenía fuego en la mirada, siempre era mejor estar donde ella no estuviera.

Pero como se negaba a dejarle ver que lo ponía nervioso, le sonrió y se recostó en su silla.

–¿Qué pasa? –preguntó aunque ya se hacía una idea de qué problema había.

Ella posó las manos en las caderas y lo miró.

–¿Qué demonios te pasa? Has hecho daño a ese chico y, con eso, también has hecho daño a Larissa.

Dejó de sonreír y se incorporó. Una extraña sensación se instaló en su estómago y tardó un segundo en darse cuenta de que era vergüenza. Sin embargo, no lo admitiría.

–Todos acogimos a Percy y estuvimos a su lado. Tienes a Sam y a Kenny ayudándolo a estudiar para que pueda aprobar el certificado. Todos nos preocupamos por él, pero ahora se ha ido. Y lo peor de todo es que no dice qué ha pasado.

–¿Y entonces cómo sabéis que es por mi culpa?

Ella lo miró exasperada.

–¿Hablas en serio? ¿Esa es tu defensa? ¡Maldita sea, Jack, no puedes comportarte así!

–¿Por qué no? –se levantó y la miró conteniendo una rabia que lo sorprendió por su intensidad–. A ti te importa. A Kenny le importa. A Sam le importa. ¡Genial! A mí no. Percy fue un problema más que Larissa me encasquetó. He hecho lo que he podido, pero ahora él se ha ido.

–No lo acepto. A los demás podrás contarles que te importa una mierda, pero yo sé que no es así.

–No sabes tantas cosas como crees. Hay demasiadas personas exigiéndome demasiado. Entre todos me estáis hundiendo. Y Percy era como un peso muerto.

Desconocía de dónde habían salido esas palabras, pero no pudo contenerlas. Estrechó la mirada.

–Puede que no te guste la verdad, pero eso no la cambia. Yo me limito a ser el que extiende un cheque.

–Tú eres mucho más que eso –le respondió ella con firmeza.

–¿Eso crees? Puedo demostrarlo. No me importa que Percy se haya ido. Y en cuanto a ti, no me interesa estar en tu boda. Ya tienes a bastantes personas ayudándote a jugar a las princesas.

Taryn palideció. Respiró hondo, pero no dijo nada. Y dio igual porque él ya estaba saliendo por la puerta.

Larissa se detuvo en el centro del pueblo. Ya estaba todo decorado para el Festival del Otoño que se celebraría el siguiente fin de semana. En circunstancias normales le habría encantado ver los escaparates de las tiendas y las calles decoradas, pero ese día en concreto ver todo eso no la estaba animando precisamente. Todo iba mal y no sabía cómo solucionarlo. En unos días, todo su mundo se había puesto patas arriba.

Percy no había vuelto. Había conseguido un empleo trabajando para Josh Golden en la escuela de ciclismo y estaba aprendiendo a reparar bicis y a prepararlas para alquiler. Decía que el hogar de transición estaba bien y Kenny y Sam juraban que no dejaba de acudir a sus reuniones de estudios.

Sin embargo, no era lo mismo, pensó con tristeza. Percy había dejado de formar parte de su día a día, ya no lo veía tanto y eso para ella suponía mucho, pero lo más importante era lo que había sucedido entre Jack y él. Porque ese había sido el comienzo del problema.

No veía a Jack desde el martes. Él no había ido a la oficina, Taryn no decía nada y Kenny y Sam eran discretos y reservados por naturaleza.

Los dos chiweenies que quedaban con Jack los seguían sacando a pasear unos voluntarios y ninguno lo había visto. Lo que más le preocupaba era que no estaba aceptando sus llamadas, y Jack siempre aceptaba sus llamadas. En una ocasión dos años antes incluso le había respondido mientras estaba en la cama con una de sus chicas. ¿Y ahora, en cambio, ya ni siquiera le hablaba? ¿Qué estaba pasando?

En ese momento sonó el móvil. Lo agarró y pulsó el botón.

–¿Sí? ¿Jack?

–Eh, no. Soy Martin Guley. Un amigo en común me ha dado tu nombre. Trabajo para un refugio de animales en Sacramento y tenemos una situación poco usual. Una familia compró un león de montaña siendo cachorro y ahora ha crecido hasta el punto de que no pueden tenerlo en casa y me han dicho que tú podrías ayudarme. Solo necesitamos un hogar para él hasta que averigüemos qué hacer. Serán unas semanas como mucho. Es dócil aunque tiene tendencia a destrozar un poco los muebles.

La primera reacción de Larissa fue decir que por supuesto podría ayudar con el león de montaña ya que la casa de Jack era muy grande. Pero el problema era que se había visto obligada a admitir que tal vez sí que era culpable de esconderse tras todas esas causas. No podía salvar al mundo entero y sería mucho mejor que empleara su tiempo en intentar mejorar la pequeña parte del mundo que le correspondía.

–Martin, me temo que ahora mismo no puedo hacerme cargo de un león de montaña aunque sí que tengo los nombres de algunas instalaciones de rescate de felinos grandes. Tendrán espacio y recursos suficientes para ayudaros. Estoy de camino a casa. En una hora te envío por correo electrónico el contacto.

–Muchas gracias –respondió Martin agradecido–. Soy nuevo en el refugio y no sabía qué hacer.

–No te preocupes, no hay problema.

Colgó y caminó hacia su apartamento. Le pasaría a Martin la información que necesitaba y se acurrucaría a Dyna para aplacar su agitado corazón. Pero después de eso… no tenía ningún plan más que, tal vez, encontrar a Jack y llegar al fondo de lo que estuviera pasando.

Larissa entró en casa de Jack alrededor de las cuatro de la tarde.

–¡Soy yo! –gritó cerrando la puerta.

Los chiweenies fueron corriendo a saludarla. Los acarició y entró en el enorme salón.

–¿Jack?

–Estoy aquí.

Estaba sentado en el sofá. Tenía el pelo alborotado y una barba de varios días, lo cual le hizo preguntarse si se habría duchado siquiera. Llevaba una camiseta vieja y unos vaqueros. Estaba descalzo. Una de sus camisas de vestir estaba tirada y hecha jirones sobre la alfombra junto a la mesita de café, claramente había sido víctima de los chiweenies. Pero lo más problemático era la botella de whisky que tenía delante y el vaso medio vacío.

Se mordió el labio. Jack no era persona de beber solo

y, menos aún, en mitad del día. Algo iba muy, muy, mal.

Fue hasta el sofá y se sentó mirando hacia él. Jack no se molestó en mirarla. Por el contrario, siguió mirando fijamente al frente, como si ahí estuviera pasando algo que solo él podía ver.

–Jack –dijo con suavidad–. ¿Qué está pasando? Me estás asustando. El otro día desapareciste sin más y no respondes a mis llamadas. Taryn está molesta, así que sé que te ha pasado algo con ella. Además, Percy se ha ido.

Él levantó el vaso y se lo terminó.

–Maldito idiota.

Se giró para mirarla. Tenía los ojos inyectados en sangre y parecía como si no hubiera dormido en días. Ella quiso abrazarlo y dejar que el amor lo reconfortara, pero se quedó donde estaba dispuesta a escuchar lo que fuera que tenía que decir.

–¿Dónde está?

–En un hogar de transición. Ha encontrado trabajo con Josh Golden en la escuela de ciclismo y sigue estudiando con Kenny y Sam.

–Son buenos tíos. Ellos no lo estropearán todo.

–Tú no has estropeado nada.

Jack enarcó una ceja.

–No puedes defenderme porque ni siquiera sabes lo que ha pasado –se llenó el vaso–. Porque todo es culpa mía, Larissa. Lo he destruido todo –agarró el vaso–. ¿Sabes qué? He rechazado el trabajo.

¿Estaba borracho? Porque estaba claro que estaba diciendo cosas sin sentido.

–¿Qué trabajo?

–El del programa de fútbol. ¡Como si yo supiera cómo hacer eso!

Ella juntó las manos.

–Jack, lo habrías hecho muy bien con los jugadores.

–¿Sí? –la miró fijamente–. Pues yo creo que no porque soy la razón por la que Percy se ha marchado. En el torneo, Jonny Blaze me preguntó si era mi hijo, me dijo que teníamos los mismos ojos.

–Eres muy joven para ser su padre.

–¡Esa no es la cuestión! –respondió Jack furioso–. No quiero ese hijo ni quiero ninguno. Sería pésimo como padre.

–No, no es verdad. Harías un trabajo fabuloso.

–Estás ciega. Le dije que Percy no es mío, que era un problema que me había caído encima y con el que tenía que cargar.

Larissa abrió los ojos de par en par.

–Jack…

Él la interrumpió sacudiendo la cabeza.

–No lo dije en serio, o tal vez sí. No sé. Percy lo oyó y por eso se marchó. Nadie quiere ser una obra benéfica, Larissa. La gente no quiere que la salven, quiere creer que se pueden salvar a sí mismos.

Ella pensó en lo que acababa de decir.

–¿Has hablado con él? Si le explicas que fue un accidente y que lo sientes, volverá.

–No va a volver. Y yo tampoco quiero que lo haga. Necesitaba demasiado y no me pienso implicar en algo así. Yo extiendo cheques y tú haces el resto.

–Jack, no.

–Admítelo. Soy el que consigue las cuentas, el que les dice a los clientes lo que quieren y Taryn se ocupa del resto. Es mejor así. Eso fue lo que les dije a la presidenta Newham y a la alcaldesa. Gracias, pero no. No soy vuestro hombre.

Esa era una faceta de Jack que no había visto antes. Fría, cínica y casi mezquina.

–¡No! –contestó ella con firmeza–. Te equivocas. Eres

más que el hombre de las cuentas y los clientes. Te encanta lo que haces. Y en cuanto a lo de ser entrenador, deberías planteártelo de verdad. Llenaría tu alma.

Él soltó una carcajada y dio un sorbo de whisky.

–Mi alma ya está muy llena.

–Tienes que dar algo a cambio. Es la ley de la selva. Como tienes más, tienes que dar más.

Él le lanzó una mirada fulminante.

–Esa no es la ley de la selva, más bien es «o matas o te matan». Estoy tomando la salida fácil, Larissa. Siempre lo hago. ¿Por qué no lo puedes ver?

Lo que ella veía era cuánto se odiaba a sí mismo. Se sentía presionado por la oferta de trabajo y había reaccionado mal. Y ella sabía el porqué. Lo entendía, siempre lo había hecho. Él…

Lo miró y lo entendió todo. Los estaba apartando a todos porque eso le hacía más fácil enfrentarse a lo que estaba pasando. Después de años sin implicarse en nada, estaba cayendo, dejándose arrastrar por ella, por el pueblo, por Percy y por la universidad. La necesidad de conectar con alguien lo abrumaba y el modo en que estaba arremetiendo contra todo era un claro síntoma de ello.

Se acercó a él y puso la mano sobre su brazo.

–Jack, no pasa nada. Lo superaremos juntos.

–Lo dudo.

–No lo entiendes. No puedes alejarme de ti. Te quiero –se detuvo tras pronunciar esa verdad de la que ya era consciente–. No estoy intentando olvidarte y no creo que lo haya intentado nunca. Estoy enamorada de ti y voy a amarte el resto de mi vida.

A Jack le habían gustado las clases de lengua de la universidad. Le había resultado sencillo escribir y redactar, leer libros y después responder las preguntas de comprensión.

Recordaba un libro sobre un tipo que no tenía ningún propósito en la vida y cómo eso se convertía en su propio infierno. En aquel momento no lo había entendido del todo, pero ahora sí. Porque él era ese tipo. En un momento había tenido un objetivo, ganar, y antes de eso... bueno, por ese camino era mejor no ir. Ahora, sin embargo, no tenía nada. Ya había destruido su relación con Percy y Taryn, ¿por qué no ir a por todas y destruir también la que tenía con Larissa?

Se levantó y se llevó el vaso con él. Se giró hacia ella, miró sus ojos azules y la carnosidad de su boca. Lo sabía todo de ella, y por eso supo muy bien dónde clavar el cuchillo.

—No me ames. No me interesa tu amor. Ni tampoco me interesas tú. No puedo salvarte y, aunque pudiera, tampoco lo haría.

Ella se lo quedó mirando sin inmutarse.

—No necesito que nadie me salve.

—Claro que sí. Sin mí, se acabaron tus causas. Y sin tus causas, no eres nada.

Ella tenía los hombros rectos y la barbilla alzada.

—Te equivocas. Tengo un valor. Todos lo tenemos. Tú eres mucho más que el tipo que se limita a extender cheques.

—Pero no quiero ser nada más. No me interesa el trabajo que ello supone.

Ya había ofrecido todo lo que tenía para salvar a su hermano y no había logrado nada. Sabía lo que era suplicar por salvar la vida de la persona que más amaba en el mundo y sabía lo que era verla morir.

Pero había superado el funeral de Lucas y los días siguientes. Había resistido. Hasta que sus padres le habían dicho que se marchaban del país para irse a una aldea africana a ayudar a los niños pobres. Jack, no muy seguro de qué iban a hacer ellos allí exactamente, había dejado de escucharlos porque el verdadero mensaje había importado más. Se marchaban porque no les quedaba nada más allí. Al parecer, tener un hijo con vida, tenerlo cerca, no les importaba lo suficiente.

Y ese había sido el momento que lo había cambiado de verdad. Había dicho lo correcto, que se marchaba a la universidad y que estaría bien solo, que tenía amigos y tenía el fútbol. Que no necesitaba a sus padres. Y en aquel momento, al verlos marchar, se había jurado no volver a entregarle su corazón a nadie. Había jurado que no volvería a implicarse en nada y había mantenido esa promesa. Luego llegó una época en la que se había suavizado y se había permitido preocuparse por Taryn y por Larissa. Pero todo eso ya había terminado. Había apartado a Taryn de su lado y ahora estaba a punto de librarse de Larissa.

–Jack, tienes que creer en ti mismo.

–Ya lo hago –le respondió y dio un trago–. Eres tú en quien no creo. Estás despedida.

Ella lo miró.

–¿Qué?

–Estás despedida. Soy tu jefe en Score y te despido. Saca tus cosas de la oficina, devuelve la llave y no vuelvas nunca. No quiero tener nada que ver contigo.

Por un segundo, Larissa no se movió, y en ese instante él esperó que lo reprendiera por su desagradable comportamiento. Que lo obligara a ver que estaba cometiendo un error y haciendo cosas de las que se arrepentiría. Quería que fuera ella la que le mostrara el error de su conducta porque en su interior aún le quedaba algo de humanidad para saber que pronto lo lamentaría.

Sin embargo, había hundido el cuchillo a la perfección

y ella no tuvo la fuerza de reaccionar. Vio cómo le temblaban las manos. Vio lágrimas en sus ojos. Larissa tragó saliva, asintió y se levantó.

Se detuvo al pasar por delante de él.

Jack siempre había tenido el don de la oportunidad en el fútbol y parecía que eso también se aplicaba en su vida. Suspiró con la mezcla justa de un prolongado sufrimiento y hastío antes de sacudir la cabeza.

—Y no te molestes en decirme que me quieres. No podré soportar volver a oírlo.

Una única lágrima cayó por la mejilla de Larissa. Jack la vio y sintió que ese cuchillo que había clavado tan deliberadamente se giraba y lo atravesaba a él abriéndose paso hasta su corazón, esa parte que nunca había llegado a sanarse, para quedarse ahí. El dolor hizo que le resultara imposible moverse, respirar. No pudo más que quedarse ahí de pie, desangrándose por dentro y viendo cómo la esencia de esa persona que siempre había querido ser se alejaba sin mirar atrás.

Capítulo 18

Larissa estaba tumbada en el sofá con Dyna recostada sobre ella. La esponjosa gatita ronroneaba y la miraba a los ojos como si estuviera ofreciéndole todo el apoyo felino que podía.

—Gracias —susurró Larissa con la voz entrecortada porque le dolía la garganta. Y todo era por llorar, pensó sorbiéndose la nariz.

El horror de lo sucedido con Jack el día anterior no se había aplacado con el paso de una noche y gran parte de una mañana. Tenía el corazón hecho añicos y los ánimos por los suelos. Ahora mismo lo único que la mantenía en pie era la devoción de su gata.

—Me alegra que nos hayamos unido tanto —le dijo a Dyna mientras las lágrimas le caían por las sienes y se perdían en su pelo—. Me ayuda mucho saber que te tengo aquí.

La mirada de Dyna no flaqueó ni un instante.

—Es que no lo entiendo. Jack es muchas cosas, puede ser testarudo y cuando está cansado se vuelve un poco irascible. Se resiste a implicarse en nada, pero también es generoso y justo. Ha estado al lado de todo el mundo que le importa y nunca ha sido mezquino.

Pero el día antes había sido muy mezquino. Le había roto el corazón y la había humillado, como si el amor que sentía por él le resultara molesto y una carga.

Había pasado una larga noche intentando entender qué había ido mal porque algo había pasado. Algo grave. Algo que le había hecho estallar así.

Tomó a Dyna en brazos, se levantó y se secó la cara. Tenía que ponerse en marcha. Debía sacar sus cosas de Score, por mucho que solo con pensarlo le entraran ganas de llorar otra vez.

Dejó a la gata sobre el cálido sofá y entró en su diminuta cocina. Una vez allí hirvió agua para el té y esperó entre sollozos a que la bolsita macerara. Cuando el té estuvo listo, lo llevó al salón y lo puso sobre la mesa de café.

Miró el bloc que había sacado en algún momento de esa larga noche. Tenía que empezar a hacer listas. Si no trabajaba en Score, ¿qué iba a hacer con su vida? ¿Debería quedarse en Fool's Gold o volver a Los Ángeles? Lo primero significaba ver a Jack, lo cual era llevar al extremo lo de meter el dedo en la llaga. Por otro lado, marcharse era prácticamente abandonar, y lo más importante era que le gustaba mucho vivir en Fool's Gold. Le gustaban los amigos que tenía y la comunidad. Quería ver el pueblo en Navidad y en primavera.

E igual de apremiante era solucionar cómo iba a ganarse la vida. Nunca había sido una gran ahorradora ya que todo su dinero extra había ido destinado a distintas causas. Miró a su alrededor y se consoló con el hecho de que, ya que el alquiler era barato, podría quedarse y conseguir un empleo allí.

Oyó pasos en la escalera al otro lado de su puerta seguidos de un golpe. Su corazón sabía bien que no debía hacerse ilusiones, así que supuso que la visita sería de alguna de sus amigas.

Cuando abrió la puerta se encontró a Taryn y a Bailey esperándola. Qué pareja tan inusual, pensó conteniendo las lágrimas. A ese paso, ¿no llegaría un momento en que se deshidrataría?

Taryn no dijo nada, se limitó a abrazarla con fuerza.

–Ese hombre es un imbécil rematado. No sé qué está pasando, pero algo hay. Y estoy segura de que es por él, no por nosotros. Aun así, siento que te haya hecho daño.

Larissa aceptó el consuelo y se dijo que tener tan buenas amigas la ayudaría a superarlo todo. Bailey la abrazó también y después las tres entraron en el apartamento.

–¿Cómo os habéis enterado? –les preguntó después de prepararles un té y estando ya sentadas en el sofá y la única silla. Dyna, siempre tan leal, estaba acurrucada en su regazo.

Taryn resopló.

–Me ha llamado esta mañana diciendo que no iría a trabajar y que tú tampoco. Creía que eran buenas noticias hasta que ha dicho que te había despedido –alargó el brazo y le agarró la mano–. ¿Qué ha pasado?

–No lo sé –admitió Larissa–. Estaba disgustado y estábamos hablando. Quería saber qué había pasado entre Percy y él –pensó en lo que le había dicho Jack y aún le costaba creerlo–. Jonny Blaze le preguntó si era el padre de Percy y Jack se lo tomó mal. Me dijo que sería un padre pésimo, algo que yo no creo. Se contiene mucho emocionalmente, pero sé que en el fondo le importan las cosas. Si tuviera un hijo…

Taryn le apretó los dedos.

–Cielo, no te desvíes del tema, por favor.

–¿Qué? Ah, lo siento. Dijo que Percy era un problema que le había caído encima y con el que tenía que cargar.

Bailey se estremeció.

–¿Y Percy lo oyó? ¡No me extraña que se marchara!

Me siento fatal por él. Debió de ser un gran golpe para él.

–Jack está en racha –murmuró Taryn–. A mí se me puso hecho una furia, fue un auténtico cretino.

–Está abrumado por todo lo que está pasando –se apresuró a decir Larissa–. Le ofrecieron crear de nuevo el equipo de fútbol de la universidad y creo que quiere aceptarlo, pero no se lo permite a sí mismo porque no puede hacerlo sin llegar a vincularse con los jugadores. Y no quiere arriesgarse a que le importe nadie más, ya sabéis, por lo que le pasó a su hermano.

Taryn maldijo.

–Eres demasiado buena. Deja de defenderlo. Jack te ha roto el corazón y luego ha bailado encima de los pedacitos.

Larissa tragó saliva, aunque le fue difícil con el nudo que tenía en la garganta.

–Ya lo sé.

Taryn gruñó de nuevo y se inclinó hacia ella.

–Lo siento. No pretendía ser insensible, pero es que sigues poniéndote de su parte en todo esto.

–No puedo evitarlo. Entiendo todo por lo que pasó de niño, siempre teniendo que ser el bueno, el tranquilo, porque Lucas estaba enfermo. Después su hermano recibió el transplante y por un tiempo Jack pensó que tendría una vida normal.

Taryn suspiró.

–Me estás volviendo loca. Lo sabes, ¿verdad?

–Sí.

Taryn miró a Bailey.

–El hermano de Jack tenía una enfermedad coronaria que requirió un transplante, pero no fue bien y murió. Después los padres de Jack se marcharon y lo dejaron solo –se volvió hacia Larissa–. Sí, vale, fue muy duro, pero eso no justifica lo que está haciendo ahora.

–No, no lo justifica, pero sí que lo explica –pensó en lo que era estar con Jack y supo que incluso tener algo malo con él era mucho mejor que tener algo genial con otra persona–. Lo quiero. No quiero ni olvidarlo ni encontrar a otra persona. Quiero que me quiera. Quiero que estemos siempre juntos –las lágrimas volvieron a llenar sus ojos–. Pero no me quiere. ¿Qué pasará si lo amo para siempre?

Bailey se acercó al sofá y la rodeó con sus brazos.

–Respira. Sé que ahora no lo parece, pero te sentirás mejor con el tiempo. Los clichés funcionan por algo.

Larissa quería gritarles a las dos, decirles que jamás sería capaz de olvidar a Jack, pero no lo hizo. Y no solo porque quería a sus amigas, sino porque Bailey había perdido a su marido y si alguien sabía lo que era superar el dolor, esa era ella.

Así que se tragó sus palabras y se dejó arropar por su preocupación. Ahora mismo era bueno tener amigas a su alrededor.

Se secó las mejillas y respiró hondo.

–Estoy bien –susurró–. O lo estaré. Día a día, ¿verdad? ¿Subidas al tren de los clichés?

Bailey sonrió.

–Exacto. Tú sigue adelante.

¿Pero cómo? Larissa se giró hacia Taryn.

–Estoy despedida de verdad, ¿no?

Taryn se encogió de hombros.

–Ya no puedes seguir trabajando para Jack, así que has dejado de ser su asistente. Pero los chicos y yo queremos que te quedes.

–No –dijo Larissa aceptando la verdad por primera vez desde que Jack había pronunciado esas dolorosas palabras–. No puedo. Tengo que pensar qué quiero hacer con mi vida.

–De acuerdo, con tal de que sea aquí –dijo Bailey volviendo a la silla–. Te quedarás en Fool's Gold, ¿verdad?

–Tienes que quedarte –añadió Taryn–. Por favor, no te vayas –apretó los labios–. Lo siento. Estoy siendo egoísta. No quiero que te vayas, pero si crees que es lo mejor, entonces te ayudaré a encontrar casa en Los Ángeles y a hacer el equipaje.

Larissa esbozó una temblorosa sonrisa.

–Eres una buena persona.

–¿Sí? Pues no se lo digas a nadie.

¿Qué hacer? ¿Marcharse o quedarse? Aunque mientras se formulaba la pregunta ya sabía la respuesta.

–Quiero quedarme –dijo con firmeza–. Me gusta el pueblo y quiero estar cerca de vosotras.

–¡Bien! –exclamó Bailey sacando una hoja del bolso–. Alquilan una sala en el spa –le pasó el anuncio–. Lo he visto y me gusta, pero tú eres la profesional. Llama y di quién eres. Puedes ir a verla en cualquier momento.

–No tengo la licencia. He pasado las pruebas y tengo las horas de clase y práctica requeridas, pero tendré que ocuparme de eso antes de buscar clientes.

A Bailey se le iluminaron los ojos.

–Sí, bueno, resulta que eso de trabajar con la alcaldesa que lleva más tiempo en el cargo de toda California tiene sus ventajas. Conoce a todo el mundo. Es más, ya ha hablado con el comité que gestiona las licencias y te van a expedir la documentación. En un par de semanas podrás trabajar.

Larissa estaba conteniendo las lágrimas, aunque ahora por otra razón.

–He hablado con Kenny y Sam –dijo Taryn–. Teníamos la sensación de que no te quedarías con nosotros después de lo que ha pasado –sacó un sobre de su bolso de diseño y se lo entregó–. El sueldo de seis meses como finiquito. Seguirás en el seguro de la empresa hasta que tu negocio esté en marcha y funcionando bien –le sonrió–. Como sabes, yo soy socia capitalista de unos negocios y quiero hacer lo mismo contigo. Te adelantaré el dinero que necesitas para montar el negocio y con el tiempo ya me comprarás mi parte.

Larissa la abrazó.

–Gracias. Por todo –sabía que Taryn había ayudado a Isabel a comprar Luna de Papel y a expandir el negocio, y seguro que había otros negocios que se callaba.

La soltó y le sonrió.

–Pero aunque te agradezco la oferta de ser mi socia capitalista, te quiero como amiga y el dinero acabaría cambiando eso –sacudió el sobre–. Pero esto sí que me ayudará mucho para empezar. La camilla será el mayor gasto. Si necesito más, hablaré con mi madre. Se alegrará tanto de que ya no esté trabajando con Jack que estará encantada de ayudarme.

Solo pronunciar su nombre bastó para que se volviera a sentir rota. Controló las emociones y se esforzó por esbozar otra sonrisa.

–Cuánto me molesta que tuviera razón sobre lo que sentía por él.

Taryn le tocó la mano.

–Lo sé.

Bailey la miró.

–Avísanos si quieres animarte y que celebremos una fiesta de pintura o algo así. Me encantan.

–Gracias –dijo Larissa antes de dar un sorbo de té y mirar a Taryn–. ¿Lo has visto?

Algo se iluminó en la mirada de Taryn. Dolor, tal vez. O sentimiento de traición.

–No, y ahora mismo tampoco quiero verlo.

Larissa asintió porque era lo que se esperaba. Por desgracia, lo que estaba pensando por dentro era que ella haría lo que fuera por volver a ver a Jack, lo daría todo por volver a estar en sus brazos. Pero para eso tendría que ir muy lejos.

En cuanto Taryn y Bailey se marcharon, Larissa se puso a trabajar en la documentación que le requerían para obtener el certificado de fisioterapeuta. Lo tenía casi todo rellenado, junto con los expedientes académicos de la escuela y los comprobantes de las clases a las que había asistido. Incluyó una fotocopia del carné de conducir y las fotos tamaño carné que le pedían y lo metió todo en un sobre grande. Después de llamar al spa y fijar una cita para ver la sala en alquiler, se acercó a la oficina de correos y envió el sobre al destinatario que aparecía en la tarjeta que Bailey le había dado. Luego se marchó a casa.

Al llegar allí y encontrarse a Kenny y a Sam esperándola se echó a llorar otra vez, lo cual fue totalmente ridículo. Ambos se acercaron y Kenny le pasó una bolsa llena de helados Ben & Jerry's de todos los sabores.

—Esto es porque… bueno, las chicas coméis helados —le dijo con timidez.

—Eres muy bueno —le respondió ella mientras los hacía entrar en el apartamento.

Guardó los helados, sacó unas cervezas del alijo que Jack siempre tenía allí y se sentó frente a ellos. Dyna los observaba desde su pedestal, en la ventana, como preguntándose por qué había tantos humanos por allí ese día.

—¿Habéis visto a Percy? —les preguntó Larissa.

—Hoy —respondió Kenny—. ¿Sabes que está trabajando para Josh Golden, verdad?

Ella asintió.

—Me lo dijo.

–He intentado convencerlo para que vuelva a Score –dijo Sam–, pero no quiere. Aunque sí que viene a estudiar.

–Me estoy encargando del temario que Jack estudiaba con él –añadió Kenny–. No vamos a permitir que se aleje de nosotros. Se sacará el certificado de secundaria y después empezará a estudiar en el colegio comunitario de Fool's Gold.

–Vamos a colaborar todos –Sam alzó la cerveza–. Incluso Taryn.

Los dos hombres se miraron, como buscando algo más qué decir, y fue cuando Larissa entendió por qué estaban tan preocupados por mantener la conversación fluida.

–Estoy bien. Sigo llorando, pero sobreviviré.

Sam pareció aliviado.

–Taryn nos ha llamado y nos ha dicho que te quedas en el pueblo.

–Voy a abrir una consulta de fisioterapia en un spa.

–Pues cuenta conmigo –se apresuró a decir Kenny–. Tres veces a la semana.

–Conmigo también –añadió Sam.

–Tardarán un par de semanas en tramitarme la licencia. Hasta entonces, si queréis montar una camilla en alguna de vuestras casas, puedo ocuparme de vosotros allí.

Kenny suspiró.

–¿No vas a volver a Score, verdad?

–Jack me ha despedido.

–Pues entonces sé mi asistente.

Ella esbozó una sonrisa.

–No tienes trabajo para mí y, además, no quiero tener que ver a Jack todos los días. Sería demasiado duro.

–¿De verdad lo amas? –preguntó Sam.

Ella asintió.

–De verdad. Y a él no le interesa.

Logró pronunciar esas palabras sin llorar, aunque le tembló un poco la voz. Sería duro durante un tiempo, se recordó, pero después todo sería más sencillo.

–He traído mi talonario –dijo Kenny–. ¿Cuánto dinero necesitas para poner en marcha el negocio? Sea lo que sea, es tuyo.

–¡Cómo sois! –dijo ella con tono suave–. Es una oferta genial, pero estoy bien. Taryn me ha dado un sobre con el finiquito, que debería cubrir la mayor parte de lo que necesito.

–Deja que te compre la camilla –dijo Kenny–. Será tu mayor inversión.

–Compartiremos el gasto –añadió Sam–. Yo también quiero participar. Compraremos la más cara, la mejor.

–Quiero hacer esto sola.

–Y nosotros queremos ayudar a una persona que nos importa –le dijo Kenny–. Eso lo hemos aprendido de alguien y cuando se trata de algo que nos importa, todos nos volcamos. Todos estamos contigo, Larissa.

Ella asintió, pero no pudo hablar. Qué dulces eran. Suspiró deseando haber podido enamorarse de uno de ellos en lugar de Jack. Eso habría facilitado mucho las cosas.

–Os enviaré un link con la camilla, pero una vez haya cerrado el alquiler de la sala.

–¿Qué más? –preguntó Sam–. Vamos a buscar a Jack y a darle una buena paliza. ¿Quieres estar delante?

–No, ¿pero podríais recoger a los dos chiweenies que quedan allí? Les he encontrado casa. Iba a pasarme luego a recogerlos, pero me sería más sencillo poder evitarlo.

–Claro, pequeña.

Sam se levantó, la puso en pie y la abrazó. Mientras la abrazaba, ella notó su corpulencia y su calor. Cerró los ojos y se dejó reconfortar. Tal vez no era un amor de tipo romántico, pero lo cierto era que estaba recibiendo amor de todos modos. Y de muchas fuentes distintas. Y tal vez, solo tal vez, con el tiempo le bastaría con eso.

Jack estaba sentado en su salón. Había creído que por su casa pasaría un desfile constante de gente para echarle la bronca, pero de momento no había pasado por allí ni una sola persona. A primera hora de la mañana había sacado a pasear a los dos chiweenies esperando que alguien le gritara, pero tampoco había sido así. Había caminado por el centro del pueblo con los perritos correteando felices a su lado, pero no había oído ni una sola palabra.

¿Qué pasaba con ese sitio? ¿Por qué no estaban en la puerta de su casa con antorchas y horcas?

Su puerta se abrió y se incorporó preguntándose si Larissa había…

Sam y Kenny entraron en el salón y Jack pensó que era mejor así porque ya no podría estar cerca de ella. No solo le había hecho daño, lo cual era inexcusable, sino que no se la merecía. Ella era buena y delicada mientras que él no servía para nada. Ella daba y él simplemente ocupaba espacio.

Se levantó y esperó a que sus amigos se acercaran. Los dos parecían muy decididos y con suerte lo golpearían hasta dejarlo inconsciente. Ahora mismo cualquier cosa le valía con tal de no pensar.

—Estás hecho un asco –dijo Kenny.

—No he dormido.

—Bien –añadió Sam–. Maldita sea, Jack, ¿qué pasa? ¿Queda alguien al que no hayas intentado hacer daño en los dos últimos días? Percy no es más que un crío y Taryn es tu mejor amiga. Y ni siquiera voy a mencionar a Larissa, cuyo mayor crimen ha sido preocuparse por ti. Eres una mierda de hombre.

Esas palabras llegaron en el mejor momento, fueron como un bálsamo. «Por fin», pensó aliviado. Alguien iba a echarle la bronca por todo lo que había hecho. Alguien iba a decirle a la cara lo rastrero que era. Alguien iba a decir la verdad.

Porque nadie lo había hecho en mucho tiempo. No desde que su hermano había muerto.

–Sam tiene razón –dijo Kenny–. ¿No crees que Percy ya ha sufrido bastante? Es un indigente, Jack. No tiene nada y tú estás haciendo que se sienta peor. Taryn va a celebrar el día más feliz de su vida y estás intentando arruinarlo –se acercó y se detuvo cuando estuvo directamente frente a él–. Has hecho llorar a Larissa. Te quiere. Le importas y le has hecho daño.

No vio el puño llegar, Kenny tenía velocidad y fuerza a su favor. De pronto un mundo de dolor estalló en su cara. Oyó el crujido del cartílago, pero no el chasquido del hueso. Se tambaleó y cayó al suelo sobre una rodilla, probablemente porque no había comido ni dormido en días, pensó algo aturdido. Se levantó como pudo y miró a su amigo.

–Gracias –dijo con la voz entrecortada–. Pégame otra vez.

Kenny sacudió la cabeza.

–No estás intentando defenderte. No voy a pegarte estando hundido.

–No estoy hundido, estoy de pie.

–Estás mal. Necesitas ayuda.

Sam fue a la cocina.

–Eres un estúpido, Jack, ¿lo sabes, verdad?

Jack asintió.

–¿No vas a volver a pegarme?

—No —respondió Kenny—. No merece la pena.

Esas palabras fueron el golpe final. No lo vio venir. Se dejó caer en el sofá y apoyó la cabeza en las manos, lo cual fue un gran error cuando se rozó donde Kenny lo había golpeado. Ya se le estaba hinchando la mandíbula y le dolía a horrores.

«Bien», se dijo. Así se centraría en el dolor.

Sam volvió con una bolsa de hielo, tres vasos y una botella sin abrir de whisky. Una de las últimas, pensó Jack mirándola. Se había dicho que tenía que dejar de beber, pero después había supuesto que tampoco importaba porque no iba a conducir. Pasarse borracho el resto de su vida podría ser la solución a todos sus problemas.

Sam sirvió el ámbar líquido en los tres vasos y los repartió. Le pasó la bolsa de hielo a Jack.

Jack dio un par de sorbos, se colocó el hielo y resopló cuando le rozó la piel hinchada.

—¿Veis a Taryn?

Hubo un momento de silencio y, aunque tenía los ojos cerrados, imaginó que Kenny y Sam se estaban mirando, el uno alentando al otro a hablar.

—Está molesta y dolida —dijo Kenny finalmente—. No dice por qué, pero damos por hecho que te comportaste como un cerdo con ella.

—Lo hice —qué cruel había sido al decirle las cosas que le había dicho. ¿Y por qué? Quería a Taryn, llevaban una década el uno al lado del otro, se había casado con ella y habían estado a punto de tener un hijo juntos.

Respiró hondo. Eso era lo peor. No sabía por qué la había atacado así, pero lo había hecho. Les había hecho daño a Percy y a ella y…

Ni siquiera podía pensar en su nombre, así que mucho menos pronunciarlo. Aunque había salido el sol, el cielo ahora estaba más oscuro y el mundo más frío. Sin Larissa, no había nada. Y, aun así, la había alejado a ella también. La había obligado a marcharse de un modo que aseguraba que jamás volviera.

Lo amaba y él la había destruido.

Soltó el vaso y miró a sus amigos.

—Marchaos.

Lo miraron, se miraron entre ellos, y soltaron los vasos.

—Claro —dijo Sam agarrando a uno de los chiweenies.

Kenny agarró al otro.

—No vuelvas por Score —dijo antes de ir hacia la puerta—. Ya no eres bien recibido.

Cerraron la puerta al salir. No dieron portazo porque eso sería decir demasiado, darle demasiado. La cerraron despacio y Jack se vio exactamente como había dicho que quería estar. Completa y absolutamente solo.

Capítulo 19

–No me está funcionando –dijo Kenny.

Larissa intentó respirar con más calma. Tenía que reunir un poco más de control antes de poder hablar.

–Lo siento –dijo mientras hundía más los dedos intentando llegar al tejido cicatricial.

Kenny se incorporó apoyándose en los codos y la miró.

–No me estás haciendo daño. Estás llorando. Noto tus lágrimas en la espalda.

Había esperado que no lo notara. No quería pasarse los días lloriqueando por Jack, pero…

–Es el primer masaje que doy desde que rompimos y estaba pensando en cuánto lo echo de menos. Lo siento.

–No pasa nada –Kenny miró a su alrededor, como si estuviera buscando algo con lo que distraerla–. No pasa nada, de verdad. Estoy bien. Sigue con lo que estabas haciendo.

Ella asintió, pero no se movió.

–No puedo dejar de pensar en él, en nosotros, en lo bien que estábamos juntos. Supongo que es porque nunca antes había estado enamorada. Es la primera vez que me rompen el corazón de verdad y no dejo de decirme que

me sentiré mejor, pero no me parece que eso vaya a suceder.

Kenny maldijo, se sentó en la camilla y la abrazó. Ella
dejó que sus fuertes brazos la reconfortaran y no sintió ni
el más mínimo cosquilleo, porque Kenny era como su
hermano mayor.

–Te sentirás mejor –le prometió–. Ya lo verás. Tú solo
date tiempo.

–Tengo tiempo.

–Y a mí. Me tienes a mí.

Lo miró y sonrió.

–Pues entonces tengo todo lo que necesito.

–Claro. Desahógate, puedo soportarlo –le rodeó la cara
con las manos–. ¿Estarás bien?

Ella asintió. Porque, aunque no estaba segura, tenía
que tener fe. Tenía que creer y, hasta que fuera una realidad, tenía que fingirlo.

–Son perfectos –dijo Larissa mirando los muebles que
le habían entregado. Había dos estanterías o unidades de
almacenaje, no sabía cómo llamarlas. Eran abiertas y
profundas, pero en lugar de estantes normales, las abertu-
ras eran más cuadradas y del tamaño perfecto para poner
en ellas cestos baratos donde guardar todo lo que necesitaba.

–Todo se reduce a saber dónde comprar –le dijo Bailey–. Isabel los vio en una exposición de muebles de segunda mano y me lo dijo. Sabe que estoy buscando mobi-
liario para mi casa nueva. Quiero un dormitorio bonito
para Chloe. Puedo restaurarlo yo misma. Si encuentro
algo antes de tener la casa, Ford e Isabel me lo guardarán
en la suya. Cuando vi estos supe que te vendrían bien.

–Son perfectos –dijo Larissa. Y mejor aún que lo funcionales que eran, era su precio. Todo le había costado treinta dólares. Estaban en perfecto estado y no requerían más que una buena limpieza.

Larissa midió los huecos y comprobó las medidas con el listado de tamaños de cestos que le habían dado en la enorme tienda de artesanía que había a las afueras del pueblo.

–Encajarán a la perfección –dijo mostrándole a Bailey las dimensiones–. Y como los cestos llevan fundas de algodón, podré lavarlos y tenerlos siempre limpios.

Su camilla de masaje ya estaba encargada y había alquilado la sala por un año. Eso sí que había sido dar un gran paso, y se sentía genial con ello.

El espacio era perfecto. Grande y con un par de ventanas. Bailey ya estaba hablando de poner unos estores plegables para cubrirlas. Había un lavabo en un estrecho mueble que le dejaba una zona de encimera lo suficientemente grande para calentar las compresas térmicas y las piedras de río en caso de querer hacer masajes con piedras calientes. Incluso con la enorme camilla que Kenny y Sam le habían comprado le quedaría espacio para un escritorio, un banco y un armario de esquinazo.

Bailey sacó del bolso el muestrario de pintura.

–Bueno, y ahora, ¿qué color quieres? Creo que deberíamos reducirnos a tus tres o cuatro favoritos y después iremos a pedir muestras y pintaremos unos recuadros en la pared.

–¿Se puede hacer eso?

–Claro. En la ferretería preparan latas pequeñas para probar la pintura en casa. Cuestan unos tres dólares cada una. El muestrario es una cosa, pero ver la pintura en sí lo cambia todo.

–¿Cómo sabes tanto sobre bricolaje?

Bailey se encogió de hombros.

–Me crío mi abuela. Teníamos el dinero justo, pero eso no le impidió ser creativa. Creía que se podía convertir la basura en tesoros y por eso yo sé aprovechar los recursos al máximo.

–Entonces eres mi gurú de la decoración –Larissa ojeó el muestrario de colores–. Necesito un color neutro que resulte relajante y atrayente tanto para hombres como para mujeres.

–¿Entonces nada de rosa o lavanda?

–Probablemente no.

Contemplaron montones de opciones antes de decantarse por un par de verdes salvia, dos azules y un marfil cálido.

–Perfecto –dijo Bailey–. El siguiente paso es conseguir las muestras. ¿Por qué no vamos a almorzar algo y después nos pasamos por la ferretería?

Larissa arrugó la nariz.

–Seguro que tienes mejores cosas que hacer que hacer de canguro conmigo. ¿Y Chloe?

–Está con unas amigas. Hoy tienen un cumpleaños que dura todo el día. Estará agotada cuando llegue a casa –sonrió–. Lo siento, pero tendrás que cargar conmigo.

–Con mucho gusto. Me encanta tu compañía.

–Bien. Vamos al bar de Jo. Me muero por unos nachos.

Larissa no podía recordar la última vez que le había apetecido comer, pero habría sido antes de que las cosas hubieran terminado con Jack. Desde entonces solo había picoteado alguna que otra cosa. Nada le apetecía y nunca tenía hambre. Sin embargo, ahora sentía un pequeño rugido en el estómago.

–Unos nachos… suena muy bien –admitió–. Venga, vamos.

Salieron del spa y caminaron por la Quinta. Había muchos turistas en el pueblo para el Festival de Fin del Verano, aunque se ceñían básicamente a las calles principales dejando el resto del pueblo para los residentes. Era un buen sistema, pensó Larissa. Uno que permitía que entrara el dinero mientras se podía seguir haciendo vida normal por allí.

—Hace unos días hablé con mi madre —dijo al cruzar la calle.

—¿Intentó convencerte para que volvieras a Los Ángeles?

—Sí, pero no insistió mucho. Le dije que me gustaba estar aquí, que había hecho muchos amigos y que tenía una buena vida. Lamentó que Jack me hubiera hecho daño, pero se alegró de que todo hubiera acabado. Me apoyó mucho —también le había ofrecido dinero, pero gracias a que Taryn, Kenny y Sam le iban a regalar la camilla de masaje, el resto podía asumirlo sola—. Le prometí que iré a casa a pasar Acción de Gracias para que todos puedan ver que estoy bien, y para entonces espero poder contarles que mi negocio es un éxito.

—Lo será —dijo Bailey son seguridad en la voz—. Eres buena en lo que haces y tendrás clientes fijos.

Larissa asintió. Kenny y Sam ya le habían dicho que querrían masajes de forma regular. Por un segundo se preguntó dónde se los daría Jack. Probablemente en Sacramento, pensó, intentando no dejar que esa idea le hiciera daño. O tal vez había algún otro masajista en el pueblo, aunque no estaba segura de que entendiera cómo actuar sobre el tejido cicatricial para que no…

Bueno, ese ya no era su problema, se recordó con firmeza. Jack había elegido alejarse de ella, de estar juntos. Y todo acto tenía sus consecuencias, así que él tendría que asumir las suyas.

—Debería ponerme a dieta —dijo Bailey—, pero lo único

en lo que puedo pensar es en qué clase de nachos va a ofrecer Jo en el especial del día. A lo mejor tengo que ir a terapia para vigilar este problema con la comida.

Larissa la miró.

–¿De qué estás hablando? Estás genial. Tienes curvas. Nadie pensará nunca que pareces un chico.

–Nadie piensa eso de ti tampoco –dijo Bailey antes de darse una palmadita en las caderas–. No me vendría mal perder unos cinco kilos, o diez. Debería. A lo mejor me viene bien empezar a salir a caminar o algo así, pero es que nunca me ha gustado mucho el ejercicio y cuando veo el trasero de Taryn, lo único que quiero es comerme un brownie.

–Resulta intimidante.

–Sí, y tanto. Tú tienes la misma talla.

Normalmente Larissa pesaba algún kilo más, pero sabía que ahora mismo sí que podría entrar en cualquiera de los vestidos más ceñidos de su amiga. Eso era lo que le pasaba a una persona cuando dejaba de comer.

–No todo el ejercicio implica sudar. ¿Has probado con el yoga?

–No soy tan flexible –admitió Bailey–. Ni tengo coordinación.

–No es necesario nada de eso. Todos los movimientos se pueden modificar a tu nivel de flexibilidad y tu estado físico. Lo bueno es que te obliga a centrarte en la respiración y en tu cuerpo durante una hora. Corriendo o levantando pesas puedes perderte en lo que estás haciendo, pero poniendo énfasis en la respiración, el yoga te devuelve al presente.

–Suena muy bien –admitió Bailey aunque seguía pareciendo algo dudosa–. Miraré si hay alguna clase y a lo mejor pruebo.

Entraron en el bar de Jo.

Con la luminosidad de la calle, los ojos de Larissa tardaron un segundo en adaptarse a la tenue luz del local. Parpadeó dos veces y vio el bar, el plato especial anunciado en la pizarra, exactamente nachos de tiras de cerdo a la barbacoa, las mesas y bancos.

Por cierto, había varias mesas juntas para una fiesta y algunos de los invitados ya habían llegado. Parpadeó asombrada al reconocer a Taryn y a Isabel, junto con Felicia, Patience, Dellina, Fayrene y Ana Raquel.

–Llegáis tarde –dijo Taryn acercándose–. Todas hemos estado bebiendo y ni siquiera es la una de la tarde –abrazó a Larissa–. Hola. ¿Cómo estás?

Jo llevaba unas jarras de margaritas.

–Los nachos ya salen, junto con las patatas, la salsa y el guacamole –le dirigió una comprensiva sonrisa a Larissa–. Algunos hombres son unos cretinos. El siguiente no lo será.

Patience la abrazó.

–Tiene razón. Siento mucho lo de Jack. Taryn dice que no puedo pedirle a mi marido que le dispare, pero si cambiáis de opinión, avisadme. Justice es un excelente tirador.

Una a una, sus amigas fueron dándole la bienvenida y ofreciéndole palabras de apoyo, amenazas hacia Jack, o ambas cosas. Estaba sentada en el centro del grupo con todas a su alrededor mientras se servían los margaritas.

Se giró hacia Bailey.

–¿Has hecho tú esto?

–Yo hice correr la voz de que vendríamos aquí a almorzar –dijo la pelirroja–. El resto pasó sin más.

Taryn le agarró la mano.

–Te queremos. ¿Dónde, si no, íbamos a estar?

Larissa sintió cómo el dolor de su corazón disminuyó

una pizca. «Se está recuperando», pensó aliviada. Por fin
se recuperaría.

Jack entró en el despacho de Taryn y puso un sobre en
la mesa. Ella apenas lo miró mientras seguía escribiendo
al ordenador.

–¿Qué?

Él señaló la carta.

–Es para ti.

Ella seguía con la atención fija en la pantalla.

–Luego la veo.

Estaba ignorándolo, eso lo captaba, y hasta le gustaba.
Pero la cuestión era otra.

–Es mi carta de renuncia. Me marcho de la empresa.

Esperó a que ella reaccionara porque habían pasado
juntos mucho tiempo y no podía marcharse sin más, pero
Taryn se limitó a mirar el papel por encima y volver a girarse hacia el ordenador.

–De acuerdo. Como te he dicho, luego la veo.

–¿Y ya está? ¿Eso es todo lo que me dices? ¿Te estoy
diciendo que me marcho y me dices que luego la ves?

Ella suspiró y se giró hacia él.

–¿Qué quieres, Jack? ¿Debería ponerme a llorar? ¿Debería suplicarte que no te vayas? Ya eres mayorcito y puedes tomar tus propias decisiones. Si quieres marcharte de
Score, bien. Tenemos muchos clientes, conseguir clientes
nuevos no es tan importante. Kenny puede ocuparse de
eso solo. Así que márchate.

Él no lo entendía.

–¿Así? Me merezco mucho más que esto.

Ella se levantó y lo miró. Estaban separados por el escritorio.

–¿Sí? Creo que no estamos de acuerdo en eso. El Jack

que yo conocía, ese tipo genial que me salvó de dormir en mi coche cuando nos conocimos, se merece más. El hombre con el que me casé hace tantos años, sí, a ese sí que le pediría que se quedase. Pero tú ya no eres ese hombre, llevas un tiempo sin serlo, así que no, no me veo obligada a suplicarte nada.

Sus ojos violetas brillaron con rabia.

—Eres un cretino que está intentando destrozarse a sí mismo. Respecto a eso, no tengo ningún problema. Lo que no tolero es tu intento de arrastrarnos a los demás contigo. Eras mi amigo, Jack. Mi mejor amigo en todo el mundo. Confiaba en ti más que en nadie, exceptuando a Angel, y me traicionaste. Fuiste cruel conmigo intencionadamente. Pero eso puedo soportarlo porque no hay nada que puedas hacerme que llegue a ser comparable con todo por lo que he pasado en mi vida. Sin embargo, no permito que se lo hagas a Larissa.

Él se mantuvo firme ante el ataque de esas palabras. Cada una fue como un corte o un golpe. Cada una lo hizo un poco más pequeño hasta el punto de que, si seguía allí el tiempo suficiente, acabaría desapareciendo. Pero no podía moverse. Se lo merecía. Se lo merecía todo.

—Su único crimen es amarte —continuó Taryn—, querernos a todos. Es la persona con el corazón más grande que conozco y tú eso lo querías. Quisiste que fuera tu fachada para poder aparentar ser un tipo amable. Querías sus causas porque verla ocupándose de todo el mundo que la rodea te hacía sentir vivo. Pero no lo estás. No lo has estado desde que Lucas murió. Te has estado moviendo simplemente por inercia.

Se inclinó hacia él.

—¿Sabes por qué Lucas enfermó y murió? Porque tenía un corazón. Tú nunca lo has tenido. Nos has engañado a todos, pero eso ya se acabó, Jack —agarró el sobre—. ¿Quieres marcharte? Genial, porque nosotros también queremos que te vayas.

Se sentó en la silla y volvió a centrarse en el ordenador.

–Y ahora, si me disculpas, tengo trabajo que hacer.

Capítulo 20

Larissa sostenía su flamante certificado en las manos y tenía que admitir que era muy bonito. En el spa tenía un marco esperándolo. Iba a reunirse con Bailey allí y juntas lo colgarían.

Las últimas semanas habían supuesto mucho trabajo. Había elegido la pintura y había aprendido a parchear, lijar, a aplicar base y a pintar. Había encargado sábanas y aceites y ya le habían entregado la camilla. Había asistido a una venta de artículos de segunda mano con Isabel y Ford y había encontrado un precioso escritorio antiguo que sería perfecto para los papeleos que tuviera que hacer en su nuevo lugar de trabajo. Oficialmente, abriría el lunes.

Estaba saliendo adelante, con dolor, lentamente, pero estaba avanzando. Lo peor eran las noches. Las tardes podía llenarlas, pero las noches eran largas y vacías y las pasaba echando de menos a Jack.

Casi todo el mundo que conocía estaba poniéndose de su parte. Incluso Percy, a quien veía varias veces a la semana, hablaba pestes de Jack. Suponía que esas muestras de apoyo deberían haberla hecho sentir bien, pero lo único en lo que podía pensar era en que estaba solo. A pesar de todo, se preocupaba por él, lo deseaba, lo necesitaba. Lo amaba.

Aceptó que, tal vez, era mujer de un solo hombre, que se pasaría el resto de su vida queriendo lo que jamás podría tener. Y, de ser así, tendría que buscar el modo de ser feliz sola.

—Pero ese problema mejor lo dejamos para otro día —se dijo en voz alta mientras corría hacia el spa. Entró y utilizó su nueva y resplandeciente llave para abrir la puerta de su consulta y, una vez dentro, se detuvo a observarlo todo.

Las paredes eran de un bonito y relajante tono salvia. La camilla de masajes, la mejor y más grande del mercado, ocupaba el centro del gran espacio abierto. A la izquierda había dos estanterías con bonitas cestas donde guardaba sábanas, mantas y toallas. En un armario de esquina guardaba los aceites. Había un banco junto a la puerta donde los clientes podían sentarse para calzarse y también había preparado percheros y perchas para que colgaran la ropa. Finalmente, sobre el pequeño escritorio, su agenda abierta.

Agarró el taburete giratorio sin respaldo que emplearía tanto durante los masajes como para sentarse en la mesa y, después de levantar el teléfono, pulsó el botón para acceder a los mensajes del nuevo contestador profesional que había adquirido.

—Tiene diecisiete mensajes. Pulse «Uno» para oírlos.

Larissa frunció el ceño. ¿Diecisiete? ¿Serían bromas telefónicas?

Sacó un bolígrafo del bolso y un bloc del único cajón que tenía el escritorio y pulsó «Uno».

—Larissa, soy Eddie Carberry. Quiero concertar una cita para un masaje, uno de esos con piedras calientes. Pero no quiero que me pongas piedrecitas entre los dedos de los pies, me resultaría desagradable. Los jueves por la tarde son los días que mejor me vienen –le dejó su número y Larissa lo anotó.

La segunda llamada era de la alcaldesa Marsha, que también solicitaba una cita. El siguiente era de Josh Golden diciendo que le habían dicho que sabía tratar viejas lesiones deportivas y que quería concertar una cita. En total, diecisiete llamadas con más de la mitad de la gente interesada en concertar citas, tanto semanales como quincenales.

Anotó detalladamente toda la información y cuando terminó, colgó el teléfono. Miró su nueva licencia y después miró el precioso espacio que sus amigas y ella habían creado. Sonrió.

Cuando ya se cumplían veintitrés días sin Larissa, Jack se despertó con el sonido de la lluvia en las ventanas. De no ser por eso, la casa habría estado en absoluto silencio. Vacía. Era el único que estaba allí. Había querido estar solo y ya lo estaba. No tenía trabajo, ni amigos, ni amante, ni nada. Debería haber sido un sueño hecho realidad y, sin embargo, se sentía como si estuviera en un infierno.

Se levantó y fue a la ventana. Unas bajas nubes grises oscurecían las montañas. Le habría dado igual dónde estuviera porque, cuando se paraba a pensar en ello, no había nada que lo retuviera en Fool's Gold. Podría sentirse igual de hundido en cualquier otra parte.

Pero cuando pensaba en hacer las maletas y desaparecer, sabía que no podía marcharse, que había cosas que tenía que ver. Si se marchaba, no estaría allí para ver a Percy examinarse y enterarse de que había aprobado. No vería a Taryn casarse ni se enteraría de que Sam y Dellina estaban esperando su primer hijo juntos. Si se marchaba, no sabría si Kenny terminaba enamorándose por fin y, si no estaba allí, jamás volvería a ver a Larissa.

Porque así pasaba sus días, viéndola desde el otro lado de la calle o por el parque. Conocía sus rutinas, sabía que le gustaba salir a correr y quiénes eran sus amigas. Ahí estaba, Jack McGarry, quarterback estrella, campeón de la Super Bowl, convertido en un patético acosador.

No, no podía marcharse. Pero tampoco podía quedarse así, vacío. Sin servir para nada. Lucas estaría terriblemente decepcionado con él.

Se puso la bata y fue a la cocina a hacerse un café. Después de servirse una taza, entró en el despacho, una gran biblioteca que nunca utilizaba. Había libros que no había leído y un sofá en el que no se sentaba. En los armarios había cajas que Larissa había llevado a su casa con cartas de familias a las que los dos habían ayudado. Lo único útil de esa habitación era el portátil que tenía sobre el escritorio.

De camino hacia él abrió uno de los armarios bajos. Sacó una caja y la llevó a la mesita de café que tenía junto al sofá. Se sentó, levantó la tapa y miró dentro.

Arriba del todo había una raída jirafa de peluche. Antes era morada, pero con los lavados se había ido destiñendo hasta alcanzar un gris pálido. Le faltaban una oreja y una pata. Debajo había fotos de un niño pequeño con la jirafa en la mano.

Las fotografías más antiguas mostraban a un pequeño y pálido chico esbozando una frágil sonrisa. Jack calculaba que ahí tendría unos tres o cuatro años. El ambiente hospitalario hacía que pareciera todavía más pequeño y más indefenso. Sus padres intentaban sonreír a la cámara, pero no había modo de enmascarar su preocupación.

Más fotografías mostraban al niño, Jeffrey, en una cama

de hospital celebrando un cumpleaños y también la Navidad. Después la escena pasaba a mostrar una gran pancarta detrás de la cama que decía: «¡Día del Transplante!».

Las siguientes fotos eran de Jeffrey con la reveladora cicatriz en su pecho, pero con mejor aspecto, con más color. Estaba sentado en lugar de tendido en la cama y sus padres, aunque agotados, esbozaban sonrisas de verdad.

Agarró las cartas, las notas y las tarjetas. Larissa documentaba todo lo que hacían. Había visitado a Jeffrey y a su familia tres veces. Había organizado un viaje para llevar al resto de la familia a pasar las Navidades con él, y cuando a Jeffrey le habían dado el alta y había estado listo para actuar como el niño sano que ya era, le había planeado un viaje a Disneylandia.

Allí había una nota de agradecimiento de la madre de Jeffrey dirigida a él mencionando su generosidad, su compasión. Decía que sabía lo de su hermano y la pérdida que había sufrido la familia y que agradecía mucho cómo había convertido ese hecho en una bendición para ellos.

Había más cajas. Docenas de ellas, todas llenas con cartas, fotografías y recuerdos, como la raída jirafa. Había una foto suya en una fiesta de graduación porque la chica a la que habían estado ayudando en aquel momento tenía diecisiete años y se había pasado tanto tiempo en hospitales que no tenía amigos y, mucho menos, un novio con quien asistir. Así que Larissa le había convencido para que la llevara al baile.

Eran tantas las personas a las que habían ayudado... y en tan poco tiempo. Y eso solo en el ámbito humano. Si añadía los gatos, búhos y chiweenies, se pasaban fácilmente a las tres cifras. Cientos de almas salvadas porque Larissa era su debilidad y ella quería salvar el mundo.

Se recostó en el sofá y cerró los ojos. Podía imaginar cada parte de ella. Cómo sonaba su voz, cómo se movía, cómo olía. La deseaba. Y no solo en la cama, sino en su vida. La había apartado de su lado porque... porque...

Recordó a su entrenador de fútbol del instituto dándoles la lección a la que más se había aferrado durante toda su carrera: «Vosotros sois o la solución o el problema».

Jack siempre había formado parte de la solución; ya fuera salvando un lanzamiento o a una joven relaciones públicas sin un sitio donde vivir, había desempeñado un papel clave a la hora de solventar una situación. Y eso le hacía sentirse bien, lo ayudaba a sentirse parte de algo. Lo mantenía a salvo.

Taryn tenía razón, pensó con tristeza. La razón por la que Lucas había padecido una enfermedad coronaria era que él sí había tenido corazón. Jack era todo apariencia. En un póster quedaba bien, pero a la hora de la verdad, lo mejor que te podías esperar de él era que firmara un cheque. Taryn mantenía Score a flote y Larissa lo convertía en un héroe a base de preocuparse por los demás. ¿Pero qué aportaba él?

«Vosotros sois o la solución o el problema». En algún punto, se había convertido en el problema.

No quería arriesgarse a preocuparse por nadie y eso lo entendía, sabía por qué. Podía hacer una lista de todas las razones y la mayoría de la gente estaría de acuerdo con él. La mayoría de la gente pensaría que era inteligente, precavido, sensato. Pero el precio que tenía que pagar a cambio era todo lo que tenía ahora. El precio era no tener nada.

Abrió de nuevo la primera caja y miró la jirafa. Jeffrey se la había dado a Larissa para darle las gracias por todo lo que había hecho y, a su vez, ella se la había regalado porque, según decía, había sido él el que lo había hecho posible. Sin embargo, se equivocaba. Él solo estaba ahí como añadido, era ella la que lo posibilitaba todo. No había podido resistirse a lo que le pidiera, lo sabía, siempre lo había sabido. Se apuntaba a todo lo que ella quería. No tenía más que llamarlo y ahí estaba él. Larissa era la única persona por la que lo dejaba todo.

Se levantó y maldijo. ¡Estaba enamorado de ella! Y a juzgar por sus actos, la había amado desde la primera vez que la había visto, por muy estúpido que hubiera sido al no darse cuenta. O tal vez había tenido miedo. La madre de Larissa había acertado al cincuenta por ciento. Porque no solo Larissa estaba enamorada de él. Él también estaba enamorado de ella.

Fue hacia la puerta y se detuvo. ¿Y si ya era demasiado tarde? ¿Y si lo había estropeado todo hasta el punto de no poder solucionarlo? ¿Y si no lo perdonaba?

–Tiene que hacerlo –dijo en voz alta. No había elección. Necesitaba estar con ella. Necesitaba mostrarle que era exactamente quién ella siempre había dicho que era. Había visto lo mejor en él cuando él nunca lo había visto y ahora tenía que estar a la altura de lo que ella siempre había creído.

Se duchó, se vistió y fue hasta la universidad. Le costó un poco convencer a la persona en cuestión, pero al final le dejaron ver a la presidenta Newham a pesar de no tener cita.

–¿En qué puedo ayudarle, señor McGarry?

–He venido por lo del puesto como entrenador.

–Dejó muy claro que no le interesaba. Dijo que era el último hombre al que deberíamos elegir.

–Me equivoqué –respondió preguntándose cuántas veces tendría que decir lo mismo durante el resto del día.

Una hora después estaba aparcando frente a Luna de Papel y, aunque lo que necesitaba estaba en la zona de novias, sabía que Isabel pasaba la mayor parte del tiempo en el local de ropa normal, así que fue hacia allí.

La alta rubia estaba terminando de atender a una clienta cuando entró. Su breve y fría mirada le dijo que se había corrido la voz entre la comunidad femenina de Fool's Gold, aunque lo que no sabía era si estaba enfadada con él por lo que le había dicho a Taryn, por lo de Larissa, o por lo de las dos.

Cuando la clienta se marchó, fue hacia él.

–¿Qué quieres?

–Necesito alquilar un vestido.

–No alquilamos vestidos.

–Bien, pues compraré uno. Uno de dama de honor.

Ella lo miró extrañada.

–¿Por qué?

–Para dejar algo claro. Por favor. Véndeme un vestido.

–El único que tengo aquí cuesta cinco mil dólares.

Él le pasó la tarjeta de crédito.

Ella apretó los labios.

–Eres un idiota. No tengo vestidos de dama de honor de cinco mil dólares. Anda, ven conmigo.

La siguió hasta la zona de la tienda donde Taryn se había probado los vestidos de novia. Ignoró las enormes faldas recargadas y esperó hasta que Isabel le pasó un vestido rosa con montones de lazos y volantes.

–¿Te sirve este?

Él asintió.

–Es genial. ¿Cuánto te debo?

–¿Durante cuánto tiempo lo necesitas?

–Una hora aproximadamente.

–Entonces llévatelo. Si lo estropeas, lo pagas.

Así. Sin más.

–¿No me odias?

–Me pareces un cretino, pero esa no es razón para que yo actúe como otra.

Porque en el fondo, la mayoría de la gente era bastante noble. ¿Por qué no se había dado cuenta de eso antes?

Agarró el vestido y su siguiente parada fue el hogar de transición donde Percy vivía ahora. Hacía casi un mes que no veía al chico y no tenía ni idea de cómo lo recibiría, pero esa era una de las cosas que tenía que solucionar.

Le dio su nombre a la mujer que había abierto la puerta y esperó. Unos minutos más tarde, el adolescente apareció en lo alto de las escaleras. Con mirada de recelo, se acercó a él. Mantuvo la cabeza alta y los hombros rectos. Iba a enfrentarse a Jack de hombre a hombre.

–Lo siento –dijo Jack a modo de saludo–. Siento lo que dije y haberte dejado marchar. Tú no eras un proyecto. Lo dije porque tener un hijo es algo que me asusta. No quiero preocuparme tanto por una persona. No quiero arriesgarme a perder a nadie que esté unido a mí. El fallo de mi plan es que en ese momento ya me importabas. Me estaba engañando, lo cual está bien, pero te hice daño y eso no lo está.

Percy lo miraba, pero no decía nada. Jack no sabía en qué estaba pensando el chico, pero sabía que tenía que continuar.

–Larissa es especial. Ve las cosas como tienen que ser y la admiro por eso. Y también admiro lo fuerte que has sido. No te metiste en problemas cuando ese habría sido el camino fácil. Te mantuviste firme y te admiro por ello.

Percy desvió la mirada y se aclaró la voz.

–No pasa nada, tío.

–Sí, sí que pasa. Te echo de menos y quiero ayudarte con tus estudios.

–Kenny, Sam y Taryn ya se están ocupando de eso.

–Quiero que vuelvas a casa –dijo mirando al chico–, y no quiero que sea algo temporal, Percy. Eres demasiado mayor como para que te adopte, pero aun así me gustaría que formaras parte de mi familia. Me sentiría orgulloso de que fueras parte de mi familia.

—¿Por qué estás diciendo todo esto? —preguntó Percy con desconfianza.

—Porque es la verdad, porque he sido un cretino y quiero solucionarlo. Quiero ser mejor. Pero sobre todo por lo que te he dicho antes. Te echo de menos. Quiero ser la persona con la que hables de tus clases y de cuál sería la mejor universidad a la que podrías ir. Quiero que seas la primera persona a la que llames después de tu primera entrevista de trabajo. Quiero… —vaciló—. Quiero importarte.

—¿Hablas en serio? —preguntó Percy no muy convencido.

—Claro. Pero tienes que saber que puede que lo estropee todo y que, pase lo que pase, seguiré intentando ser mejor. Quiero dejar de suponer un problema, Percy. Quiero ser la solución.

Percy le dio un masculino abrazo, como chocando su torso contra el suyo. Al instante, se apartó y se secó las lágrimas.

—Quiero ir a casa —admitió—, pero no voy a volver a trabajar en Score. Tengo un trabajo nuevo y me gusta.

—Estupendo.

—Y vamos a tener un perro. Necesitas un perro en esa casa tan grande que tienes.

—¿Estás negociando tu regreso?

Percy sonrió.

—Sí. Y también quiero aprender a conducir.

—Un hombre debe saber conducir.

—Tienes un coche muy chulo.

Jack se rio.

—No, el Mercedes no lo vas a usar.

El chico sonrió de nuevo.

–Bien porque necesito que me pongas límites –su sonrisa se desvaneció–. Entro a trabajar en una hora. Haré el traslado cuando salga.

Jack le entregó la llave de casa que le había llevado.

–Lo estoy deseando.

–¿Vas a ir a recuperar a Larissa? Porque sin ella no eres feliz.

–Lo sé. Voy a hacer todo lo que pueda.

Jack entró en las oficinas de Score no muy seguro de qué esperarse. Sus fotografías seguían colgadas y eso le sorprendió. Se había imaginado que las habrían arrancado o, como poco, pintarrajeado, pero estaban aparentemente igual.

Lo primero que hizo fue ir al despacho de Kenny. Su amigo lo vio y frunció el ceño.

–¿Qué?

–Me equivoqué. Lo siento.

Kenny se mostró atónito y después asintió.

–No vuelvas a hacerlo.

–No lo haré.

De ahí fue al despacho de Sam. Estaba colgando el teléfono.

–Kenny me lo acaba de contar. Estamos en paz.

Eso hizo que Jack se riera.

–¿No quieres que nos abracemos para sellar el acuerdo?

–Largo de aquí.

Jack recorrió el pasillo con la sensación de que las cosas no serían tan sencillas con su tercera socia.

Sin que nadie más lo viera entró en la sala de reuniones vacía situada frente al despacho de Taryn y se quitó la chaqueta.

Por un segundo vaciló. Nunca había hecho algo así, pero lo cierto era que tampoco había metido tanto la pata nunca. Si se ganaba a Taryn y la cosas no salían bien con Larissa, ella sería una aliada formidable.

Descolgó el vestido y le bajó la cremallera. Se puso el espantoso traje de volantes rosas y coló los brazos por las pequeñas mangas.

Apenas entraba. Era imposible subir la cremallera, pero no importaba. No se trataba de un desfile de moda, sino de una declaración de intenciones. Abrió la puerta de la sala, cruzó el pasillo y entró en el despacho sin llamar.

Ella estaba de pie mirando por la ventana. Llevaba un traje ajustado y estaba descalza. Vio sus exagerados tacones junto a la silla.

–¿Taryn?

Su amiga no se giró, aunque sí que la vio tensarse.

–Largo.

–No, no me voy a ir. Ni ahora ni nunca. Siento lo que te dije. Siento lo que pasó. No hice mal al dimitir, pero tuve formas mucho mejores de hacerlo –se detuvo y respiró hondo–. Te hice daño y me disculpo por eso. Quiero prometer que no volverá a pasar, pero podría suceder. Lo que sí te puedo prometer es que estoy en esto a largo plazo. Que puedes contar conmigo, y que si alguna vez Angel actúa como un estúpido, contrataré a un ejército para que se lo cargue.

A ella le temblaban los hombros, pero Jack no supo si estaba riendo o llorando.

–Te he traído algo.

Cuando Taryn se giró, tenía los ojos llenos de lágrimas. Posó la mirada en el vestido y algo se iluminó en ella.

–Estás ridículo.

–No me importa.

—Serías un transformista espantoso. El vestido no te sienta nada bien.

—No me importa no ser la dama de honor más guapa, con tal de poder estar en tu boda. Si es que todavía quieres que vaya.

Jamás había visto a Taryn moverse tan deprisa. Se abalanzó sobre él y él la abrazó con fuerza.

—Lo siento —le susurró—. Por favor, por favor, perdóname.

—Has sido un absoluto imbécil.

—Lo sé.

Taryn suspiró.

—¿De dónde has sacado ese vestido?

—Se lo he pedido a Isabel. Por cierto, si lo estropeas, tendré que pagarlo.

—Te lo puedes permitir —lo miró—. ¿Qué ha pasado?

—Me agobié. Tenía a Larissa y a Percy y la oferta de empleo. Mirara donde mirara, me veía obligado a dar más de lo que me veía capaz y yo solo estoy acostumbrado a preocuparme por ti.

—¿Así que saliste huyendo?

—Pero con estilo.

Ella se apartó y se secó las lágrimas.

—No deberías estar aquí. En Score, quiero decir. El trabajo de entrenador va más contigo. Lo necesitas, Jack.

Él sonrió.

—Eso ya está solucionado. Empiezo el lunes.

—¿En serio?

—Sí. Lo cual significa que mi carta de renuncia sigue en pie, pero sin tanto drama.

Ella tocó el vestido.

—Me pregunto si lo harán en tu talla.

—El rosa no es mi color.

—Ni el mío. Preferiría que llevaras un esmoquin.

Él la miró a los ojos.

—¿Para asistir a tu boda? —preguntó con cautela.

—Para asistir simplemente no, sigues siendo mi «hombre de honor». Tendrás que ayudarme a colocarme el velo y a sujetarme el ramo y serás tú el que mire a Angel con mala cara. Estarás muy ocupado.

Él la besó en la mejilla.

—Lo estoy deseando.

Larissa subió las escaleras hasta su apartamento. Su primer día en el nuevo trabajo había ido genial. Había tenido la agenda llena de masajes y lo mejor era que después de haber pasado años tratando a atletas, ocuparse de gente normal con músculos normales era pan comido.

Abrió la puerta y se detuvo al ver a Jack sentado en el sofá con Dyna sobre su regazo.

«Qué guapo está», pensó con nostalgia. Guapo y fuerte. Y qué imagen tan maravillosa y dulce ver a un hombre así de guapo con una esponjosa gatita sobre su regazo. No parecía importarle que el pelo de su gata estuviera pegándosele a los pantalones.

Al verla, dejó a Dyna en el sofá y se levantó.

—Estás en casa.

Ella asintió.

Hacía veintitrés días que no lo veía. Había sentido el dolor de cada hora que había pasado, lo había echado de menos, lo había deseado, había llorado por él y había intentado asumir lo que estaba pasando. Lo que no había hecho había sido desenamorarse de él, y ahora, mientras lo miraba, sentía su corazón acercándose a él. Cada vez más.

Jack se le acercó y le agarró las manos. Sus ojos oscuros se clavaron en los de ella.

–Lo siento. Siento lo que te dije y cómo actué. Siento haber sido un egoísta, un inmaduro y un estúpido. Te he hecho daño. Salí huyendo y mi actitud no tiene excusa, así que no pondré ninguna. Pero sí que te diré que me equivoqué. Por completo y absolutamente. He hecho daño a todas las personas que quiero y lo peor de todo es que te he hecho daño a ti.

Le puso las manos sobre su pecho.

–Mi corazón late solo por ti –le dijo en voz baja–. Respiro por ti, existo porque te amo, Larissa. Eres lo que me importa y quiero pasar el resto de mi vida demostrándotelo.

Ella tardó un segundo en darse cuenta de que estaba llorando. Pero eran lágrimas de felicidad, se dijo, intentando asimilarlo todo. Lágrimas de pura dicha.

–Te quiero –repitió él antes de sacarse una cajita del bolsillo del pantalón–. Sé que es mucho pedir ahora mismo, pero ¿quieres casarte conmigo? Lo quiero todo, pero solo contigo. Quiero tener a Percy durmiendo al fondo del pasillo y gatos y chiweenies por todas partes. También podemos llevarnos a casa un par de búhos y algunas serpientes. Lo que sea que te haga feliz.

–Quiero niños –dijo ella sin saber muy bien de dónde habían salido esas palabras.

–¿Sí? –sonrió–. Bien. ¿Unos veinte?

Larissa sacudió la cabeza.

–Tres o tal vez cuatro.

–Eso lo puedo hacer. Puedo hacer lo que tú quieras. Larissa, siempre has sido tú la persona a quien he amado y siento haber estado tanto tiempo sin verlo. Siento haber tenido que hacerte daño para entender lo afortunado que soy por tenerte en mi vida.

Ella lo miró fijamente y lo que vio en su rostro sanó su destrozado corazón.

–¿Estás seguro?

–Sí. Hasta que te conocí no entendí lo que podía ser el amor, pero ahora lo entiendo.

–Pues entonces aquí me tienes –le respondió ella sin más.

ÚLTIMOS TÍTULOS PUBLICADOS EN HQN

Cuando nos conocimos de Susan Mallery

Sin ataduras de Susan Andersen

Sígueme de Victoria Dahl

Siete noches juntos de Anna Campbell

La caricia del viento de Sherryl Woods

Di que sí de Olga Salar

Vuelve a quererme de Brenda Novak

Juego secreto de Julia London

Una chica de asfalto de Carla Crespo

Antes de besarnos de Susan Mallery

Magia en la nieve de Sarah Morgan

El susurro de las olas de Sherryl Woods

La doncella de las flores de Arlette Geneve

Vuelve a casa conmigo de Brenda Novak

Acariciando la oscuridad de Gena Showalter

La chica de las fotos de Mayte Esteban